馬踏天下
卷6
紅粉干戈
槍手一號
著

目錄
CONTENTS

第一章

橫刀立馬

劉俊傑從懷裡掏出一卷紙，笑道：「關將軍，大帥親筆為你題字，這在定州軍中尚是破天荒的第一次啊！」

「什麼？」關興龍接過來小心地展開，李清那一筆與眾不同的蒼勁字體立時顯露出來。

「橫刀立馬，唯我關大將軍！」

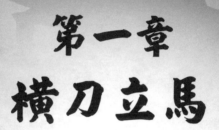

夜襲定遠是伯顏臨時起意，夜來巡營，看到定遠城頭一片安靜，寥寥幾支火把明滅不定，偶爾才有那麼一支巡邏的士兵隊伍走過，心頭猛的一動，旋即召來部將勃魯，安排他帶一隊精銳前來襲城，大部隊則作好準備，一旦勃魯有所突破，便揮軍直進。

勃魯率領著幾百死士趁著夜色摸到城下，避開了巡邏的隊伍後，用鉤索勾住城垛，悄無聲息地爬了上來。

但勃魯萬萬沒有想到的是，定遠城上除了巡邏的隊伍外，居然還設置了暗哨，當第一個人從城垛上冒出頭來時便被發現，他更沒有想到的是，定遠城的士兵居然就睡在城牆上，當鼓聲緊密地響起之後，勃魯便知道，偷襲要變成明攻了。

第一批人爬上城頭，旋即被從地上驚醒爬起來的定州兵圍住，**一場血腥的短兵相接立即展開。**

勃魯是黃部有名的勇士，使兩柄大斧，舞得風車一般，從城牆的這一頭殺到那一頭，力圖讓更多的同伴爬上城來。

定州兵本來以單兵勇力見長，一時間，竟然被勃魯殺得步步後退，眼看著越來越多的蠻族士兵緣索而上，城上的鼓點不由更加密集，但城牆受地形所限，空自人多卻使不上勁，強弓硬弩雖然已搭箭上弦，但看到在人群中殺來殺去的勃魯卻是不敢發射，自己的戰友與這些蠻子完全糾纏在一起。

蠻族大營中鼓號齊鳴，營門大開，大隊人馬蜂湧而出。

關興龍大步奔上城頭，看到不可一世的勃魯，不由勃然大怒，從衛兵手中接過他特意打造的厚背刀，怒吼道：「讓開，我來劈了這蠻子！」

定州兵紛紛閃開，勃魯壓力頓時一輕，抬眼看見一個穿戴著將軍服飾的獨臂人，單手提著刀正向自己跑來，頓時獰笑起來。

他認得這是定遠城的守將關興龍，如果能將他一舉搏殺，則大事定矣。看到關興龍鬚髮皆張地提刀殺來，正中下懷，咆哮著舞動雙斧迎了上來。

雙斧揮動，兩斧落到實處，怕不是要將關興龍劈成四片。關興龍狂吼著單臂舉刀，反斫上去，刀斧相碰，火花四濺，勃魯大吃一驚，眼前的這個殘廢力氣好大，刀也夠重，自己的斧頭已算得是重兵刃，但與之相撞，竟然絲毫沒有占到便宜，雙臂反而被震得發麻。

關興龍砸開對方的雙斧，得勢不饒人，步步緊逼，勢大力沉的厚背刀閃電般一刀接著一刀砍向勃魯，殺得勃魯汗流浹背。此時，失去了勃魯掩護的偷襲者，被城上士兵們砍斷釘索，紛紛慘叫著跌將下去，而已上得城來的蠻子在定州兵的圍攻之下苦苦支撐，已是危在旦夕。

「殺，殺，殺！」關興龍怒吼著，彷彿又回到了當初奪旗時的那場苦戰當中，眼前只剩下了面前的敵人，陡地舌綻春雷，連呼三聲殺字，勃魯心神一滯，手上稍慢，厚背刀已是斜斜劈下，沿著勃魯的左肩將他斜著削成了兩塊，鮮血濺了關興龍一身。

此時，爬上城來的蠻子已被清理一空，看到將軍如此威武，城上士兵齊聲歡呼，「萬勝」的嘯聲響徹夜空。

「準備作戰！」關興龍大刀前指，刀上鮮血點點落下，士兵一聲呼喝，紛紛奔上自己的崗位，原本黑沉沉的城頭眨眼之間一片通明，無數的火把亮起。

關興龍大笑著一刀斫下勃魯的首級，一把扔給身後的衛兵，「給我高高地掛起來，多點火把，讓伯顏這個王八蛋看看，全軍齊喊，多謝伯顏蠻子的大禮！」

「多謝伯顏蠻子的大禮！」城頭上的士兵興高采烈的齊聲高呼，聲音遠遠地傳了出去，連呼三聲之後，一個無比大聲的傢伙突地又叫了起來：「再來幾個吧，我們關將軍是多多益善！」

城頭上又爆發出一陣狂笑：「多多益善，多多益善！」

城下，伯顏臉色青紫，看著明亮的火光下勃魯那斗大的人頭，垂頭喪氣地道：「回營！」

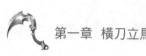

沙河鎮，李清的中軍大營。

夜已很深了，但李清仍然無法睡著，**定遠、威遠、震遠三座要塞能否穩穩地守住，關係到整個定州大戰略的成功與否**，要求這三座堡壘在敵人的重重圍困中，像狂暴大海中的礁石一般牢牢地釘在那裡，連李清自己也覺得很是困難。

但再困難也必須要堅定地執行這一戰略，由於自己的失誤，定州精銳精兵損失泰半，這麼長的時間過去了，一萬五千人陸續歸隊的不過千餘人，慘重的損失讓李清每每憶起此事，心中便隱隱作痛。

三座要塞像釘子一樣扎在那裡，蠻族便不能長驅直入，否則他們的供給線隨時有可能被定州軍掐斷，而定州腹地，瀕臨前線的幾個縣早已堅壁清野，蠻子休想在這裡找到一粒糧食，一頭豬羊，這讓一向靠以戰養戰的蠻子在後勤上會碰到前所未有的困擾。

當然，為了實現堅壁清野，定州也付出了不少的代價，很多不願離開的百姓是被綁著送走的，這也讓李清擔上了不少的罵名。

「只要勝利了，所有的不滿和怨恨都會被勝利的喜悅沖淡！」李清心裡道。

但是，如果這三座要塞失守，蠻軍馬上便會直面沙河鎮的防線，十萬大軍長驅直入，李清自忖，想憑啟年師的三萬人馬，加上重組後的常勝營、旋風營，是很難抵擋得住如潮水般湧來的蠻兵的，一旦讓蠻兵在定州境內像瘟役一樣蔓延開來，那就是一場災難。

三座要塞守得住嗎？李清心裡也沒有底。這一次可不是當年的撫遠之戰了。

每天三座要塞的戰況像流水般地送到李清的案頭，看著那一份份戰報，李清知道**那是無數的生命流逝，無數的鮮血換來的**。

從戰報上看來，一連幾天，定遠都遭受到了正黃鑲黃兩旗瘋狂的進攻，白天夜晚進攻持續不斷，伯顏的瘋狂讓李清為之心驚，短短幾天之內，定遠連死帶傷已減員近千人，這讓李清充滿憂慮。

關興龍，你能挺得住麼？

「大帥，你還在擔心定遠麼？」王啟年走到李清身前，輕聲問道。

李清點點頭，「是啊，我們殺了納吉，看來是掀了伯顏的逆鱗了，現在他居然瘋狂到不計死傷的進攻，幾天便損失近五千人馬還不肯消停。」

「是啊，伯顏完全是在用人命來填啊，眼下這種情況，定遠被團團包圍，兵員得不到補充，如此消耗，的確不是好事。」王啟年也是擔心不已。

李清轉過身來，「叫王琰來見我！」

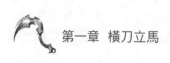

片刻之後，王琰到了中軍大帳，「王琰，你率常勝營五千騎兵到定遠附近。」

「大帥，要與伯顏幹一場嗎？」王琰兩眼發亮，傷好之後，還沒有打過一仗，每日在校場上操練新軍，手已是癢得不行。

「不，你到定遠附近，為關興龍奧援，你要做的便是讓伯顏感到側翼有威脅，這其中的力道，你自己臨場把握吧！可以小小地打幾場，但絕對不能被伯顏纏住，我擔心伯顏身後的兩萬龍嘯軍，你一定要注意這一點，一旦龍嘯軍逼上來，你立即後撤，不要與他們硬碰，現在的常勝營不是當初的親衛營，戰力不可同日而語，我要你像一塊牛皮糖那樣黏在伯顏的身上，讓他吃不掉，甩不脫！」

「是，大帥，我明白了！」王琰施禮轉身而去。

「大帥，威遠正紅旗富森那裡可以下下功夫，這小子跟巴雅爾不是一條心。」王啟年建議。

李清沉吟道：「功夫是要下的，不過富森也不是易與之輩，這是一個不見兔子不撒鷹的主兒，要是我們頂不住巴雅爾的攻擊，這小子打起我們來便會比誰都狠，但只要我們占了上風，他便會按兵不動，靜觀風色。」

王啟年哼聲道：「這種牆頭草，真叫人厭惡，大帥，將來我們打贏了，您還饒了這小子啊？想想便叫人氣悶！」

李清笑了一下，低下頭去，看著桌案上的地圖，對王啟年的話不置可否。

定遠。

關興龍的戰袍上血跡斑斑，臉上也沾上了幾點不知是敵人還是戰友的鮮血，手裡的大刀拄在城牆上，看著潮水般退去的敵人和城頭下累累的死屍，吐了口濃痰道：「伯顏你個瘋子，來吧，即便你打下我定遠，你黃部又還剩幾個人？老子奉陪了。」

敵方連續數天的攻擊，讓原本自信滿滿的關興龍也有些動搖了，今天，正黃鑲黃兩旗士兵已數次攻上城頭，關興龍赤膊上陣，便像一個救火隊，哪裡出現險情，他便第一時間出現在那裡，險之又險地將敵人驅下城去。

看著最後一抹光線在天際消失，關興龍拖著刀走下城牆，心中暗道：「這樣下去不是辦法，一定得想個法子。」

回到城樓上的臨時住所，關興龍找來了自己的副手，振武校尉汪澎。

「我們那幾百騎兵現在精神怎麼樣？」關興龍問。

汪澎蠢蠢欲動地道：「小崽子們每天看著步卒搏殺，他們卻待在城裡乾瞪眼，都急壞了。」

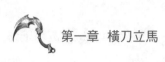

關興龍一笑，「好，傳令給騎兵，現在馬上給我睡覺，三更起來吃飽喝足，跟著我出城去幹一票！」

汪澎一驚，「關將軍，你要去偷營？」

關興龍嘿地一聲，「偷個屁營啊，對方幾萬人馬，老子才五百騎兵，怎麼偷營？這幾天我一直在注意觀察伯顏營盤，狗日的太小瞧我們了！後勤輜重營幾乎頂到我們的鼻子底下，似乎料準了老子不敢出城似的，老子偏偏要去幹一票！」

「將軍，我去吧，將軍身繫定遠安危，不能冒這個險！」汪澎請命道。

「你去個屁！」關興龍將厚背刀啪地一聲拍到桌子上，「你是步兵校尉，騎在馬上走走路還行，要在馬上揮動兵器作戰，你行嗎？老子可是旋風營出身，知道吧？那是全軍最精銳的騎兵營！我走後，你便負責整個定遠的防守，還得在明天凌晨接應我們回來。萬一我回不來，大帥的重託就得你來完成了，別給老子丟臉。」

「將軍！」汪澎眼圈不由紅了，**關興龍這是交代後事了**，顯然對此次出城並不看好，「將軍，我們守好城池便是，何必出城去冒險？」

關興龍道：「你以為老子不想啊，但要是這個打法的話，我們撐不了多長時間啊，老子去燒了他的輜重後勤營，起碼十天之內，伯顏那王八蛋是別想攻城了，我們也可以緩口氣，那時再戰，我們底氣便又足了不少。」

三更時分，關興龍睜開雙眼，從床上一躍而起，抄起刀走出了城樓，城牆上，黑壓壓地聚集著大批的士兵，城頭上沒有點亮火把，但借著淡淡的月光，關興龍仍可看到一張張飽含著太多情緒的臉膛。

關興龍把刀夾在脅下，手指豎在脣前，作了一個噤聲的手勢，道：「你們幹什麼啊，想給伯顏報信說老子要出城啊？」

關興龍玩笑般的話，使悲壯的送行變得有些輕鬆起來，「小崽子們，等老子回來再收拾你們吧！」施然地走下了城牆。

城內，五百騎兵正在大碗喝酒，大塊吃肉，這是定遠城內所有的騎兵了，大家夥兒都知道，此次出城九死一生，除非運氣好，回來的可能性極低。一邊的步卒們正忙著給馬蹄包上軟布，勒上嚼子。

關興龍大步走到騎兵們中間，將刀噗哧一聲插到地上，伸手抓起一塊蹄膀，咬得滿嘴冒油，接著拿起一大碗酒，咕嚕咕嚕地喝光，笑道：「小夥子們，肉可以多吃，酒沒量就別多喝啊，小心你騎在馬上犯暈，還沒打就先吐了！」

「將軍放心吧，就算是吐，也吐到蠻子身上去！」一個聲音傳來。

四更的更鼓敲響，關興龍將手胡亂地擦了擦，拔起地上的厚背刀，吆喝道：

「小夥子們，出發了！」

騎兵們紛紛拾起刺槍，佩好戰刀，翻身上馬，馬身兩側，一個個拴好的瓦罐裡裝滿了油脂。

他們的目標是西城外的輜重營，關興龍這幾天仔細觀察後，發現那裡的駐軍被一部一部地抽調到了正面城牆上進行攻擊，收兵後居然沒有回去，而是隨著伯顏一起到了主營。

「狗娘養的，讓你嘗嘗老子的厲害。」

四更時分是一個人最疲乏，也是最放鬆的時候，關興龍牢牢地記著李清曾給他講過的課，這個時候出城偷襲，事半功倍。而且蠻子作夢也不會想到，一個定遠城，區區幾千守軍，居然有膽子出城逆襲。

伯顏的確沒有想到，在他們看來，定遠守軍已是甕中之鱉，出城作戰那是根本不可能的，所以當關興龍的五百騎兵悄無聲息地摸到城西輜重營的時候，整個蠻族大營還一無所覺。

輜重營的守衛極其鬆懈，哨樓上本應發現關興龍等人的哨兵正睡得死死的，而寬達數里長的戰線，也為關興龍的襲擊提供了最大程度的方便。

「真是天助我也啊！」連關興龍自己也沒有想到會這麼順利。

摸到離蠻兵的輜重營百步遠的時候，關興龍率領著騎兵們加速，包了軟布的馬蹄聲雖然輕，但五百匹馬全力跑起來，震動聲仍是驚動了蠻兵，當哨樓上的蠻兵看到定州騎兵衝上來的時候，第一個反應竟是張口結舌。

「破營！」關興龍喝道。

幾名重甲騎士攉動戰馬，全力衝撞向營寨的柵欄，轟隆一聲巨響，馬倒人翻，柵欄也被撞碎，關興龍毫不猶豫躍馬而入，手裡揮舞著如同流星錘一般的瓦罐，扔向一個個的帳篷處，他身後的騎兵們如法炮製，將放在馬背上的瓦罐紛紛扔出，然後刺槍挑起營內的火把，轟的一聲，帳篷頓時燒了起來。

當輜重營內的火光熊熊地照亮半邊天空的時候，伯顏的臉陰沉無比。

大將速罕小心地道：「旗主，我馬上帶兵去救援輜重營！」

伯顏恨恨地道：「還去幹什麼？輜重營已燒得差不多了，帶上你本部人馬，給我堵住那些想回到城裡去的狗雜種們，我要扒了他們的皮！」

「是，旗主！」速罕趕緊離去。

「他媽的，反應還挺快！弟兄們，撤退，跟我往回衝！」一聲呼哨，關興龍撥轉馬頭，向營外闖去。

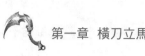

此時，天邊已是微微露出亮光，城上的士兵看著己方的騎兵正飛馳而來，不由高聲叫好，但馬上，士兵們閉上了嘴，屏住呼吸，後面的追兵正緊隨而來，距離越來越近，按照這個速度，**定州騎兵顯然來不及回城了**。

汪澎急得搓手頓腳，在城上走來走去，不住念叨著：「快點，再快點啊！」

關興龍也發現了這個問題，在疾馳的馬上大聲下令，「前隊迅速回城，後隊隨我阻敵！」

一名校尉大叫道：「將軍先走，我來阻敵！」

關興龍怒道：「狗日的，你功夫有我好嗎？老子還能殺出來，你回去只有死路一條，滾，想違抗軍令嗎？」

校尉頓了一下，「將軍保重！」猛挾馬腹，率領前隊奔向城池，關興龍則領著後隊繞了一圈，從斜刺裡向著追來的蠻兵殺去。

速罕見勢，當機立斷，立即分兵，一部騎兵迎向關興龍，另一部騎兵則直奔定遠城，想趁此機會奪取城門。

關興龍咬著牙殺入蠻兵之中，心裡罵道：他媽的，運氣不好，伯顏那狗娘養的不去救火，反而派人來堵老子的路，看來今天真是回不去了，一邊揮刀左劈右砍，一邊向著定遠城靠近。

騎兵校尉看到城門已打開了一條縫隙，心頭一鬆，回頭看時，不由大驚失色，蠻子的騎兵已緊緊追了上來，如果自己進城，這些蠻子很可能也會跟著衝進城去。他看了一眼城上，猛的咬牙道：「弟兄們，蠻子想奪城門，咱們不回去了，殺回去啊！」

「殺回去！」近兩百名騎兵齊聲怒吼。

「關城門！」校尉向著城頭怒吼，領著兩百名騎兵返身而去，緊隨其後的蠻騎顯然沒有想到這些騎兵居然放棄了這唯一一條生路，返身殺了回來，一時間，竟被殺得人仰馬翻，讓他們與關興龍合兵一處了。

「狗日的，誰叫你回來？」關興龍看著那名校尉，大怒道。

「將軍，蠻子追得緊，末將入城的話，那些蠻子很可能也會跟上來，末將不能冒險，願與將軍共存亡。」校尉奮力將一名敵騎刺下馬來，大聲回道。

「好樣的！」關興龍哈哈大笑，「我定州就沒有孬種，跟著我殺到城下，讓城上的弓箭手給這些蠻子們來個好看！」

兩人並轡衝殺，慢慢地向著城下靠近。

「弓箭手！八牛弩，投石機，隔斷！」汪澎瘋狂地大叫，眼睛忽地瞄到拴擂木的長繩，頓時一亮，將繩索解了下來，旁邊的士兵看到汪澎的這個動作，亦是恍然大悟，紛紛動手將長繩解開。

「關將軍，關將軍！」汪澎聲嘶力竭地大叫著，舞動著手裡的繩索。

關興龍終於與那名校尉一齊殺到了城下，汪澎和另一名士兵的繩索同時扔了下去，關興龍將厚背刀咬在嘴裡，單手抓住繩索，騰身而起。

速罕眼中冒著怒火，煮熟的鴨子居然也能飛走，策馬向前，搭箭上弦，瞄準正在向上的關興龍。

砰砰砰連珠箭發，城上的汪澎大驚失色，「將軍！」

與關興龍一樣懸在空中的那名校尉，也看到了射向關興龍的長箭，腳用力在城牆上一蹬一扭，向著關興龍方向甩去，臨近之時，突然鬆開雙手，張開雙臂落將下來，恰好擋在關興龍身前，哧哧哧三聲，三支羽箭全都釘在了他的身上。這名校尉重重地吐出一口氣，石頭般地向下落去。

「兄弟！」關興龍叫道，在半空中扭腰而起，將繩索套在腳上，騰出手來拿起厚背刀，腳上頭下的被汪澎和幾名士兵合力向上拉去。

速罕的連珠箭再至，關興龍將厚背刀舞得風車一般，噹噹連聲，終於一支箭突破防禦，哧的一聲扎進關興龍的大腿，關興龍疼得倒吸一口涼氣，恰在這時，幾雙有力的手抓住了關興龍，將他奮力拉進城牆內。

關興龍躺倒在冰冷的地面上，仰面看著天空，此時第一縷陽光正破空而來，照在城樓定州軍那面大旗上，映得金光燦燦，城牆之上，數千士兵歡聲雷動。

狂怒的伯顏率軍向定遠猛撲了上來。

「守城，戰鬥！」汪澎大吼道。

關興龍艱難地在一名士兵的攙扶下爬了起來，看著腿上的那支長箭，對那名士兵點頭示意，那士兵稍稍猶豫了一下，拔出佩刀，霍地一刀將長長的箭尾砍下，只留下箭頭嵌在關興龍的大腿裡。

「幹得不錯！」關興龍嘿嘿一笑，表揚了那個看起來還稚氣未脫，有張娃娃臉的士兵，那士兵的臉立馬紅了起來。

「汪澎！」關興龍叫道。

「關將軍！」汪澎跑了過來，「蠻子攻得好凶。」

關興龍咧嘴道：「最後的瘋狂，蹦噠不了幾下，你去傳令，將除了西門之外的三座城門統統堵死。」

「是，將軍！」

關興龍看了一下城下密如蟻蝗的蠻兵，高興地道：「伯顏終於失去理智了，快去，將百發弩給我推出來，**讓這些蠻子嘗嘗什麼叫做箭如雨下。**」

自開戰以來，被關興龍視為珍寶般的百發弩還一次都沒有上過陣，現在正是時候。

一臺臺黑色的百發弩被從城樓裡面推了出來，關興龍大手一揮，「給老子射死這些狗日的！」

百發弩瞬間便爆發出黑色的死亡箭雨，向著一個固定的區域發射，強力壓簧射出的這種全鐵弩根本不是蠻族的甲冑能抗拒的，很快便將這個區域內的生物統統射倒在地。

這場攻防戰來得迅速，結束的也極快，不到一個時辰，伯顏便垂頭喪氣地吹起了收兵的號角。

看到蠻族收兵，關興龍得意地大笑起來，笑了數聲之後，忽地覺得眼前一黑，癱倒在冰冷的城牆上。

「來人啊，快送關將軍去醫館！」汪澎大叫道。

自開戰以來，德仁堂內就一直被傷兵們塞得滿滿的，金喜來一臉的疲倦神色，但他仍不得不打起精神，迎接又一批新的傷患。

今天的戰事短暫而激烈，不斷地有新傷患送過來，金喜來與金歡兒兩人忙得都有些麻木了。

「金大夫，快點，關將軍受傷了！」外面有人大喊著。

金喜來父女都是一震，旋即看到汪澎領著四個士兵抬著一具擔架如飛般奔來。在幾名士兵的幫助下，好不容易將關興龍身上的盔甲脫了下來，盔甲下的傷痕怕不有十數處之多，畢竟鎧甲再好，也擋不住連續不斷的劈砍。其中最重的便屬腿上的箭傷，速罕的那一箭勢大力沉，箭頭深深地卡在肉裡。

一邊的金歡兒拿起剪刀，小心地剪去關興龍腿上被血浸透的褲子，便看到了那個恐怖的傷口，金喜來吩咐士兵說：「過來幫忙按住關將軍，待會兒會很痛，不要讓將軍亂動，我來為將軍起箭！」

幾名士兵立即使出全身的力氣，死死地按住關興龍。

「啊！」劇痛讓關興龍猛的醒了過來，但被士兵按住手腳，動也不能動。

隨著箭頭的被起出，一股血箭也順勢飆了出來，濺了金歡兒一身，金歡兒迅速拿起早已準備好的藥物堵住傷口，手腳俐落地包紮起來。

金喜來轉頭對汪澎道：「不妨事，關將軍身體強壯，只是因為脫了力，再加上失血過多，過於緊張之後突然放鬆才導致昏倒的，只要好好休息幾天就好了，倒是這腿上的箭傷恐怕得將養些日子。」

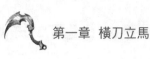

汪澎連聲道謝，聽了金喜來的話，他總算是放下心來。

此時關興龍醒了過來，看到忙著幫他包紮，連俏臉上也濺了幾滴血的金歡兒，歉意地道：「麻煩小金大夫了！」

金歡兒抿嘴一笑，「這有什麼麻煩的，我是大夫嘛！」

關興龍目不轉睛地看著金歡兒，一場大戰下來，在生與死的邊緣上走了一遭，突然看到如此美麗的女子，讓他覺得悸動不已。

金歡兒讓他看得滿面通紅，偏生關興龍又是將軍，不像普通士兵，要是一個小兵這樣無禮地盯著他，說不得要讓他吃一點苦頭了。

伯顏吃了大虧，短時間內再也湊不出足夠的攻城器械，只能將攻城改為圍城，定遠難得地平靜了下來。

一日，暮色降臨時，城下忽地響起馬蹄聲，就見一匹馬狂奔而來，馬上騎士一身蠻族士兵裝束。

城上的士兵迅即拉開弓箭，進入備戰狀態。

那人奔到城下，從腰裡掏出一塊牌子，大喊道：「不要射箭，我是統計調查司特勤，奉命前來定遠傳令！」

關興龍得到報告，來到城頭，令道：「放繩索將他拉上來，就算是假的，又作得了什麼怪，值得你們這樣大驚小怪的嘛。」

那人身手極為矯健，攀著繩索，三兩下便爬上城來，看到關興龍，立即單膝下跪，道：「統計調查司行動署特勤，鷹揚校尉劉俊傑參見關將軍！」掏出腰牌，雙手遞了過去。

汪澎接過腰牌，小心查驗後，對關興龍點點頭，關興龍笑道：「起來吧，你冒著這麼大的險混進來，是奉了清風司長的命令？」

「卑職是奉大帥的命令，為關將軍送來嘉獎令！」

「嘉獎令？」眾人興奮地道。

劉俊傑從懷裡掏出一封火漆封好的公文，「關將軍，這是大帥府通報全軍的公文，關將軍率部重創正黃鑲黃兩旗，斬蠻族大將勃魯，孤軍出城，焚敵方輜重，極大地打擊蠻族的囂張氣焰，因此，大帥特別發此嘉獎令以嘉獎此次定遠戰中奮勇作戰的將士們。」

關興龍打開公文，仔細地閱讀後，臉上露出興奮之色，揚起手裡的公文，對城上的士兵大叫道：「弟兄們，我們定遠守軍被大帥親口贈予了營號，從今天起，我們便叫**橫刀營**了！」

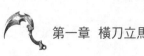

城上頓時歡聲雷動，齊聲高呼：「橫刀營，橫刀營！」整齊而有節奏的喊聲在夜幕下迴盪。

劉俊傑又從懷裡掏出一卷紙，笑道：「關將軍，還有令你更興奮的事呢，大帥親筆為你題字，這在定州軍中尚是破天荒的第一次啊！」

「什麼？大帥為我親筆題字？」關興龍忙不迭地接過來，小心地展開，李清那一筆與眾不同的蒼勁字體立時顯露出來。

「橫刀立馬，唯我關大將軍！」

雨一直淅淅瀝瀝下個不停，在震遠和正藍旗大營之間，被踩踏得光溜溜的地面泛起黃色的泥漿，偶爾一片片的泥水中泛起觸目驚心的紅色，深藏於地下的蚯蚓忙不迭地爬了出來，在泥水裡快活地爬來爬去，留下一條條醒目的印跡，但旋即又被泥水淹沒。

肅順愜意地半躺在大帳中，手裡舉著酒杯，正品味著美酒，兩個女子跪坐在他身前，替他捶著大腿。

震遠的定州軍，是原定州系的老將魏鑫，這是一個長期守城守出了經驗的老將，年屆五十，在他從軍生涯的數十年中，有一大半是在守城當中度過的，對於守城有獨到的經驗，肅順知道碰上了一塊難啃的骨頭，替巴雅爾火中取栗的事情，肅順是萬萬不會做的。

草原人從來就不擅長攻打堅城，這次圍困三座要塞，為什麼不讓龍嘯軍來打，而讓其他各部來攻堅？肅順心裡冷笑，**巴雅爾想要借這個機會消磨其他各部的實力，行那一箭雙鵰之計，可別人也不是傻子啊**，看看富森，不也和自己抱著一樣的心思麼！

按肅順的意思，照著以前的老套路，繞過堅城，直接打到定州腹地去！李清在沙河鎮只不過屯了三四萬兵，怎麼會是自己這邊一湧而上的十萬人的對手？後勤？笑話，草原人打仗啥時要過什麼後勤，打到哪裡便掠奪到哪裡，以戰養戰方是正理，如此攻打堅城，正是**避敵之短，揚敵之長**，巴雅爾的那點小心眼，是個人都能明白。

「族長！」一名紅部將領闖進帳來，讓肅順不由皺起眉頭，抬手示意兩個美姬退了下去。

「什麼事，慌裡慌張？」

「族長，震遠城中兵力調動異常，就在剛剛，魏鑫打開了城門，大約三千部卒出城，想要與我們野戰了！」那名將領回報道。

「什麼？」肅順的第一個反應是這名將領在胡說八道，「你沒有看錯，魏鑫那頭千年烏龜居然肯探出頭來與我野戰？」

「怎麼可能看錯，族長，那三千人現在便依城結陣，您聽，戰鼓聲敲了起來，他們在邀戰！」

肅順幾個大步掠出大帳，爬上高臺，果然，在連綿不斷的細雨中，以戰車為前導，定州士卒排成整齊的一個大方陣，依城而立，一員年輕將領高立於一輛指揮車上，他左右的鼓手正在用力敲著邀戰鼓。

「他媽的，**魏老頭吃錯了什麼藥？**」肅順惱恨不已，罵聲不絕，從高臺上一步跳了下來，向大帳中走去。「那些該死的百發弩就是閻王爺的鉤魂刀，老子才不上這個當，不理他，讓他敲去。」

「族長！」那名將軍跨前一步，低聲道：「攻堅城我們不幹，但現在對方出城野戰，我們還不應戰的話，這事要是傳到皇帝陛下那裡，對您可不利啊，按照現在頒佈的律法，陛下隨時可以剝奪您對軍隊的指揮權！再說了，對方邀戰，我們避而不出的話，對士氣也是很大的打擊啊！」

肅順頓住了腳，思索道：「你不覺得有些奇怪麼？魏鑫整個就一屬烏龜的，為什麼突然出城邀戰呢？這裡面有什麼古怪？他總共只有五千兵馬，出城三千，

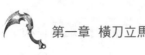

便是打一個大勝仗又如何，殺敵一千自損八百，接下來怎麼守城？不對啊！」

「向定州方向放出斥候，放遠一點。」肅順自言自語地道：「李清不會瞄上我了吧？不管怎麼說，對方既然已經擺開架式，我們總是要打上一打，這樣吧，你率領步卒，持重盾上去敲敲魏鑫。」

那名將領領命而去，肅順搖搖頭，仍是覺得奇怪之極，**江山好改，本性難移，千年的烏龜忽然轉了性，絕不是什麼好事。**

「全軍備戰！」肅順大聲下令道。

洪海鋒是定州軍中新冒出頭的新銳將領，亦是出自李清的親衛營，這些天一直死守城防，可是將他憋壞了，今天終於出城作戰，讓他十分興奮。

看到正藍旗的大營裡鼓聲響起，一批批的步卒湧出城來，不由皺起眉頭，對方人人手持重盾，列陣而行，雖然隊列走得不甚整齊，但一排排的重盾卻將步卒遮擋得嚴嚴實實，有效地抵消了百發弩的威力。

「一品弓，仰射，五發連射！」洪海鋒揮舞手中令旗。

一聲悶響後，定州軍射出一片箭雨，與此同時，投石機，八牛弩也重重地撕開了重盾的防守，恰在此時，箭雨自空而落，雙方的配合恰到好處，對面的步卒立即倒下一片。

重盾一陣慌亂之後，迅速又組合在一起，踏著堅定的腳步向前推進；與此同時，正藍旗的強弩、投石機也開始了發射。

「百發弩，射！」洪海鋒大聲下令。

嗡嗡的聲音響起，百發弩那與眾不同的聲音立時響起，飛蝗般的箭支電射而出，強而有力地擊打在重盾之上，持重盾的蠻兵手上稍微吃不住勁，重盾稍稍一歪，密如飛蝗的弩箭便趁隙而入，將人一排排釘倒，但蠻族的步卒仍在不停地向前推進，百發弩在對方投石機的重點照顧下，也開始出現了損毀。

「百發弩，退，步兵抬槍，向前三步走！」

嘩啦一聲響，雪亮的長矛抬起，步卒整齊的向前走出三步，拉開一定的間隙，稍微停下來整頓了一下之後，在哨長們尖厲的哨聲中，一排排向前大步推進。

「殺！」

「殺！」

「殺！」

定州兵第一排毫不猶豫地將手中的長矛刺出，而正藍旗士兵在擋住第一輪後，立即棄盾，手執鋼刀，矮身鑽進定州兵的隊列之後，刀砍斧斫，將定州兵放翻在地。

第一排的定州兵並沒有理會這些鑽進來的蠻兵，反而加快腳步，迅速向前，剛剛鑽進來的蠻兵立時便受到第二排槍兵的齊刺，被刺翻在地。此時第一排的槍兵向內收縮，被砍倒的士兵的空隙旋即被填滿，而短出的兩截則迅速被第二排士兵補上。

大營內，看著戰場的肅順搖頭不止，好在這些步卒不是自己的命根子，損失一點也不在乎。

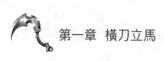

就在肅順盯著戰場，琢磨著什麼時候撤兵的時候，一名斥候飛馬而來，臉帶緊張之色，直奔到肅順面前，翻身下馬，大聲道：「族長，發現了定州大批騎兵正奔襲而來。」

肅順手一抖，跳腳道：「就知道有貓膩！多少人，有多少兵馬？」

斥候道：「族長，對方將我們大部分兄弟都掃了，只剩下我們幾個人跑了回來，看騎兵規模，大概在一到二萬之間。」

「一兩萬？」肅順跳了起來，「李清這是傾巢而出啊，鳴金收兵，全軍準備後撤，向龍嘯軍求援，一兩萬騎兵幾乎要與我正藍旗人數相當了。」

鳴金的鑼聲響起，一隊隊士兵交替掩護著退向大營，大營內的肅順已顧不得還在戰場上拼命搏殺的步卒開始拔營了，他可不想在這裡與定州兵血拼，拼光了自己的老本，下半輩子可怎麼過？

「拖住他們！」洪海鋒急急揮舞令旗。

本想幹上一票的洪海鋒發現正藍旗的主力迅速撤退，留在戰場上的，只是一些毫無鬥志的步卒，正被自己的騎兵趕得漫山遍野的亂跑。

「肅順好生狡滑，居然溜得這麼快！」洪海鋒惋嘆一聲，接著道：「傳令全軍，佯動追擊，將肅順嚇得再跑遠一點，將龍嘯軍向這邊勾來，然後全軍馬上轉向，直奔定遠。」

第二章
王對王

王啟年看著納奔蠻不講理式的進攻，大笑道：「很好，這小子很對我的脾氣，來吧！你既然想正面強攻，我們就來個王對王，將對將，硬硬地碰上一碰。將天雷營給我調到正面去，作為禦敵的第一排頭軍。」

肅順一直到天黑時分方才擺脫了定州騎兵的追逐，當聽到斥候回報定州騎兵已退走，而龍嘯軍在納奔的率領下緊急趕來馳援的時候，他才鬆了一大口氣，總算是避免與定州兵的火拼了。

打下定州，肅順也想，但他卻不想讓自己的子弟兵付出慘重的代價，最好的結果便是跟在龍嘯軍的屁股後面，痛打落水狗就行，要讓他做第一個吃螃蟹的人，他是萬萬不肯的。

想這麼做的哈寧齊如今已魂歸地府，第二個想幹的代善，被自己的親生兒子斬下了頭顱，血淋淋的事實證明，**定州軍就是一隻刺蝟，即便是啃了下來，也要被扎得滿嘴鮮血**，一想起定州兵精良的裝備，肅順的頭皮便是一陣發麻。

巴雅爾，既然你是元武帝國的皇帝，是草原的領頭雁，那你多付出一點代價是應該的，肅順心裡想道。

「肅順旗主！」納奔策馬到肅順的面前，翻身下馬。

「二王子！幸虧你來得及時，這才嚇走了定州軍，二王子英明神武，果然是我們草原未來的神鷹。」納吉死後，納奔已是水漲船高了。

納奔微微皺起眉頭，古銅色的臉龐上水淋淋的，分不清是雨水還是汗水，他從心底裡討厭肅順這個牆頭草般的傢伙，但眼下時局讓他不得不把這種厭惡壓在心底。

「旗主，為什麼你一味後退不迎戰？你部有二萬精銳，敵方不過萬餘人，如果你能纏住對手，等我趕到，那就是一個全殲定州騎兵的大好機會。」

「二王子，你沒有與定州騎兵正面交過鋒，不知道對方的悍勇和裝備的精良，不瞞二王子說，雖然我有兩萬精銳，但如果真正與他們對上，我可是一點勝算也沒有，看看哈寧齊的前車之鑑啊，他自以為強大，結果被定州兵打得大敗虧輸。再說，您看看我們正藍旗，才不過幾千具鐵甲，大都是皮甲，定州兵雖然人少，但人人身披堅甲，弓弩之強，遠端打擊之猛，都不是我方能比的。陛下給我的命令是攻打震遠城堡，可不是與定州騎兵決戰！」肅順狡辯道。

納奔一聽，頓時火冒三丈，說來說去，還是想保存手裡的實力，如果肅順能不計代價地纏住定州兵，等自己趕到，不敢說全殲對手，起碼也能讓對手望風而逃。

納奔深吸了口氣，冷笑道：「既然是攻打震遠要塞，不知眼下如何了？可曾打下？」

肅順兩手一攤，皮笑肉不笑地道：「攻打要塞本就不是我草原鐵騎的長項，我已經非常努力了，手下兒郎們也拼命了，不信的話，二王子可以去震遠城下看看那堆積如山的我部兒郎，二王子既然來了，何不助我一臂之力，也讓我看看二王子的神勇？哈哈哈，既然二王子到了，那以二王子的神武，想必震遠要塞舉手可下，我部願為二王子壓陣。」

納奔氣得一佛升天，二佛入地，自己手裡兩萬龍嘯軍清一色的騎兵，連一件攻城的器具也沒有，怎麼去打堅城要塞?!臉色陰沉得像要滴出水來；而肅順一臉的笑容之下，卻在心裡冷笑道：「和我鬥?!你小子還嫩了點。」

「二王子，剛剛斥候來報，定州騎兵並沒有撤回沙河鎮，而是逕自奔向定遠要塞，看來是想打一下正黃鑲黃兩旗了，我們要不要馬上去支援伯顏旗主？」

說話的是龍嘯軍大將胡沙安。

「你說他們又去定遠了？」納奔眼前一亮，看著肅順道：「肅順旗主，眼下便有一個大好機會，你可敢跟我走一遭？」

肅順拱手道：「二王子請明言。」

「定州萬餘名騎兵直奔定遠，顯然是想去打正黃鑲黃兩旗的主意，那時沙河鎮便空虛了。我們繞過震遠，直接奔襲沙河鎮，拿下李清的中軍大營。」

肅順先是一喜，但旋即又想到了另一種可能，「二王子，這太冒險了，請務必慎重，這萬多騎兵即便去了定遠那邊，可是還有李清的常勝、旋風兩營騎兵呢！加上防守沙河鎮的可是啟年師，王啟年此人最擅長的便是以步破騎，他們經營沙河鎮已久，佔據地利，我們此去，如果被他們糾纏在了沙河鎮呢？那震遠要塞便是橫在我們頭上的一把刀，我們的後勤補給怎麼辦？一旦被困在這裡，便有全軍皆沒的危險。」

納奔怒道：「兵凶戰危，哪有十足把握的戰鬥，只要有五成希望，便可以一試！我們皆是騎兵，來去自如，糾纏我們？李清拿什麼糾纏我們？他的親衛營、旋風營精銳在白登山一役中所剩無幾，重建的軍隊戰力能剩幾分？」

肅順只是搖頭，道：「二王子，如果真如你所言，我部願意派出一部騎兵隨二王子奔襲沙河鎮，但大部人馬還是要駐紮在震遠，以策萬全；如果二王子成功，我們可隨後推進，萬一二王子失敗了，則後路無虞，隨時可以退下來。」

面對著油鹽不進的肅順，納奔已是無話可說，寒聲道：「那肅順旗主可以給我多少騎兵？」

肅順攤開一個巴掌，「五千！二王子，這已是我四分之一的軍力，不能再多了。」

「五千便五千，胡沙安，整軍，我們出發！」

定遠要塞。

伯顏很是惱火，大將勃魯死在城頭，如今頭顱還高高地懸掛在定遠城頭，關興龍的夜襲又焚毀了他大量的輜重，讓他的攻城勢頭不得不停頓下來，看著帳外連綿不絕的雨水，心裡的怒火卻不知如何發洩。

「旗主！」一名將領跨進帳來，「五十里外發現大批定州騎兵，正向我們奔襲而來。」

「定州騎兵？」伯顏站了起來，「多少人，從哪裡來的？」

「大約萬餘人，從震遠要塞方向而來。」

伯顏沉吟道：「定州一直避免與我們野戰，為什麼這時候會有大量騎兵從震遠方向而來？肅順那邊有什麼消息麼？」

將領搖頭：「我們與震遠方向的聯絡目前已完全被切斷，不知道那邊到底是什麼情況。」

「讓大營左翼小心戒備，不要妄動，先看看這些定州人想要幹什麼。」伯顏令道：「擊鼓，召集眾將議事。」

尚海波率領兩個騎兵營，再加上馮國磐石營的兩千騎兵，在距離伯顏十里處的時候停了下來，就地紮營，看模樣是一副長期作戰的打算。

這讓伯顏驚疑不定，不知道在震遠到底發生了什麼，居然讓定州兵大模大樣地駐紮在自己的左翼，要知道，自己的左翼距離肅順的震遠大營不過百十來里而已，他一面下令派出大量的斥候向震遠方向潛進，力圖打探到確切的消息，一邊派人向納奔的龍嘯軍報信。

是夜，定州軍方向一夜數驚，每隔一個更次，大營裡便燈火通明，戰鼓震天，似乎隨時都會衝出營來發起攻擊，但每當伯顏做好準備之後，對面便偃旗息鼓，悄無聲息了。

一夜數次的襲擾，讓伯顏部都是疲憊不堪。

四更的時候，定州大營裡再次鼓聲震天，這一次除了左翼的部隊，整個大營乾脆不再理會，自顧自地埋頭大睡，果然，雷聲大雨點小的定州兵在敲了一通鼓之後，又再一次的沉寂下來。絲毫沒有出城作戰的跡象。

「**疲兵之計！**」伯顏冷笑道：「如此小兒科的戰鬥技巧，也敢一而再再而三的使用。」心中著實鄙視了一把對方的主將之後，也爬上軟榻，自顧自地去睡覺了。

凌晨，即將天亮的時候，天色反而愈加地黑了，雨終於停了下來，尚海波站在指揮臺上，看著對面的伯顏大營，笑道：「差不多了，給我擂鼓。」

鼓聲再次響起，但這一次，對面的蠻族大營沒有絲毫反應，尚海波哈哈大笑，「成了，大帥的攻擊馬上就會開始了！」

話音未落，地面似乎都震顫了起來，那是上萬匹戰馬同時奔騰所造成的驚人效應，尚海波努力地睜大眼睛，想要穿透夜色，看到李清的兩營騎兵。此時，他手下一萬二千名騎兵也已整裝待發，美美睡了一個晚上的騎兵們，個個精神抖擻，隨時可以發起攻擊。

當地面震顫時，伯顏一骨碌從床上爬了起來，驚問道：「敵人開始攻擊了嗎？準備反擊！」

一名將領衝進帳來，聲音顫抖地道：「族長，敵人已突破了右翼大營。」

「什麼？」伯顏頓時石化。「左翼呢？」

「左翼的定州騎兵已出營列陣，首先攻擊的便是我們的右翼。」

伯顏汗如雨下，**此時他終於明白，定州的騎兵已傾巢而出，目標正是自己。**

李清縱馬舉刀，猛力劈下，將擋在面前的一名蠻騎斬下馬來，溫熱的血液濺在冰冷的鐵甲上，一股腥氣順著面甲上的縫隙鑽進了他的鼻孔，刺激著他的味覺。

「殺呀！」他高聲叫著，右手執刀，左手的刺槍狠狠地捅進另一名疾衝而來的蠻騎身上，槍桿破碎的同時，對方也慘叫著跌下馬來。

白登山之役，上萬精銳一朝盡喪，給了李清極大的打擊，他不知道怎樣去面對那上萬個失去了兒子和丈夫的家庭，這些男兒都是為了護送他活著出來，而義無反顧地衝進了數倍於己的敵人當中，用生命和鮮血為自己淌開了一條血路。

他甚至記得那些艱難地爬上戰馬，將自己綁在馬上的傷兵們那決絕的面容。

今天再次與蠻騎正面對上，一直沉鬱在內心深處，浸透了他血液的憤怒，終於徹底爆發了出來，他甚至忘記了自己曾說過：「最高指揮官不到最後關頭不能赤膊上陣」的話，每一次將面前的敵人斬下馬來時，似乎他內心的痛楚便稍稍減輕了一分。

狂吼著又砍倒一個敵人，正要向前奔去的李清發現從側面彈出一個錘頭，將攔在自己馬前的一名蠻騎擊得遠遠飛了出去，緊接著便傳來王琰的叫聲：「大帥，攻堅殺敵是我們的責任，請大帥退後！」

李清掀起面甲道：「王將軍，今天我要放肆一回，我要為白登山上的將士報仇，親手斬去敵人的頭顱！」

王琰一怔，隨即大聲招呼道：「來人，為大帥開路！」

隨著他的呼喝，一批批的常勝營士兵衝了上來，圍在李清的兩側，王琰則揮舞著他的鏈錘，將李清面前的蠻騎擊得四散飛走。

李清不滿地瞪了眼王琰的背影，這個樣子，自己還殺個屁啊，人都被他殺光了，自己提著刀只是跟著大隊人馬向前衝罷了。

伯顏的右營已完全亂了套，由於尚海波部的存在，伯顏將防禦重點轉到了自己的左翼，右翼空虛，定州人一夜數驚，屢次狼來了的驚嚇，讓他的部隊陷入了一種麻痺的狀態。

當李清的上萬騎兵自右翼衝入大營的時候，整個右翼的蠻兵甚至來不及做出什麼反應，也做不出什麼有效的反擊。

伯顏沉著臉看著火光沖天的右營，看到自己的部隊被切割成一小片一小片，無助地被砍下馬來，或者被敵人縱馬踐踏而過，眼中怒火熊熊。

「左翼無論如何也要給我守住，我不要他們殲滅多少敵人，只要擋住左翼的定州兵就好了！」伯顏吼道：「我要活剝了李清！」

右營已完全被打破，尾隨李清的部卒破營後，旋即一路狂奔到了定遠城下。

城上的關興龍興奮得全身發抖，揮舞著大刀，叫道：「開城門，援軍要進城了！」

定遠要塞的大門洞開，三千步卒湧進城去，關興龍看著一片混亂的伯顏大營，腦子裡突然冒出一個想法。

「汪澎，你過來！你來指揮這三千援軍守城，我帶著定遠的老卒們出城打一下！」關興龍指著城下火光沖天的伯顏大營。

汪澎吃了一驚，「將軍，大帥給我們的任務是守城，並沒有要求我們出城作戰啊！」

關興龍道：「伯顏這傢伙心狠著呢，他的中軍大帳正在集結軍隊，集結之後，必然會衝擊大帥，我們此時出擊，可以從側面橫切進去，將他的軍隊攔腰截為兩段，給大帥製造重創伯顏部隊的機會，**這個大好時機不可錯過，豈能因為戰前的軍令而墨守成規？**事後如果大帥要處罰，我一力承擔！」

「是，將軍！」汪澎領命。

很快，定遠城裡剩餘的老卒被集結起來，而他們在城上的位置則由剛剛進城的新兵頂替。大門再一次打開，以戰車為前導，槍兵次之，刀盾兵交錯，弓弩手隨後，幾千士卒湧出城來。

李清眼見三千援軍進入定遠，此次作戰的目的已完全達到，正準備下達撤退的命令時，忽然發現定遠城門大開，數千步卒在關興龍的帶領下湧出城來，獨臂的關興龍騎在馬上，分外顯眼，微微一怔，驀地明白地關興龍的用意，大讚道：「關興龍，果真大將之才也！」

既然關興龍作出決斷，那自己當然不能放過這個機會，李清當機立斷下令：「常勝營、旋風營迅速集結！衝鋒！」

李清一馬當先衝了出去，王琰趕緊跟上，黑色的洪流一洩而出，此時的伯顏右營已不復存在了。

天亮了，雨停了，多日不見的太陽自地平線上一躍而出，漫天的火光頓時相形見絀，在金色的陽光中黯淡下來。

「結圓陣，防守防守！」關興龍揮舞著他的厚背刀一聲令下，百發弩發出嗡的一聲響，如雨的箭支射將出去，數千步卒在弓弩的掩護下，一頭扎進了伯顏的騎兵大隊中，頓時被騎兵淹沒。

「守住！刺，刺！」關興龍圈馬在圓陣中打著轉奔跑，看到哪裡危急，便趕過去一陣狂劈，在一片兵荒馬亂之中，三千步卒漸漸地如同中流砥柱，在騎兵洪流中穩穩地守住了防線。

被切斷的伯顏騎軍前部迎頭撞上了李清的兩營騎兵，立時便陷入常勝營、旋風營的圍攻。王琰與姜奎如同兩匹憤怒的公牛，咆哮著將面前的敵人一一刺下馬來。

左翼的尚海波也在第一時間發現了這個與戰前規劃不相符合的情況，不假思索，立即下令讓一個營的騎兵繞過左翼，加入攻擊伯顏尾軍的行列中，剩下的人依舊狂攻伯顏的左翼，伯顏的左翼也已搖搖欲墜。

伯顏悲哀地發現，自己在總體兵力上佔著優勢，但在戰鬥的時候，自己總是莫名其妙地陷入劣勢，關興龍的三千步卒像是鑽進自己肚子裡的一枚釘子，讓自己難受至極，卻又無力拔除，眼看著對方的圓陣雖然被自己一步步壓縮已經越來越小，但越小他反彈力越大，自己要付出更大的代價才能進一步地向內壓縮，即便消滅了這支步卒，但自己的前軍也要被李清一口吞了下去。

「撤退！」他眼中佈滿血絲，不甘心地下達命令，說完這句話後，牙齒竟然生生地咬破了自己的嘴脣。

伯顏部吹起了撤退的號角，圓陣已被壓扁的關興龍終於喘了一口氣，看著潮水般退去的蠻兵，關興龍拄著刀，大口大口地喘著粗氣，道：「龜兒子，要是他再多攻一會兒，老子可就真頂不住了！」

看到伯顏後退，李清也不願再作過多的糾纏，當即命令開出一個口子讓伯顏的前軍退走，策馬來到關興龍面前，哈哈大笑著一躍下馬，重重地擂了一下對方的胸膛，「橫刀立馬，唯我關大將軍，幹得好，關興龍！」

震遠守將看著繞城而去的納奔龍嘯軍，命令手下在城上燒起三堆烽火，警告在沙河鎮的王啟年部，燃起烽火代表敵至，而每一堆便代表著一萬敵軍。

看著滾滾而去的敵騎，洪海鋒擔心地問道：「魏將軍，沙河鎮騎兵傾巢而出，現在只剩下王將軍不到二萬的步卒，能抵擋得住納奔的龍嘯嗎？看龍嘯的軍容，不論是裝備還是士氣，果真要比肅順的正藍旗強得多啊。」

魏鑫撫著頷下的長鬚，笑道：「如果是別人，我還真不敢說，但是王啟年將軍在那裡，我敢說納奔絕對討不了好去，王將軍可是定州軍裡最擅長以步對騎的人，再說了，納奔此去，求的便是一個快字，要是短時間內打不下沙河鎮防線，等大帥回師沙河鎮，納奔就有被包餃子的危險，一心掛兩腸，焉能打贏這場戰爭？你等著瞧吧，最多兩天，我們便可以看到納奔灰頭土臉的回來了。」

納奔進入宜安不久，便發現情況有些不對，沿途村舍別說人，連狗也看不到一隻，空空蕩蕩，走進屋舍中，除了一些笨重的傢俱還在，只剩下光禿禿的牆壁，整個宜安縣近十萬丁口，全都走得乾乾淨淨。

「二王子，定州實行的是堅壁清野之策，讓我們在敵境之內找不到一顆糧食，後勤輜重完全要靠後方補給，而我們打不下那三座要塞，後勤補給便完全暴露在對方的眼皮底下，根本無法大舉進攻定州內地，定州這是在拖啊，拖到冬季的話，形勢便對我們不利了。」胡沙安擔心地道。

納奔咬著牙道：「李清實行堅壁清野，是一把**雙刃劍**，三個縣數十萬丁口的安置，每天的耗費可不是小數目，哼，想拖我們，我看最後拖垮的會是他自己。」

胡沙安道：「二王子，大楚富庶非我們能比擬，上一次李清白登山大敗，精銳騎兵損失殆盡，聽說大楚的皇帝勒令與定州相鄰的幾個州各出了上千匹戰馬，才讓李清又快速地重建了常勝營與旋風營。如果李清的財力足夠支援他搞的這一大套戰略，那我們還真是沒有什麼好辦法。」

納奔沉默片刻，馬鞭指向前方，「無論如何，擒賊先擒王，先打沙河鎮！你讓正藍旗的那幫廢物去牽制宜安縣城的敵人，我們自己去攻打沙河鎮防線。哼，我不信我二萬龍嘯軍打不下沒有堅城作掩護的沙河鎮！」

沙河鎮。

長達十數里的防線上，一萬五千餘啟年師的步卒早已枕戈待旦，從看到震遠城上的烽火開始，沙河鎮便全面進入了戰爭狀態中，王啟年的中軍大營裡，傳令兵們忙碌地進進出出，將一條條命令送到各級指揮手裡。

王啟年的目標很明確，就是守。納奔只要在這裡拖上一到兩天，那他就別想離開了，李清的騎兵回師，可以直接堵住他的退路。

沙河鎮十數里方向上的地面已完全變了模樣，無數的壕溝縱橫交錯，被挖出的土就地被壘成一道道土牆，有的土牆後面是一段平整的地面，有的卻是深深的壕溝，溝裡被倒插上密密麻麻削尖的竹刺，如果是身披堅甲的龍嘯軍掉下去，人不見得有事，但馬卻鐵定不可能爬起來了。

越靠近沙河鎮，這種壕溝便愈多愈密，布置在後方的投石機密密麻麻有如樹林般林立，看著便令人頭腦發麻，新打造的八牛弩閃著寒光，粗如兒臂的弩箭早已設定好射擊目標，只等著敵人一頭撞上來。

納奔之所以有信心來打沙河鎮，除了堅信龍嘯軍強大的戰鬥力之外，更因為龍嘯軍的配置絲毫不遜色於定州兵，相對於草原的另一大武力狼奔軍，龍嘯軍的裝備上要強上一個檔次，這也是巴雅爾手中最強有力的武器。

午時，太陽高懸頭頂，五月的陽光雖然還談不上如何火辣，但戰場上那種沉凝的氣氛，讓人無端地便感到一陣燥熱，此時，也是一個人氣血正旺的時候，便是在這個時候，納奔的龍嘯軍抵達了戰場。

看著定州軍的防線，納奔的嘴角露出一絲冷笑，撫遠之戰後，白族內部也進行了反思，對定州軍的防禦進行了深入的研究，納奔十分自信有辦法對付這種防守。

在他的對面，王啟年的大旗迎風飄揚，與納奔的將旗遙遙相對，「從正面突破，我要直搗敵巢！」納奔豪氣干雲地道。

沒有側翼的攻擊牽制，沒有小規模的攻擊試探，納奔一上手便是雷霆萬鈞之勢的正面強突，他要集中所有的力量，在正面戰場約三里寬的攻擊面上全面突擊，只要打開某一點，便可形成突破，遍地開花。

龍嘯軍第一批攻擊的士兵抓起裝滿土的口袋開始了突擊，在他們的後方，更多的人正在忙碌地挖起泥土，裝填進口袋。

王啟年看著納奔蠻不講理式的進攻，大笑道：「很好，這小子很對我的脾氣，來吧！你既然想正面強攻，我們就來個**王對王，將對將，硬硬地碰上一碰**。將天雷營給我調到正面去，作為禦敵的第一排頭軍。」

龍嘯軍騎兵們將布袋放在馬上，單手執弓，另一隻手從箭壺中抽出箭來，一邊奔馳，一邊搭箭上弦，瞄準壕溝後的定州弓手。而這些定州弓手們也正在做著同樣的事情，在哨官的哨聲中，一支支長箭斜斜指向前上方。

「全體注意，急速五輪拋射！」

隨著一聲令下，定州兵們鬆開弓弦，崩的一聲響，空中立時多了一片箭雲，鋪天蓋地地罩住向前奔襲的龍嘯軍。

改良過的一品弓，射程比龍嘯軍的強弓要稍稍遠上十數步，便是這十數步的距離，讓定州兵可以在這場對射中占得先機。龍嘯軍這頭，除了極少數臂力奇強的士卒能力挽強弓，在如此距離上與定州兵對射之外，其餘的人只能忍受著如雨般射下來的箭支，埋頭猛衝十數步後，方才將手裡的利箭射出來。

雙方不時都有人倒下，在這個距離上，其實雙方的對射更多的是一種壓制，真正射死人的箭其實很少。龍嘯軍射術精良，在對射中占到上風，但是損失卻一點也不比定州兵少，更多的龍嘯軍是胯下戰馬被射倒，因而被馬拋下地來，在千騎縱橫的戰場上，即便是控馬技巧極其精良的龍嘯軍，也不免會誤踩戰友。

在這場對射中，龍嘯軍奔到第一道壕溝前，拋下馬上的布袋，圈馬斜斜奔開，為後續部隊讓開通道。不到一炷香功夫，第一道壕溝便被填平，矮牆被推倒，定州兵旋即後退一定距離，再次對對方的衝擊施以弓箭壓制。

王啟年搬了把太師椅，坐在指揮臺上，看著這場攻防大戰。

「傳令左翼，出三千人馬，給我威脅一下納奔的側翼！奶奶的，這些龍嘯軍莫非是挖土出身的嗎，裝袋子這麼快？」王啟年道。

說話間，龍嘯軍已突破了第二道壕溝，再向前推進了百米。

納奔和胡沙安兩人臉上卻神情嚴肅，定州兵如此表現，只能說明後面會有更艱苦的戰鬥在等著他們，看著且戰且退的定州兵，胡沙安開口道：「二王子，如果今天傍晚我們不能突破沙河鎮的話，那我們就必須要走了。」

龍嘯軍頑強的作戰意志和高超的作戰技巧的確不是納奔在自誇，這也是王啟年第一次與龍嘯軍作戰，看到對方的進攻陣形，王啟年感到今天會有些麻煩了。

定州軍最大的依仗便是遠程打擊的犀利，但今天這一戰略對龍嘯軍明顯有些失效，每當空中箭雨密集起來，龍嘯軍便四散分開，手中的盾牌和彎刀揮舞，將損失降到最低，待定州軍一輪發射完畢，這些散開的士兵便又速度迅速集結起來，形成一個錐形的進攻陣容，狂潮般撞擊著定州軍的防線。

不到一個時辰的功夫，沙河鎮外圍防線便告失守，此時納奔已經可以清晰地看到對面那高高的指揮臺上王啟年的身影。

沙河鎮十數里長的防線原本呈一個向外鼓起的半圓，現在的態勢卻是圓弧的最頂端已被深深地壓了進去，變成模樣有些怪的向內凹的半圓，納奔的龍嘯軍便嵌在這個凹形之中，胡沙安擔心地道：「二王子，是不是要分出兵刀防備一下兩翼，我們現在幾乎被對方三面包圍了。」

納奔笑道：「胡沙安，你沒有看到對方的營旗麼？王啟年將他最強的天雷營調到了我們的正面，是要與我們來個硬碰硬了，哼，如果王啟兵的兵力佔優勢我還會小心防備，但現在卻是我們兵力占優，你怕什麼？正面戰場就像是一塊磁鐵，會不斷地將兩翼的敵人吸附到中間來，襲擊我的兩翼？最多便是騷擾一下，不必管他，正面突破，只要擊潰了天雷營，我們便會像切奶油一般，將沙河鎮切成兩塊，定州兵便任由我們宰割了。」

龍嘯軍呼嘯著衝向對面，而從開戰時便一直沉默的定州軍投石機，終於露出了猙獰面孔，被打磨得溜圓的石彈布滿天空，狠狠地砸將下來，四連發的八牛弩特有的呼嘯聲響徹戰場，上百臺八牛弩同時發射，每一次便是數百支長弩。

相較而言，八牛弩對敵人造成的心理打擊較之投石機更大，投石機的石彈尚可以躲避，有些變態的傢伙還能利用手的盾牌和高超的技巧格擋，但八牛弩卻是避無可避，擋無可擋，速度力道超大，強大的力道往往將人帶向空中，一路血雨灑將下來，落在同伴的盔甲上，讓人無不色變。

龍嘯軍開始出現了大量的傷亡，納奔的臉色卻沉靜如常，他知道，這種強力武器的打擊需要很長的時間間隔才能發動第二次，而他需要利用的就是這段時間。

果然，投石機在一輪猛烈發射之後便停頓下來，定州兵們忙著再次上彈，將繩索絞緊，這一瞬間，龍嘯軍已是猛撲了上來，衝到天雷營的面前。

王啟年有感而發地道：「記住，投石機、八牛弩等重型武器一定要分批輪換射擊，盡可能不要出現這種長時間的間隔，一般敵人還好說，碰上龍嘯軍這種軍隊，立馬便暴露出問題來了。」

身後一名書記官趕緊揮筆記下。

龍嘯軍在距離天雷營百十步時，遭到了第二輪打擊，龍嘯軍對定州軍的百發弩早有防備，手中的盾牌都是清一色的鐵盾，上護人，下護馬，饒是如此，龍嘯軍的這次衝擊也付出了數百人的代價。納奔臉色變得有些難看起來。

現任天雷營指揮，參將趙力看著奔騰而來的龍嘯騎兵，冷笑道：「納奔，你把自己看得太高了，今天就讓你見識一下天雷營的厲害。投矛，準備。」

最後面一排士兵從背上拔出長約一米的投矛，後退十數步，在一聲令下之後，猛的發力奔跑，沉重的投矛帶著呼嘯聲被擲了出去。這可不是用樹枝削成的投矛，而是定州精心打製，頭部全由精鋼構成，具有破甲能力的鐵矛。

數百支投矛集中火力，敲打在龍嘯軍的衝鋒箭頭上，錐頭立刻便被削平，盾牌能夠擋住投矛，但投矛的巨大力量卻能讓你手臂發麻，只要你動作稍慢，便會被後續而來的投矛刺翻在地。

天雷營只投出一輪投矛，龍嘯軍便一頭扎進了天雷營之中，後面緊跟而來的龍嘯軍隨即圈馬側奔，繞著天雷營的步兵方陣奔跑，在馬上彎弓搭箭，不停地射向方陣，**內裡突破，外圍游射，這是龍嘯軍破步卒方陣的不二法寶。**

「阻斷！」王啟年下令。

投石機再一次開始發射，不過，這一次投石機不再是一個波次的密集進攻，而是十數臺十數臺的分成了數個波次，連續不斷地砸向敵軍，竭力阻止更多的龍嘯軍衝進天雷營的方陣之中。

龍嘯軍一旦紮入這些方陣之中，馬速立刻便降了下來，有的甚至被迫停下來，馬上的騎士揮舞著大刀長矛拚命格擋，下刺。

這是一場強強對話，最強的騎兵對上了最強的步兵，雙方士兵連吶喊聲都免了，個個都紅著眼睛，悶頭搏殺，眼睛裡沒有別的，只有敵人和敵人的刀尖，不是你死，就是我亡。

一名天雷營士兵被刺中，倒了下去，倒下的一瞬間，他還用刀砍斷了對方的馬蹄，看到對方倒栽下馬，身上旋即多了幾個血洞，方才滿意地閉上眼睛。

游射的龍嘯軍很快發現，這種射擊對定州兵的影響不是太大，一是對方甲具精良，只要不是射到要害，根本死不了！龍嘯軍立即改換戰術，不再射箭，而是開始投鐵骨朵、鐵錘等武器。這些傢伙落下去，立刻便讓天雷營的方陣開始出現了較大的傷亡。

像兩個狂暴的巨人糾纏在一起，人在這時候變成了野獸，目的只有一個，便是將對方殺死。龍嘯軍雖然兵力上佔優勢，但苦於一次投不了太多的兵力，定州兵依仗著堅固的防守，不停地對龍嘯軍的兵部實施著阻斷打擊，衝進去的數千龍嘯軍與天雷營殺得難解難分，誰也奈何不了誰。

胡沙安看著臉色有些難看的納奔，道：「二王子，我們這種添油戰術絲毫起不了作用，打不破天雷營的中路，我們便無法取勝，二王子，撤退吧，用騎兵去衝擊布陣嚴密的步兵，本就不是件明智的事，而且對方身後還倚仗著如此強大的防禦陣地，如果李清率兵堵住我們的後路，那就糟了。」

納奔重重地吐了一口氣，第一次與定州兵交手，居然是如此結果，讓他有些難以接受，一直以來，他都認為龍嘯軍一出，定州兵便會土崩瓦解，不堪一擊，但現實卻給了他重重一擊。

「二王子，我們要找到機會，在野戰中重創對方，而不是來攻堅啊！」胡沙安勸慰道：「再說，我們這次出擊也不是沒有收穫，士兵們都積累了一定的對定州兵作戰的經驗，而且此戰敵人的損失比我們大得多，我們已經算是贏了。」

納奔抬頭看看天色，天黑前打破沙河鎮看來已是沒指望了，拖延下去，對自己絲毫沒有好處，要是肅順的兩萬大軍跟著一齊來就好了，納奔心裡恨極。

「這些短視的傢伙，**終有一天，他們會為他們的短視付出代價！**」納奔道。

十萬草原軍隊圍攻定遠、震遠、威遠三要塞，歷二月之久，不能克之，時近七月，溫度已一日高似一日，三座要塞之下，雖然草原軍隊的大營依然存在著，但戰事卻一連十餘天沒有爆發了。

巴雅爾改變了戰略，強攻變為圍困，正紅旗、正藍旗、鑲黃正黃四旗已經在三座要塞的不遠處，做了長期圍困的打算。

除了軍隊，更多的人員來到三座要塞，他們帶來大批的牛羊牲畜，就地放牧，以緩解後勤的壓力。既然李清在這三地實行堅壁清野政策，那麼巴雅爾便也無意派軍隊深入這三地，只要讓李清長期保持這種堅壁清野策略的話，數十萬三地居民便會成為李清沉重的負擔。

於是在定州與蠻族之間，便形成了一條奇怪的戰線，定州的上林里遠遠地探入草原，威脅著蠻族的根本之地，而在定威一線上，蠻族的大軍又兵臨定州城下，雙方都似乎非常樂意這樣的僵持。

巴雅爾的策略正中李清下懷，李清在等待，等待著來自蠻族後方的一擊，室韋人已差不多整軍完畢，由定州遠渡重洋過去的定州軍淘汰下來的兵甲，對於室韋人來說，卻是無上利器，很有一種天上掉餡餅的感覺，五萬軍隊人人披上皮甲，拿起強弓，將五萬室韋人整編成十個營，一切準備就緒，直需一聲令下便可出戰。

西渡大將過山風自從來到室韋人的地盤後，第一件事便是督促鐵尼格派出大量的斥候，完全封鎖了蔥嶺關與這裡的一切消息，他要在自己發起進攻之前，蔥嶺關的鎮守蠻族仍然不知道有一支定州軍隊來到了這裡。

鐵尼格在承諾室韋人將擔當攻打蔥嶺關的先鋒之後，從過山風這裡拿到了一批攻城車、蒙衝車和八牛弩，此後，每當鐵尼格做出一項許諾時，過山風便像擠牙膏似的給他一點好處。

就在過山風整裝待發的時候，定州正在進行熱火朝天的基礎建設，以定州城為中心，修建通往各縣的馳道。

「大帥，連續幾個月的大興土木，現在定州城通往各縣的道路馬上就要完工了。」路一鳴喜滋滋地道。

要想富，先修路，大帥以前說過的話可真是精闢啊！道路的完善，帶動了定州經濟的飛速發展，現在的定州無須再為交通的事情發愁，以前兩天的路程縮短到不用一天，這些窮鄉僻壤也被馳道連接起來，可以這樣說，現在的定州再無死角。

每隔五十里便有一個驛站，每個驛站不但提供食宿，還精心餵養著十數匹良馬，任何一地出了什麼何情況，都可以在最短的時間內將情況回饋到大帥府。

而驛站的歸屬權在定州內部起了一番爭執，最終還是清風的統計調查司占了上風，全州所有的驛站全部劃歸統計調查司，這讓尚海波不高興了好長時間，但李清承諾的軍情調查司終於成立，將軍事情報正式從清風手裡畫分了出來，雖然司長還沒有確定人選，這才讓尚海波閉上了喋喋不休的嘴。

對於尚海波與清風之間的矛盾，路一鳴一直保持著不偏不倚的態度，就事不就人，誰有理就幫誰，他的態度讓他在李清那裡得到不少加分，現在的他，在尚海波與清風爆發爭論的時候，充當著緩衝器的角色。

比方說驛站，路一鳴本想將其劃歸在民生這一塊，但當清風說出驛站對於情報搜集的重要性之後，他便立即轉向支持清風，但將驛站的財政牢牢地把持在手中，也算是對統計調查司有了一定的牽制。

「道路修完了，就興修水利！」李清道。

路一鳴點頭道：「大帥說得是，水利目前已在規劃當中，不過大帥，水利比起道路來說，更是一個龐大的工程，這還牽扯到大型水庫的修建，需要更多的資金。」

「資金上有問題麼？」李清關心地道，銀子現在成了定州的命脈，無論是這些工程的開工，還是幾十萬內遷的百姓，每天的花費都是成千上萬兩銀子，一旦資金出了問題，那事情就大條了。

「沒有問題。」路一鳴斬釘截鐵地道：「內遷的居民仿效當年我們在崇州的做法，編營軍管，集中提供食物和一應物資，雖然不寬裕，但還不至於激起什麼民變，這些百姓無論青壯還是老弱婦孺都有飯吃，有事做，有學上，比起幾年前不知好了多少倍，這極大地緩解了我們的壓力。商貿司的商路每天都有大量的銀錢流入定州，尤其是崔義城那邊！」

路一鳴乾咳了兩聲，看了下在座的人，有些尷尬地道：「用日進斗金來形容也不為過啊！」

與會諸人都笑了起來，說白了，崔義城便是個私鹽販子，而且是有著正式官位的私鹽販子，接管復州所有鹽場後，鹽的產量急劇上升，巨大的利潤都流入了定州的官庫中。

「雖非正途，但眼下時局可緩解我們的一時之困！」李清道，「等戰事結束再來慢慢調整吧！」轉頭看向尚海波，「尚先生，匠師營那邊收入如何？」

尚海波回道：「匠師營現在全力供應自己的軍隊，軍械基本上停止向外發售了，只有一些民生用品還在發賣，聊勝於無吧。銀子的事還得老路一肩承擔啊！不過看老路現在的樣子，他的口袋裡應當是很充足，不然我們現在看到的就應當是一張苦瓜臉了。」

眾人都笑了起來。

李清把臉轉向清風，「統計調查司那邊有什麼新的情況？」

清風打開面前的卷宗道：「根據洛陽發回的情報，洛陽已落入蕭家之手，洛陽附近幾個州的態度也很曖昧，與蕭家或明或暗都有往來，我懷疑，蕭家肯定有什麼大的動作要展開，只是現在我們還不清楚到底他們想幹什麼。」

「其二，李氏傳回消息，確定南方三州叛亂背後的確是寧王在支持，屈勇傑率軍退到蓋州，其餘兩州盡皆落入寧王之手。青狼已潛入蓋州，很可能是想說服屈勇傑投靠寧王，如果得逞，則寧王毫無疑問將成為大楚第一大勢力。」

李清噓了口氣，「天要下雨，娘要嫁人，眼下我們自顧不暇，回頭再處理這些事情吧！不論某些人想幹什麼，做好我們自己的事情，經營好定復二州，到那時候，在我們強大的軍隊面前，所有的陰謀詭計都將是浮雲，諸君，一齊努力吧！」

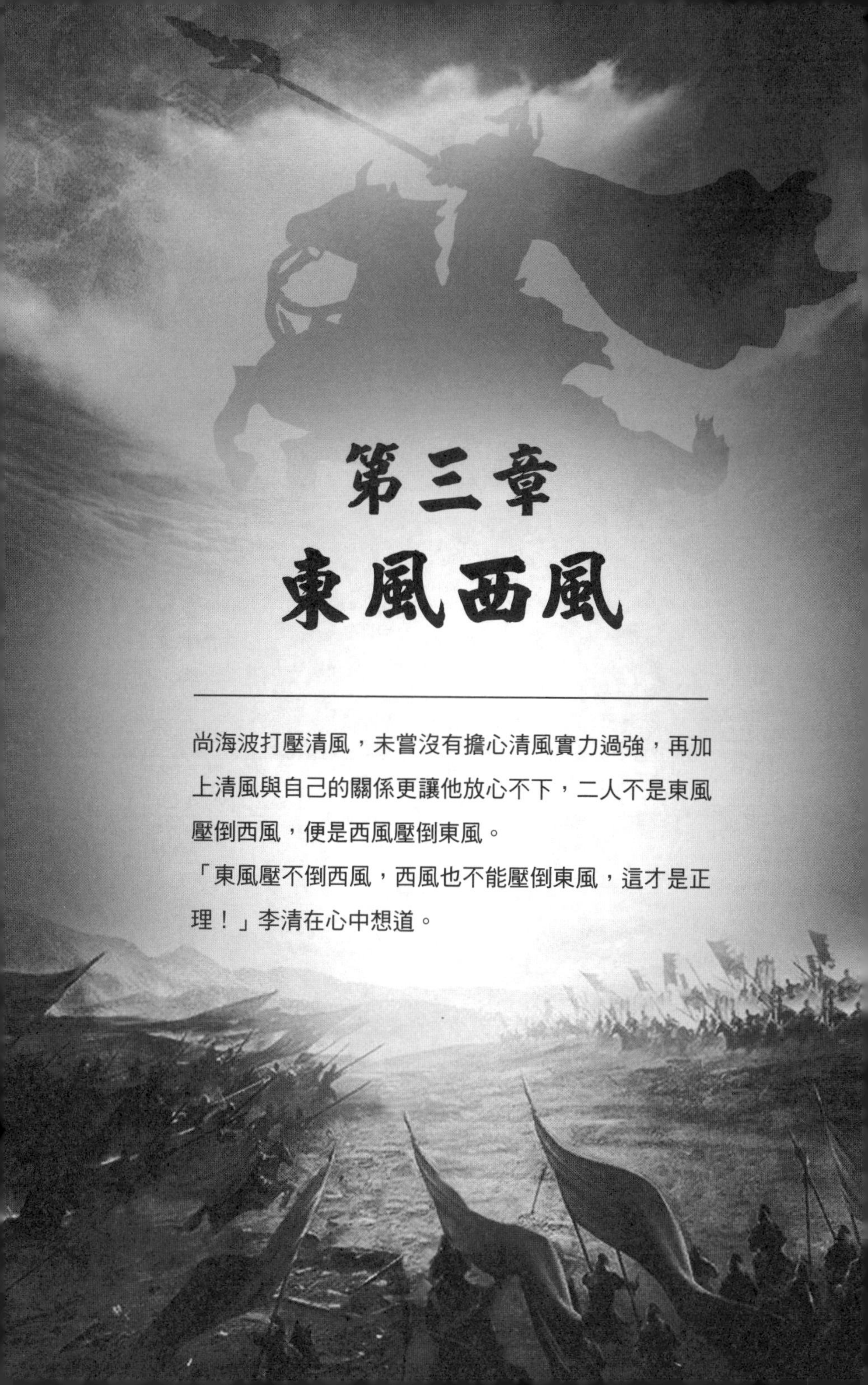

第三章
東風西風

尚海波打壓清風，未嘗沒有擔心清風實力過強，再加上清風與自己的關係更讓他放心不下，二人不是東風壓倒西風，便是西風壓倒東風。

「東風壓不倒西風，西風也不能壓倒東風，這才是正理！」李清在心中想道。

尚海波被李清單獨請到自己的書房。

唐虎為兩人奉上茶，將房門帶上，便扶著腰刀站在門口。

尚海波端起唐虎泡的濃茶，皺起眉頭抿了一口，搖頭道：「虎子到現在還認為茶葉放得越多越好？」

李清哈哈一笑，「他這個觀念根深蒂固，難以更正，你可以看他泡的茶來確認他心裡誰更重要一些，他心裡越是重要的人，茶葉便放得越多。」

尚海波忍不住笑了起來，「如此說來，我還很榮幸了，大帥，那他給您的茶杯裡豈不是光是茶葉？」

兩人都大笑起來，本來有些嚴肅的氣氛頓時輕鬆了不少。

「大帥，您今天找我來，是……」尚海波問。

「眼看著大戰一天比一天近，有些事情需要早做籌劃，正好有些事我也要先生為我參詳一番。」

尚海波放下茶杯，正襟危坐，兩眼陡地露出鋒芒，道：「大帥，既是這樣，海波今日便要得罪了。」

「無妨，打開窗戶說亮話，我們兩人心事如果不能一統，後患無窮。」李清將茶碗放下，「尚先生不妨直言。」

「那好，大帥也知道我要說什麼，便是關於清風的問題。清風司長的能力無庸置疑，這一點便是尚某也很佩服，說她是巾幗不讓鬚眉，我都認為輕了，我們定州能有今天，她的功勞不容抹煞，但是，大帥，**我想問您，您是想單單做一方諸侯，永遠待在邊疆呢，還是有更遠大的志向？**」尚海波目光炯炯地看著李清，兩手緊緊地握成拳頭，顯然心中很是激動。

「**楚失其鹿，能者逐之**，如果我有資格參與的話，為什麼不去做？」李清淡然地道。

「好！」尚海波大叫一聲，「既然大帥有這份雄心壯志，那清風司長的問題就不能不及早解決。」

「解決什麼？」李清故作不解地道。

「大帥，您想過沒有，如果有一天您大業得成，那時清風司長將處於何位？尚某便明說了，到得那時，清風司長作為大帥您的第一個女人，其位之貴，只怕到時連您的夫人都會望其項背，後宮之中，主弱臣強，禍亂之源也，此其一。」

「其二，清風司長如果有了大帥的子息，以清風司長之能力，豈不為自己的兒子謀求更高的位置，那又會讓您的嫡子處於何地？兄弟鬩牆，禍起頃刻之間也，此其二也。」

「其三，大帥，您難道沒有看到，清風司長在軍中若有若無的影子嗎？統計調查司的權力已極高，如果再讓清風司長在軍中擁有了力量，那將來誰能制之？只怕到時大帥想要做點什麼也為時已晚了。」

「以你之見，我當如何呢？」李清不動聲色地道。

尚海波猶豫了一下，終是沒有把一直盤旋在心裡的那句話說出來，「大帥，這需要您的決斷，清風，要麼單純做您的女人，要麼就是單純的屬下，二者不可兼得。」

李清笑了笑，站起身來，從身後的一個架子上取下一包東西，遞到尚海波面前，道：「你自己看吧！」

尚海波疑惑地打開紙包，詫異地道：「中藥？」

「尚先生師從儒家，基本的藥理想必也瞭解一些，不妨看看這藥渣都是些什麼。」

尚海波細細地辨認了一番，心裡更加不解，道：「大帥，這是女子為防止懷孕的方子，大帥從何而來？」

李清道：「這是從清風司長那裡得到的。」

尚海波一驚，抬起頭來看著李清。

李清幽幽地道：「尚先生，你未免太小看我了，統計調查司固然是清風一手打造，上上下下無不是她的心腹，但我若想避開她得到一些什麼東西，仍是不費吹灰之力。」

「大帥！」尚海波震驚地看著李清。

李清冷笑道：「清風跟著我二年多了，一直都沒有懷孕的跡象，我還道是她當年受過摧殘所致，哪知竟是這樣！**尚先生，你擔心的問題她早就想到了。**」

尚海波吶吶地道：「這個女子……」

「不過清風將手伸到軍中，卻也是確有其事，不論她是出於什麼心理，這都是不能被允許的，尚先生，關於清風，你不必有太多擔心，我自有方法處理。」

「可是大帥，今日的清風司長知道避嫌，但不代表以後的她也是如此，以我對她的瞭解，此事絕不會這麼簡單！」尚海波搖頭道。

「尚先生，你對清風不要逼迫過甚，**你逼得越緊，她便會反彈越高**，至於清風在軍中的勢力，我已著手處理了。」

尚海波點頭道：「是，既然大帥早有預防，是海波多慮了！」

尚海波打壓清風，未嘗沒有擔心清風一系的實力過強，再加上清風與自己的特殊關係，更讓他放心不下，尚海波與清風二人，不是東風壓倒西風，便是西風壓倒東風。

「東風壓不倒西風，西風也不能壓倒東風，這才是正理！」李清在心中想道。

「此事到此為止吧，尚先生，我找你來，是關於傾城公主的事！」李清道：「安國公已傳來消息，皇室決定在今年十月便要下嫁公主，不日就將有聖旨傳到定州。」

「這麼早？」尚海波驚道：「如今我們正在與巴雅爾作戰，決戰一觸即發，這個時候怎麼能騰出時間來處理大帥您大婚之事？」

李清道：「天啟急了，他怕兩年過後，復州盡入我手心，我勢力坐大，傾城公主下嫁便可牽制我。但安國公說，此事**還有人在其中推波助瀾。**」

尚海波眨巴了一下眼睛道：「另有目的？」

「還有一個消息會更讓你吃驚，宮衛軍將有一千五百人作為嫁妝陪嫁，一齊來到定州！」

尚海波一下站了起來：「一千五百宮衛軍？這可是整個宮衛軍的一半了，這是什麼意思？想憑這一千五百人便掌控復州，影響定州？不，不，**這裡面一定還有別的陰謀，是誰出的這個主意呢？誰能從這個主意中得到好處？**」

李清聞言道：「是啊，誰能從這個主意中得到好處？你想想，宮衛軍走了一

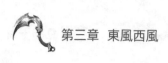

半，當然要補充一半人進去，從哪裡補？第一選擇必定是御林軍，御林軍現在在誰的手裡？」

尚海波一拍桌子，大聲道：「蕭家，**這個主意是蕭家出的?!**」

李清哈哈大笑：「這個主意不是蕭家出的，卻是當今皇后與向氏一族極力推動才讓天啟下定決心的。當然，安國公也極力贊成。」

尚海波臉色陰沉下來，「如此說來，**蕭家與向氏已結成同盟**，皇帝陛下危矣！」

「當然，向氏可是有太子在手。」

「要不要警告皇帝陛下，眼下還不是大楚傷筋動骨的時候啊！」尚海波擔心地道。

「不！讓他們動起來，不管他們是要脅天子以令諸侯也好，還是要另起爐灶也好，都會為我們以後的計畫提供絕好的藉口，這也是安國公為什麼明知其中有鬼，仍然大力贊成的緣故，安國公將在公主下嫁時便向皇帝陛下告老還鄉了。」

尚海波看著李清，驚道：「也就是說，**大楚的劇變最遲便在今年的冬季？**」

「不錯！」李清道：「所以我們要在冬季時確定草原之戰的大勢，只有在草原大局已定的情況下，才有餘力另圖其他。」

「這個有難度！」尚海波搖頭。

「傳信給過山風，八月初，他必須要攻進蔥嶺關內。清風這邊盯緊富森，當過山風打進蔥嶺關時，他必須要做出決斷。」

大楚京城，洛陽。

正值春夏之交，氣候宜人之時，雖然是二更時分，但街上仍是熱鬧非凡，行人往來絡繹不絕，大紅燈籠高高掛起，歡聲笑語不絕。

一個僅能容二三個人並排而進的小巷子不時有人進進出出，顯出與這個巷子並不相稱的人流量，不為別的，只因為這個小巷子裡有一家賭坊——「富貴賭坊」。

自從一年多前這家賭坊換了主人，生意便一日日的興旺起來，因為這家老闆信譽卓著，只要你有本事，贏再多的錢也可以放心地拿走，絕不會出現黑吃黑的現象，當然，能贏大錢的人是少之又少。

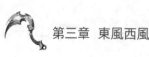

一個個子不高的青衣人，佝僂著身子走進了富貴賭坊，渾濁的空氣，喧鬧的聲浪讓他微微皺了下眉頭，但馬上臉上便露出一個賭徒走進賭坊時應有的表情，擠到一張賭桌邊，隨意地賭了幾把，然後又換了張桌子。

一個時辰後，青衣人擠出人群，伸手招來夥計，問道：「夥計，茅房在哪裡？」

熱情的夥計馬上帶著他來到一處側門，青衣人卻沒有順著夥計指的方向去茅房，而是走到一扇門前，左右瞧了瞧，閃身走了進去。進屋之後，熟門熟路地打開後門，走到門外一處樓梯拾梯而上。

推開門，富貴賭坊的老闆正翹著二郎腿，悠哉遊哉地哼著小曲，就著花生米喝著小酒。

青衣人逕自坐到他的對面，不客氣地拿過老闆的酒杯，一仰脖子倒了下去，又掂起幾顆花生米丟進嘴裡，笑道：「胡東，你小子倒真是享福啊，喝著小酒，哼著小曲，不時還有姑娘陪著。」

賭坊老闆，前定州統計調查司提刑司頭頭胡東嘿嘿地笑說：「謝科老弟，各人有各人的命啊，你羨慕我，我還妒忌你呢，咱混到天，就是個黑幫頭子，你可是頭戴烏紗，前程似錦啊。」

「我呸！」謝科狠狠地吐了口唾沫，道：「憋死我了，咱不做讀書人久了，猛的穿上長袍，一天到晚地之乎者也，真是難受之極，還是拿刀子痛快啊！」

胡東大笑起來，「謝大人，你如今可是兵部主事，堂堂的七品官了，這話要是傳出去可不好聽哦！」

謝科搖搖頭，又喝了杯酒，道：「胡東，京城現在氣氛很是詭異啊！你這邊有什麼有價值的東西嗎？」

說起正事，胡東便正經起來，放下二郎腿，點頭道：「嗯，你沒看我已經躲到這裡來了，看樣子，是有大事要發生了。」

謝科神色鄭重地道：「我利用職務之便，查看了御林軍最新的人事檔案，做了一番功課後發現，蕭家已完全控制了御林軍，而且這次宮衛軍的第一輪篩選，入選的人都與蕭家轉彎抹角地能扯上關係。」

胡東點頭道：「我從青樓那裡也挖出來不少消息，蕭家看來想動一動了。」

「要不要悄悄提醒一下兵部尚書？」謝科道。

胡東搖頭，「定州的意思是任其自便。」

「是這樣啊！」胡東接著道：「司長估計，蕭家可能要動手了，至於動作多大，目前還不好揣測，給你的命令是盡可能地接近他們，加入他們。我們定州以後踏足中原，與蕭家這些大世家的爭鬥不是三兩年就可以搞定的，你如果能取得他們的信任是最好不過了。」

謝科疑惑地道：「我怎麼可能得到他們的信任？」

胡東笑道：「你忘了，你的背景可是很乾淨的，而且是新進官員，如果蕭家真掌管了洛陽，像你這樣的人，正是他們拉攏提拔的目標，那些背景複雜的人，他們反而提防著呢！再說了，你身處官場，總是能找著機會的，你就自己把握吧！」

謝科點頭稱是，「胡東，如果蕭家要動手，你們的處境會更危險，你要小心一些，如果事有不諧，你便馬上撤出洛陽，走安定門，那裡的守門郎是李氏的人，你有李氏的暗影牌子，他認得。」

「蛇有蛇路，鼠有鼠窩，他們拿我是沒有法子的，我必須在洛陽替司長將網路打造牢固，等大帥進軍洛陽時能起到作用，你放心吧，我現在手裡不僅有賭場，還有青樓，當鋪，總之，窩多著呢！」

「你自己小心吧，哦，對了，職務司的指揮袁方病了，不能理事，現在由副手暫署職方司，你把這個情況傳回定州。」謝東科站了起來，「保重吧，很可能有一段日子我不會來了。」

「彼此珍重！」胡東站了起來，將謝科送到門邊。

安國公府。

李懷遠坐在書房中，他的對面，是李氏的暗影頭子李宗華與財神李允之。

「都開始布置了麼？」李懷遠眯著眼睛，淡淡地問道。

李宗華點點頭，「是的，李氏在京城的重要人物都以各種理由離開京城，公開的目的地都不一樣，但私下目標都是回到翼州。暗影在京城身分已曝光的人也都已離京，只剩下暗子了。」

「嗯，允之這邊呢？」

「老爺子，我這邊資金也開始抽離了，為了不引人注意，我將時間稍微拉長了一些，大概四五個月後，我們在京城的生意就只剩下一個空架子了，所有的資金全部抽走。」

李懷遠滿意地道：「辦好這些事，你們自己也找個理由離開吧，回翼州去，**準備迎接一個混亂的年代吧！**」

「老爺子，蕭家真會動手？」

李懷遠嘿地一笑，「他們當然會動手，但如果沒有我們這些老傢伙的默許，他也動不了手，大家都是心照不宣啊，那個地方還是很有吸引力的。」李懷遠的手朝著皇宮方向指了指。

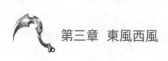

李宗華笑道：「老爺子，不知我們李氏機會有幾何啊？」

李懷遠嘴角牽了一下，道：「如果沒有李清，我們一點機會也沒有，只能找到一個投資的目標，但眼下，我們卻是可以為自己謀劃一下了。」

「可是李清在前些日子吃了一個大敗伏，損失很大啊！」李允之道。

「無妨！」李懷遠擺擺手，「年輕人吃吃虧，栽個跟頭不是壞事，只要沒把本錢都蝕進去，就有翻身的機會，現在李清面對蠻族，在戰略上還是大佔優勢的，現在他不是在搞堅壁清野麼，我們在資金上不要小氣，要力所能及的支持他。養活幾十萬人，每天的花費可不小呢！」

李允之道：「這個老爺子儘管放心，定州從我這裡拆借資金，我可是眼睛都不眨一下的。」

李懷遠笑道：「還借麼？李清看來還是沒有懂我的意思啊，以後李氏都是他的，談什麼借不借的。」

李宗華和李允之兩個都是臉色一變，**老爺子這是在向他們說明什麼嗎？**

李懷遠看了兩人一眼，道：「嗯，看來你們明白我的意思了，但是這件事暫時不要讓牧之他們兄弟三人知道。」

兩人一齊點頭，「明白了，老爺子！」

李懷遠手一揮道：「蕭家要動這第一刀，大家都樂得撿便宜，可惜齊國公一世英明，老來卻有些糊塗了，以為他們做得神不知鬼不覺，殊不知大家都在等他動手，然後群起而攻之，大楚立國數百年，大樹雖然朽了，但樹根還是很多的啊。」

李宗華笑道：「齊國公看不透這一點，以為佔據了京城中樞，便可挾天子以令諸侯，抑或另起灶爐，卻不知如今的京城早已沒有了權威，他此舉，只是將蕭家放到了漩渦的中心，第一個毀滅的便會是他們。」

李懷遠微笑道：「第一個毀滅的倒未必是他們，不過到時龜縮京城的蕭家，遲早是別人案板上的魚肉。」

「老爺子，這場群雄並起的年代，您以為誰的機會最大？」李宗華問道。

李懷遠的手指向南方點了點，「十年臥薪嚐膽，寧王已聚集了極大的實力，在這場角逐中，他的機會最大。」

「那李清？」

「李清往往能在不可能的情況下做出可能的事情來，他的想法我也看不透，且看他會如何面對吧！」

三個老頭一齊笑了起來。

「老爺子，袁方陰溝裡翻船了，終日打雁，這一次被雁啄了眼睛去，皇帝的一隻手已被砍了去了。」李宗華有些幸災樂禍地道。

「袁方？他還活著嗎？」李懷遠沉思道。

「還活著，不過離死不遠了。」

「能不能救出來？」

「救出來？」李宗華震驚地看了一眼李懷遠。

「救出來，然後把他藏起來，等蕭家發動之後，木已成舟，再將他送到李清那裡去。」李懷遠道：「此人極有才幹，死了可惜，何不為我所用！」

蔥嶺關。

巴達瑪寧布一天比一天緊張起來，出現在蔥嶺關外的室韋斥候兵愈來愈多，與自己派出的斥候相互間的絞殺也一天比一天激烈，出現這種情況，便只有一個可能，室韋人又要大舉進攻了。

巴達瑪寧布不得不大嘆倒楣，虎赫在蔥嶺關時與室韋人血戰連連，但換了伯顏，居然近兩年平安無事，一仗都沒有打過，自己這才來，便立馬碰上了室韋人來犯，室韋人雖然軍甲不整，但打起仗來那真是不要命的。

巴達瑪寧布振奮精神，開始動員整個部族整修蔥嶺關，加固加高城牆，族裡的工匠夜以繼日的打造守城器械，大量的木材、石頭被運上城頭，以備守城時使用。

蔥嶺關地勢險要，與撫遠定遠這些要塞建立在平原上不同，蔥嶺關長達近五里的城牆完全鑲嵌在兩座巨大的山脈之間，大自然鬼斧神工的傑作，在這裡將本來連綿不斷的山脈平空截去一截，一段五里左右的平原連通內外，蔥嶺關便將這兩座山脈再一次地連接起來，想要進入草原，便必須打破蔥嶺關，蔥嶺關兩側那巨大的連綿山脈讓任何一支軍隊都會望而生畏。

室韋人缺少器械，不擅攻城，巴達瑪寧布心裡很清楚，自己現在手裡只剩下兩萬精銳，如果全族動員，連老人與半大的娃兒都上陣的話，勉強可以湊齊五萬人，現在自己的實力守城有餘，野戰不足，巴達瑪寧布決定死守不出。

青部再也經不起一場大的折騰，只要牢牢地守住蔥嶺關就可，不求有功，但求無過。兩族之間長久以來的血海深仇，註定了兩者之間絕沒有妥協的餘地。

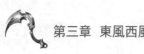

給巴雅爾的求援信已經發出，但巴達瑪寧布絲毫沒有指望對方能給他派來援軍，現在的巴雅爾將視線完全放在與定州的激戰上，不可能抽出兵力來支援他，一切，都只能靠自己了。

城外的室韋人斥候越來越多，但青部的城防也一日比一日完善，看到一天比一天多起來的投石機、強弩、擂木、石彈，巴達瑪寧布總算是鬆了口氣，對付室韋人應足夠了。

六月，定州已開始有些熱了起來，但在蔥嶺關這裡，卻還是涼爽得緊，讓巴達瑪寧布一直有些心神不定的室韋人，終於大規模地出現在蔥嶺關外，**鐵尼格率領六萬室韋大軍出現在巴達瑪寧布的眼前**。在他們的身後，定州兵卻姍姍來遲，還沒有看到他們的影子。

讓室韋人先攻打，是鐵尼格從過山風那裡爭取來的，得到了定州軍械裝備的鐵尼格現在是信心爆棚，雖然他想要的那種百發弩沒有到手，但撥給他的八牛弩，投石機，強弩，仍是讓他心裡樂開了花，清一色的披甲兵讓室韋人明顯威風起來。

鐵尼格的主動請纓，讓過山風的心裡樂開了花，與鐵尼格的自信滿滿相比，過山風對打下蔥嶺關可沒有那麼樂觀，雖然蔥嶺關高不過十餘米，但它的地勢太過於特殊，使得防守一方完全可以將所有兵力集中到一面。

直到現在，過山風也還沒有想出一個好辦法，也許真的只有強攻一途了。在這種情況下，鐵尼格願意先去試試水，過山風是求之不得。

如果巴達瑪寧布出城作戰那就好了。過山風搖搖頭，這個可能性不大，巴達瑪寧布也是沙場老將，絕對不可能與室韋人展開野戰。

過山風磨蹭著與鐵尼格的大部隊拉開了一定的距離，他覺得讓室韋人先打幾天後，自己的部隊再出現在城下，更能給青部心靈上的震撼。

其實巴達瑪寧布已經被嚇到了，當看到出現在城下的室韋人兵甲齊整，完全鳥槍換炮的架式，不禁驚呆了，**室韋人什麼時候有了這麼精良的鎧甲，這些打造難度極高的攻城器械，他們又是怎麼擁有的？**這一瞬間，巴達瑪寧布的信心都有些動搖了。

當第一枚投石機投出的石彈狠狠地砸中蔥嶺關的城牆時，室韋人咆哮著縱馬衝了上來，開始重複著當年撫遠要塞的故事。

填壕，破牆，每前進一步，都是用鮮血鋪就，城下，依城作戰的青部在城上有力的支援下，讓室韋人每一步的前進都備感艱難。巴達瑪寧布也不是一味的死守，每當室韋人氣餒後退之時，他總會派出一支精銳馬隊進行一下短促突擊，雖然取得的戰果不大，卻極大地鼓舞著青部的士氣。

五天後，巴達瑪寧布終於鬆了一口氣，室韋人雖然有更好的裝備，但他們的作戰方式還是老一套，這樣的室韋人便是再多上一倍的人，也不可能攻破蔥嶺關。

當再一次擊退室韋人的攻擊後，巴達瑪寧布放鬆地回到了城樓裡，終於有點興致喝上幾杯小酒，晚上再去好好溫存一下自己的愛姬，自從發現室韋人的進攻意圖之後，他便一直忙於整軍備戰，好些日子沒有回家了。

相較於巴達瑪寧布的輕鬆，鐵尼格則是怒火沖天加上滿心的失望，本以為得到精良裝備後，從此將無往不利，然而一個區區的青部便將他牢牢地阻擋在關口之下。

第一次指揮這種大型戰役的鐵尼格熱情來得快，去得也快，當他發現自己進攻了五天，付出了數千條人命，只是將對方城外的壕溝填平了數道，將對方逼退到城下百米範圍之內外，再也一無所獲時，想成為第一個打破蔥嶺關的室韋王者的心思馬上沒了，攻城的確不是室韋人的強項啊！

「薩滿，定州人到什麼地方了？」鐵尼格轉頭問道。

室韋人的薩滿莫霍在大王子札蘭圖失後，立馬轉投了鐵尼格，作為室韋人的薩滿，地位特殊的他依舊得享尊榮，不過由於先前站錯了隊，在鐵尼格的面前，莫霍已沒了先前的那種超然地位，反而顯得有些奴顏婢膝起來，他知道鐵尼格隨時可以換一個薩滿。

「尊敬的乞引莫咄賀，定州人快要趕到了，如果一切順利的話，明天一早，他們將在我們的一側立起大營。」莫霍道。

「我們已付出了血的代價，接下來要看他們的了，定州人一向擅長攻城守城，這塊硬骨頭便讓他們來啃吧！」鐵尼格憤憤地道。

「尊敬的乞引莫咄賀，當初可是我們主動要求作為先頭部隊的，現在勞而無功，也讓定州人看到了蔥嶺關的厲害，所以，要想定州人承擔主攻，我想尊敬的乞引莫咄賀還是要在過將軍那裡卻做一番工作，不妨將我們的損失誇大一些。」

鐵尼格點點頭，室韋人不能再在攻城中有所損失了，如果將精銳浪費在蔥嶺關下，那破關之後，自己將無可再戰之兵。

「我知道，我知道怎麼做。」鐵尼格道。

翌日，巴達瑪寧布被親衛略帶惶急的聲音從美夢中驚醒，懶洋洋地睜開眼睛，將愛姬跨在自己身上的那白生生的大腿挪開，不滿地問道：「什麼事這麼惶急，室韋蠻子又開始進攻了嗎？那就讓他們的血流得再多一些！」一邊說著，一邊回頭去找自己的衣衫。

親衛顧不得屋裡床上還躺著一個赤條條的美人，顫聲道：「族長，室韋人的援兵到了。」

「援兵？哼，來得多死得多，有什麼好驚慌的！」巴達瑪寧布邊滿不在乎地道。室韋人的攻城水準自己經見識過了。再多的人再蔥嶺關下也是白搭。

「但是，那些援兵是定州人，是定州兵。」親衛艱難地咽了一口唾沫。

巴達瑪寧布的動作凝滯了，臉上帶著不可思議的表情，「你說什麼？**定州人，他們是怎麼到蔥嶺關外的，飛的嗎？怎麼可能？**」

「是定州兵，統兵大將過山風。」親衛道。

巴達瑪寧布衝上蔥嶺關頭，眼前的情景讓他雙手微微顫抖，在蔥嶺關下，室韋大營的左側，一列列，一排排，著統一的黑色鐵甲，手執長矛的定州兵如淵定立，沒有山呼海嘯的吶喊，沒有驚天動地的聲浪，但死一般的沉默卻更讓人感到一種如山的壓力。

巴達瑪寧布臉如死灰，看著對面招展的大旗下，一個身材魁梧的大將正揚著馬鞭，對著蔥嶺關指指點點。而遠處，無數的攻城器械，輜重車隊正絡驛不絕地向這邊趕來。

定州兵擅守城，同樣地，擅守城者必然也對城池的弱點瞭若指掌，攻起城來也必然事半功倍，青部與定州兵多次交鋒，深知這支部隊就是比之狼奔龍嘯也不遑多讓，自己的部族比之其來，戰鬥力的確要差上一籌。

「傳令全部族，能拿得起刀槍的，能挽得動弓箭的人都上城頭來，部族生死存亡在此一舉。」短暫的震撼後，巴達瑪寧布恢復了平靜，「向皇帝陛下求援吧，將定州兵出現在蔥嶺關外的消息飛報於他，讓他早拿主意吧。」

「族長，蔥嶺關天險，便是定州兵也不見得能拿我們怎麼樣。」一員部將不服氣地看著城外的軍隊。

巴達瑪寧布展顏一笑，「是啊，蔥嶺關天險之地，我們一定能守住。齊洛，你率五千騎兵出城，駐紮於城左，依山紮營，對定州右翼形成威脅，必要時可攻擊其右翼，減輕守城的壓力。」

齊洛點點頭，「族長放心，便是粉身碎骨，我也會牽制住一部分定州兵。」

瞧著蔥嶺關，見慣雄城險城的過山風冷笑著對鐵尼格道：

「就是這道矮牆擋了你們這麼年？這也能叫城池？充其量便是一道稍高點的院牆罷了，鐵尼格王子，我真是很失望，這麼一點困難便讓你們付出了這麼多的傷亡還一無所獲，虧得我們定州人花費如此之大來武裝你們，你們拿著比他們好得多的兵器，穿著比他們好得多的盔甲，竟然讓他們打得落花流水，我真是懷疑進關之後你們的戰鬥力，也許數百年來蝸居一地，讓你們室韋人的血性也消失殆盡了。」

鐵尼格又羞又惱，臉皮紅得如同要滴下血來，啞著聲音辯解道：「過將軍，我們室韋人擅野戰，不擅攻打城池，只要過將軍能打下這座城池，進關之後，過將軍會看到室韋男兒的血性和戰鬥力。」

過山風冷冷一笑，撥刀便往回走，「是嗎，那我拭目以待了。」逕自便走了，留下鐵尼格在原地臉上紅一陣，白一陣，牙齒咬得格格作響。

「將軍，您如此羞辱鐵尼格，合適嗎？」回到大營，姜黑牛不解地看著過山風，有些不明白為什麼過山風對友軍如此不客氣。

過山風嘿嘿一笑，看著姜黑牛，道：「你不明白嗎？我羞辱鐵尼格，是為了進關以後著想，鐵尼格在我這裡受了氣，卻無處發洩，一旦進關之後，這一口氣撒到何處去？」

「當然是撒到蠻族頭上去。」姜黑牛脫口而出。

「對了！」過山風撫掌大笑，「**就是要他把這口氣撒到蠻子頭上，讓他去與蠻子拼命拼活**，與蠻子將仇結得更深一些，手上染蠻子的血更多一些，這對大帥以後對草原與室韋的統治有莫大的好處。」

姜黑牛睜大眼睛看著過山風，對於年輕的他來說，還只是將戰爭當做一場場的戰鬥，**渾然沒有想到戰爭背後的東西**。

「來，我們來參詳參詳如何攻打蔥嶺關。」

過山風也不多作解釋，姜黑牛與他而言，只是單純的部將而已，從另一個方面來說，也是大帥用來制衡他的一枚棋子，出身王啟年天雷營的姜黑牛是不可能成為他的心腹的，他當然也沒有義務教姜黑牛這些東西，但看到姜黑牛深思片刻之後便恍然大悟的表情，不由暗嘆大帥法眼無虛，選出來的人沒有一個是好相與的，當然，也包括他自己。

「大家都知道撫遠防守戰吧？」過山風問麾下諸將。

「姜參將，你來說說吧，如果我沒記錯的話，你當時在第一線作戰，應當對這類防守有很深刻的體會。」

姜黑牛點點頭道：「蔥嶺關外的防守體系，基本上與撫遠防守戰大體一致，但有些地方卻又不一樣，主要是，這個防守體系缺少了兩座衛堡的掩護，這讓它的防禦威力大減，至少不會形成致命的死亡三角區，這給我們清掃周邊陣地提供了便利。以蔥嶺關那低矮的城牆，只要清掃了周邊防線，攻陷便簡單多了。」

過山風聞言道：「姜參將所言甚是，如果巴達瑪寧布聰明的話，肯定會在我們的側翼布置一支兵馬對我們進行牽制，這支兵馬便交給鐵尼格，他不是說他們野戰很厲害嗎？那就讓他們與青族來個硬碰硬，我們專心攻城吧。大帥有令，夏至之日，我們必須進關，留給我們的時間不到二十天，我希望十天之內，我們便打破蔥嶺關，諸君有異議嗎？」

「遵將軍命！」諸將轟然應道。

「如今我們與室韋聯軍差不多八萬人馬，對面的青部充其量有兩萬多精銳，即便將能拿刀槍的人算上，人馬都無法與我們相比，更不要說作戰力了，我打蔥嶺關的辦法是，以勢壓人。」過山風做出劈人的手勢道：「以勢壓人，以力壓人，以泰山之勢讓青部恐懼。兩天之內，我要掃清周邊防線。第一輪攻擊，誰來打頭陣？」

熊德武霍地站了起來，「將軍，我部願往。」

過山風點點頭，「好，那便以熊將軍為首波攻擊，各位將軍，剛剛接到定州方面的消息，定遠守將關興龍作戰勇猛，所率之部已被大帥親賜橫刀營，我希望下一個被大帥賜名的是我們移山師。」

過山風的移山師是新建之師，與呂師與啟年師相比，資歷要淺很多，過山風本人更是無法與二人相比，在三師之中只能敬陪末座，甚至還有人認為馮國或姜奎比過山風更有資格坐上第三師指揮的位子，這讓過山風暗自下定決心，第二戰場不僅要勝，而且還要勝得漂亮。

熊德武出身鹽工，作戰凶悍，讓他來打頭陣，過山風很放心。

鐵尼格負責移山師右翼的青部齊洛部，憋了一口氣的他派出兩萬人進逼齊洛，雙方一戰之後，齊洛無奈退走，讓鐵尼格稍稍挽回了些顏面。

今天他特地來過山風的大營，美其名曰來向過山風學習攻城之術，內心裡其實不免有想看過山風笑話的念頭，你不是說我沒用嗎？好吧，便讓你來啃啃這個硬骨頭。

但過山風一亮開陣勢，便讓鐵尼格啞口無言，上百架投石機一字排開，密密麻麻的八牛弩被架在戰車上，原來過山風根本就沒有想過讓士兵們以血肉之軀來攻打眼前的防線。

隨著過山風的一聲令下，無數的石彈便砸向對面的陣地，一輪又一輪，似乎永無止歇，而八牛弩在投石機投石的間隔，也開始向對方發射強弩，長矛般的弩箭呼嘯射出，低矮的胸牆往往便被破開一個大洞，再也無法為士兵提供掩護，熊德武營頭的第一翼亦開始向前逼近。

城牆上，巴達瑪寧布看著自己的陣地被對方的石彈強弩打得支離破碎，卻毫無辦法。

第四章

反攻時刻

大戰隨即爆發。隨著戰事升級，李清返回沙河鎮主持大局。

「各位，巴雅爾急了，想與我們速戰速絕，只要我們穩穩守住沙河鎮防線，一旦過山風攻破蔥嶺關，則蠻族必然退兵，那時便是我們反攻的時刻。」

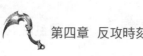

元武帝國。

新出爐的開國皇帝巴雅爾手握著巴達瑪寧布從蔥嶺關八百里加急送來的信件，手微微顫抖，定州人遠渡重洋，運送重兵到達室韋，幫助鐵尼格一統室韋，兩方聯軍，近十萬大軍兵臨蔥嶺關外準備攻城。

如果此時鎮守蔥嶺關的是虎赫的狼奔，那巴雅爾沒有什麼好操心的，即便是伯顏的正黃鑲黃兩旗，也有可戰之兵四五萬，借助雄關之勢，牢牢地阻敵於外也沒有問題，但現在鎮守蔥嶺的，偏偏是正青旗。

巴雅爾心裡清楚，在自己有意無意的放任下，在李清雷霆般的打擊之下，正青旗早已從草原第二大部落的地位上掉了下來，特別是哈寧其的死，對青部更是致命一擊，青部重臣元老一一殞落，巴達瑪寧布雖然算是一員驍將，但論起老謀深算，與其父相比，完全不是一個檔次。

生平第一次，巴雅爾後悔了。

提起筆來，巴雅爾猶豫再三，眼下，他的確抽不出兵來去援助蔥嶺關，他看向定州方向，所有的結都在那裡，如果能在定州人攻下蔥嶺關前打破定州目前的戰事僵局，便可占得主動。

「帝國生死存亡，草原血脈繼嗣，繫於爾一身，竭力守住蔥嶺關，爾即為元武帝國第一位一字並肩王。」

巴雅爾落下最後一筆，扔掉手中的筆，大聲道：「來人，將信給我速速送至正青旗旗主。」

隨著蔥嶺關外的形勢劇變，定威一線的戰事陡然緊張起來，伯顏、肅順、納奔、富森在定遠、威遠、震遠三座要塞之下，各自留下萬餘人牽制之外，其餘人馬一湧而入，冒著後勤給切斷的危險，也要強攻沙河鎮。

草原腹地除了巴雅爾駐守王庭的三萬龍奔軍之外，再無可戰之兵，如果讓李清攻破蔥嶺關，則草原蠻族將無立錐之地，那時便是傾國亡族之禍。

三部六萬大軍兵臨沙河鎮，大戰隨即爆發。隨著戰事升級，李清返回沙河鎮主持大局。

「各位，巴雅爾急了，想與我們速戰速絕，只要我們穩穩守住沙河鎮防線，一旦過山風攻破蔥嶺關，則蠻族必然退兵，那時便是我們反攻的時刻。」

眾將興奮不已，眼中露出急切的神色。

「諸君，我要提醒各位的是，越是這個時刻，大家越要打起精神來，大家都知道受傷後的猛獸，那時才是牠們最危險的時刻，眼下的蠻族便是那隻受傷的野獸，他們很清楚蔥嶺關一破，他們將再無寧日，兩線作戰的他們將陷入泥淖，覆亡不遠，巴雅爾大軍雲集定州，根本無法在短時間內對蔥嶺關作出援救，他唯一的策略便是先打敗我們，只要擊敗了我們，佔據定州，過將軍就會成為無源之水，無根之木，所以他們會狗急跳牆，拼死一搏，**定州與蠻族，誰勝誰敗，誰存誰亡，就在這一戰！**」

眾將轟然起立，齊聲答道：「原為大帥效死，誓死血戰，保衛大帥，保衛定州，擊敗蠻族，寧可向前死，絕不後退生。」

李清滿意地點點頭：「很好，都坐下吧，下面我們安排防禦事務。」

虎赫也陷入了深深的焦慮之中，上林里高牆壁壘，一直避免強行攻城的虎赫到了如此地步，也只能勉力發起進攻，牽制呂大林和撫遠的楊一刀，讓他們無力向沙河鎮派出增援部隊。

然而呂大臨根本無意出城與其作戰，似乎打定主意要用堅城來讓虎赫流盡鮮血，明知呂大臨的想法，虎赫苦笑搖頭，就算前面是陷阱，他也必須要跳進去。

「傳令，豪格從明天起開始進攻上林里，先掃清周邊的那些圍屋，然後分兵

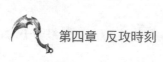

一萬，繞過上林里，進逼撫遠，壓迫楊一刀。諾其阿，你在豪格發動進攻之後，悄悄地率一萬狼奔軍增援沙河鎮。」

諾其阿一驚，「虎帥，我們狼奔軍只有四萬，我帶走一萬後，我們在兵力上不占任何優勢，如何能打下上林里？」

虎赫搖頭，「我之所以發動進攻，其一是牽制呂大臨和楊一刀，其二也是為你增援沙河戰線放煙幕，**這一仗，焦點在沙河鎮，沙河鎮勝，則全盤皆活；沙河鎮敗，則我們必敗無疑**。到那時，我們只能退回草原，從此轉入守勢，再也不會有機會和能力進攻定州，染指中原了。」虎赫嘆了口氣。

諾其阿默然不語，想不到虎帥對局勢竟悲觀如此。

「巴達瑪寧布會守住蔥嶺關的。」諾其阿肯定地道。

虎赫嘴角勉強牽出一絲笑容，「但願如此，我只盼望巴達瑪寧布在此時能拋開與白族、與皇上的恩恩怨怨，為了草原各族的命運拼死一搏，便是能多拖些時日也是好的，他能多支持一天，我們便多一分的勝算。」

蔥嶺關。

巴達瑪寧布接到巴雅爾的信件，看到巴雅爾的承諾，他忽地放聲大笑起來，直笑得眼淚都流下來。

一眾青族部將面面相覷，實在不明白為什麼族長在此時還能笑出來，他們還指望著巴雅爾能派出援軍，現在，什麼指望都沒有了。

巴達瑪寧布用力將信撕得粉碎，兩手一揚，雪花般的碎紙片紛紛揚揚地落下來，送信的信使吃了一驚，看著巴達瑪寧布，顫聲道：

「大人？」

巴達瑪寧布猛的止住笑，看著信使，厲聲道：

「你回去告訴巴雅爾，我巴達瑪寧布會誓死守護蒽嶺關，我青族與蒽嶺關共存亡，但卻不是為了他的什麼狗屁一字並肩王，我是為了我草原一脈能在這片草原上生存下去，我絕不會讓室韋人殺進蒽嶺關，如果他們來了，我們草原一族將會亡族滅種。」

信使倉惶地向巴達瑪寧布行了一禮，對方如此大不敬，直呼皇帝陛下的名字，如在平時，便是大大的罪過，但現在，信使卻不敢多說一句，小心翼翼地道：「大人，我會轉告皇帝陛下，您將與蒽嶺關共存亡，小人在此祝大人旗開得勝，痛擊敵人。」

巴達瑪寧布不再說話，眼光透過牆壁，似乎又看到了這幾天來慘烈的廝殺。

兩天前，定州人便填平了所有的壕溝，將自己在城外的駐兵全都趕進了關內，齊洛的五千騎兵在室韋人的打擊之下也不得不撤回，眼前，自己所能倚仗的，也只有蔥嶺關這高僅十餘米的城牆了。

巴達瑪寧布最發愁的便是箭矢不夠，這些天，他已命人開始收集對方射來的箭支，以備不時之需。定州人昂貴的八牛弩箭便像下雨一般地射過來，城上城下，每到白天便籠罩在箭矢之下，城牆之上已插滿了羽箭，變得有如刺蝟一般。

接下來便是接城之戰，對方將會直接攻擊城牆了。巴達瑪寧布實在想不出，接城戰以後，自己要怎麼應對。他很確定，對方一旦開始攻城，自己的投石機便會在對方的密集打擊之下損失殆盡，如何對付對方的投石機呢，巴達瑪寧布絞盡腦汁，苦思對策。

過山風看著搏殺激烈的戰場，幾天前周邊陣地便被掃空，蔥嶺關外再也看不到一個青部士兵，長蛇般的移山營士兵正在進行接城作戰。

除了幾架躲在死角中苟延殘喘的投石機還不時地投出幾個孤零零的石彈外，巴達瑪寧布手中已是一無所有。

但過山風仍然無法放鬆，失去了投石機壓制移山師的進攻之後，巴達瑪寧布居然想出了奇妙的一招，他將無數的布匹、獸匹連接起來，掛在城牆上，這些看似軟綿綿的東西居然硬生生地抗住了移山師暴風驟雨般的投石打擊，讓過山風預料之中的戰果完全沒有出現。

看來接城戰將是一場慘烈無比的戰鬥，自己還是低估了蠻子的智慧。

熊德武部在掃清周邊陣地之後，進入輪戰的姜黑牛部開始堅苦的接城戰，在過山風麾下，這是唯一一支進行過定州系統新兵訓練的營頭，戰鬥力堪稱第一。讓他們發起首輪進攻，過山風也是存了一鼓而下的心思。但眼下看來，卻是不大可能了。

山呼海嘯般的喊殺聲打斷了過山風的思緒，衝鋒的士兵在奔跑中迅速將雲梯組建起來，定州生產的雲梯並不是一體成形，而是由數個零件組成，在攻城時再組裝起來，不作戰時，則拆成一截一截，便於保存和運輸。整個雲梯呈人字形，比起老式雲梯穩定性相對更強。

盾兵舉著沉重的鐵盾，掩護著攻城步兵迅速接近城牆，豎起雲梯，雲梯豎起來後，他們迅速舉著鐵盾鑽入雲梯下，充當雲梯的壓石。攻城的士兵們則順著雲梯飛快地向上爬去。

攻城車隆隆地推了上去，靠近城牆，車上的士兵操縱著強弩，對城牆上的蠻兵瘋狂地射擊。僅僅一個衝鋒，姜黑牛部便攀上了城牆。

鐵尼格的叫喊聲還沒有結束，城上便爆發出一陣陣震天動地的吶喊，無數的蠻兵頂著強弩硬弓衝了上來，揮動手裡的武器，拼命地向剛剛攀上城頭的定州兵士兵砍去。

定州兵如下餃子般地從城頭上跌下來。豎起的雲梯和臨近城牆的攻城車被潑上了油脂，隨著火箭哧哧地射在其上，一股股火焰騰起，被火裹成一團的士兵慘叫著從雲梯和攻城車上跌了下來，掉落在地上再無聲息，身上的火焰卻還在熊熊燃燒，一股肉香味在戰場上蔓延開來。

青部士兵發瘋般地衝上來，有的甚至將上半身探出城牆，張弓引箭，射向正在向上爬的移山營士兵，有的剛探出頭來，就被近在咫尺的敵人砍斷頭顱。

雙方捨生忘死地搏殺，一個定州兵剛剛跳上城牆，揮刀砍死擋在面前的敵人，馬上便有更多的刀槍迎上來，將其斬殺當場，有的蠻兵甚至抱著爬上城來的定州兵一齊跌下城去。

第一輪進攻很快便潰敗下來，爬上城去的士兵沒有一人能回來，全被斬殺當場。

看著蠻兵歡呼著將城頭上的定州兵拋下城來，姜黑牛兩眼冒火，拔出腰間的佩刀，另一隻手提起一把重斧，大聲道：「進攻，跟著我衝上去，殺光蠻子，後退者斬！」接著一馬當先，衝向城牆。

「過將軍，姜參將衝上去了。」移山營中軍，熊德武指著城頭叫道。

過山風嘴角露出一絲笑容，以姜黑牛的勇力，攀上城頭，足以開闢出一個登城的橋頭堡。

姜黑牛不負所望，一手執刀，一手提斧，瘋狂般地左劈右砍，將一個個蠻兵斬於腳下，方圓數米之內，很快便堆滿了屍體，他的身後，一個接著一個的定州兵冒出頭來，跳上城牆，湧向姜黑牛的身邊。

城頭上，齊洛很快發現了這裡的險情，那員定州將領左衝右突，在他的帶領下，湧上來的定州士兵越來越多，再不阻止，這段城牆必然失守。一言不發，提著一把鐵骨朵衝了上來。

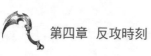

姜黑牛身上已插上十數支羽箭，只不過由於身上鎧甲的精良，雖然破甲入肉，但絲毫不影響他作戰。

噹的一聲巨響，劈下去的重斧被擋了回來，這是上城以來，第一次有人擋住他的重斧，姜黑牛立即知道來了旗鼓相當的對手，精神一振，左手的戰刀閃電般地劈下。唰唰唰地連劈三刀，齊洛咬著牙，手裡的鐵骨朵狠狠地砸下去，兩人閃電般地過了數招，迅即糾纏在一起。

姜黑牛被纏住，城頭上的蠻兵終於緩過一口氣來，吶喊著衝上來，將被衝開的缺口迅速補上。一部分殺向衝上城頭的定州兵，另一部分則湧向城頭。

過山風看著剛剛開闢出來的城頭空地上又出現了蠻兵的身影，不由緊緊地咬起了嘴脣，這一次攻城又失敗了。

「鳴金，讓姜參將撤回來。」

城頭上，姜黑牛聽到城下的鳴金聲，心頭一驚，與齊洛酣戰的他這才發現，自己身邊的士兵已所剩無幾了，大喊道：「走，撤退！」

他將手裡的重斧劈頭扔向齊洛，趁對方側身射避的瞬間，一個轉身向城頭殺去，鋒利的鋼刀帶起蓬蓬血花。

一路殺到城頭的姜黑牛心頭一涼，身邊已是一個士兵也不剩了，而自己所處的城頭，除了不遠處一座還在熊熊燃燒的攻城車，空蕩蕩的一無所有，回首看去，齊洛正滿臉獰笑地逼過來，手裡的鐵骨朵上，鮮血正點點滴下。

姜黑牛一個飛縱，跳上熊熊燃燒的攻城車，雙手抱著立柱，在火焰中飛快地向下滑去，手上瞬間便被燒起了一個個的血泡，一股焦臭散發開來。盔甲的溫度迅度升高，姜黑牛只覺得自己快要被烤熟了。

雙腳終於落到實地，姜黑牛撲倒在地，在地上一溜滾動，撲滅身上的火焰，早有持盾士兵湧上來，替他擋住城上的羽箭，拖著他向回跑去。

此時姜黑牛渾身沒有絲毫力氣，軟綿綿的任由士兵抬著自己飛快後退。

「退兵！回營！」過山風沉著臉下令。

一連數天，定州兵的攻擊無不鎩羽而歸，每一次都能殺上城頭，但在城頭的爭奪戰中，無一例外的都被對手趕下來，根本無法立足，過山風手上的數個步卒營輪了一個遍，卻沒有一個能超越姜黑牛第一天攻擊的成績，而且隨著時間的推移，青部士兵倒是越來越嫻熟地掌握守城技巧了。

「過將軍，這樣強攻不是辦法。」頭上手上身上纏滿繃帶，宛如木乃伊的姜黑牛道。

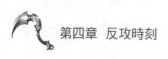

蔥嶺關攻防戰讓他想起了幾年前的撫遠之戰，只不過交戰雙方的地位調了個個兒。為了生存下去和更大的戰略目標，守城一方都是捨生忘死的與攻城者搏殺，當看到蔥嶺關城頭上出現一批健婦和一些白髮蒼蒼的老兵的時候，姜黑牛的這種感覺更強烈了。

過山風點點頭，「是啊，這種打法傷亡太大，而且不見得能攻破蔥嶺關，各位有什麼更好的辦法嗎？」

眾人都是茫然無頭緒，看著過山風搖頭不語。

「過將軍，我想起當初我們在撫遠之時，完顏不魯曾採用過一個方法，也是一個笨法子。」姜黑牛道。

「什麼法子，快講，不管是不是笨法子，只要能打破蔥嶺關，再笨的法子也是好法子。」過山風急切地道。

「我們在蔥嶺關外壘土為山，只要築起一道里許長與蔥嶺關平齊的土山，通過土山，我們可以在一里長的戰線上同時發起進攻。只不過這個辦法耗時較長。就怕在大帥規定的日期之內我們還沒有攻破蔥嶺關。」姜黑牛道。

過山風沉吟道：「要平地建起這麼長，十幾米的土山，的確不簡單，但只要建成，攻陷蔥嶺關便不在話下，我們可以在投石機和強弩的掩護下，將土山盡可能地堆得離城更近一些，我們甚至可以建造大批的跳板，讓士兵們通過跳板源源不斷地攻擊城頭，這樣的話，則土山建成之日，便是破城之時！人，我們現在有的是，讓室韋人組織他們所有的部隊來負責堆山，他們還有近六萬士兵，數萬民夫，十天之內，我要看到土山建成。」過山風大聲道。

蒽嶺關內。

巴達瑪寧布終於鬆了口氣，城外的定州兵雖然凶悍，但自己的部族也不是弱者，這幾天的戰鬥，自己的士兵已有愈戰愈強之勢，哀兵必勝！巴達瑪寧布在心裡道，定州人把自己逼到了牆角，左右是個死，那便多拉幾個墊背的吧。

然而，巴達瑪寧布的歡欣鼓舞沒有持續多長時間便消失殆盡，似乎被第一輪攻城戰極大地打擊了士氣的定州兵在稍稍休息了兩天之後，便以更加凶猛的投石、弩箭開始了對蒽嶺關的打擊。

這一次被投石機投上來的，還有點燃的油脂罐等縱火物，目的很明顯，便是要燒毀城牆上用以抵禦石彈的布縵，幸虧城上早已備好了足夠的沙石，這才損失不大。

但讓巴達瑪寧布失色的是，在定州兵的掩護下，數不清的室韋人正扛著土袋，石頭，飛快地奔到離城池只有數十米遠的地方，扔下土袋和石頭，轉身便向回跑。

「他們要築壘！」

巴達瑪寧布第一時間便反應過來，這一招，當初完顏不魯在撫遠城下也曾用過，便是這個看似笨拙的法子，讓完顏不魯攻克了撫遠要塞兩座似乎堅不可摧的衛堡，如果不是上林里遇襲，巴達瑪寧布相信，完顏不魯一定會用同樣的法子攻下撫遠要塞。今天，過山風活學現賣，用來對付蔥嶺關了。

巴達瑪寧布心裡泛起一陣悲哀，想要應付過山風這一招，除非他手裡有充足的兵力，不停地出城作戰，摧毀敵人築起的壘牆，但悲哀的是，現在兵力上大大占優勢的是敵人，而且敵人的精銳程度更甚己軍，當初李清在撫遠眼睜睜地看著完顏不魯築壘，今天終於輪到了自己。

「這樣下去不行。」巴達瑪寧布轉頭看向身後的茫茫草原，自己只能盡全力延遲敵人攻破蔥嶺關的時間，希望在敵人打破蔥嶺關時，巴雅爾在定州取得突破性進展。只是，**那時的自己會在哪裡呢？**

巴達瑪寧布苦笑，但**願巴雅爾在獲得勝利後，還能記得為草原作出重大犧牲的青部。**

巴達瑪寧布覺得自己該為青部血脈的延續作出一些安排了。

「齊洛，看到了嗎？」巴達瑪寧布指著漸漸抬高的土壘，「土壘築成之時，便是我們畢命之日。」

「族長，我們怎麼辦？」齊洛當然也看得到如今險惡的形勢。

「出城作戰吧！齊洛，率領士卒，不停地出城騷擾，延緩敵人築壘的時間。」巴達瑪寧布嘆道，「盡人事，聽天命吧！」

齊洛黯然退下。稍後，齊洛率五千騎卒出城，城門開處，五千騎兵一湧而出，瘋狂砍殺著築壘的室韋人，但旋即遭到定州人遠程武器的無情打擊，百發弩密如蜂蝗的箭雨讓青部士卒割麥子一般倒了下來，隨即，室韋人的騎兵殺出，將齊洛逐退。

從這一天起，巴達瑪寧布便呆呆地站在城頭之上，看著土壘一天天增高，看著齊洛一天比一天無力地攻擊，精銳士卒日漸減少，**失敗的氣息籠罩著整個蔥嶺關。**

一個風雨交加的夜晚，定州人終於停止了日夜不停地築壘，蔥嶺關下難得的平靜，風雨之中，巴達瑪寧布看著在他面前集合起來的數千名健壯婦女，半大的孩子，還有千多人精銳士卒，有些哽咽，這便是他為青部留下的種子，即便他們在這裡全軍覆滅，即便草原人最終失敗，青部的血脈總得延續下去。

「族長！」巴達瑪寧布的一名愛姬哭喊著跪倒在地，抱著他的大腿央求道：「族長，和我們一起走吧，放棄這裡，我們一起走吧！」

巴達瑪寧布的臉上分不清是雨水還是淚水，抬手示意護衛將女人拖起來，溫言道：「我不能走，**這一戰已不是為了巴雅爾打，也不僅僅是為了青部在打，我**

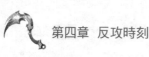

是為了整個草原部族在打，即便粉身碎骨，我的歸宿也只能在這裡，你走吧，好好地將肚子裡的孩子生下來，為我留下一息香火，這樣在每年的大祭之時，我和我的祖先們還可以得到祭祠。」

揮揮手，指著蔥嶺關一側的茫茫的大山，道：「走吧，去大山裡尋找一線生機。你們在，青部便不會滅亡！」說完，毅然轉身走進關內，蔥嶺關的大門轟隆隆地關上，將數千名即將進山者關在了厚重的關門外。

數千人跪了下來，向著蔥嶺關三拜九叩，隨即跨上戰馬，一步三回頭地離開了蔥嶺關。

十數天過去了，在蔥嶺關的正面，一座里許長的土壘高高聳起，高度甚至超過了蔥嶺關的城牆，巴達瑪寧布坐在城樓上，可以清楚地看到對面土壘上的定州兵的面容，看到那閃著寒光的八牛弩的箭頭。但定州兵並沒有就此罷手，數萬室韋人仍然在夜以繼日地找著土袋石塊，奔上土壘，然後將這些東西傾倒在城下。

巴達瑪寧布終於明白，對方是想要將土壘與城牆之間填平，他咧嘴笑了一下，無言地坐在城樓裡，擦著已經雪亮的戰刀。

這一天，定州兵除了土木作業，並沒有攻城，除了偶爾有例行的石彈飛上城頭，青部所有部眾幾乎都湧上了城頭，或坐在城頭，或依在城牆之下，沒地方站了，便站在關下，等著隨時補充上去，這其中，有壯實的漢子，有羸弱的老人，有健壯的婦女，也有蹣跚的老嫗。

蔥嶺關之戰進入了一種奇怪的氣氛之中，數萬室韋人幹得更起勁了。

鐵尼格氣得直跳腳，這麼簡單的辦法，為什麼數百年來自己的祖宗們沒有想到過呢？他卻沒有想過，如果不是巴雅爾在定州投入了絕大部分的兵力，如果不是鎮守蔥嶺關的恰恰是遭到重在打擊損失慘重的青部，換作是虎赫的狼奔抑或是鼎盛時期的正黃鑲黃，這種笨法子便要變成蠢法子了。

蔥嶺關內的異狀終於驚動了移山師的過山風，在一大票將校的簇擁下，爬上土堆的他仔細地觀察著蔥嶺關的情形，映入眼簾的是讓他觸目驚心的情形，默然半晌的他返身走下土壘，一言不發地回到自己的中軍大帳。

「**國戰無正義，內戰無英雄**，大帥說得不錯，土壘建成之後，讓鐵尼格去享受破城的榮光吧，我們不必出動了！」過山風興味索然地道。

手下將校盡皆無語。

又是五天過去，此時，距李清限定的日期已只剩下一天，過山風終於對鐵尼格下達了作戰的命令。挖了半旬日子土泥的室韋人終於盼到了這一天，看到定州人將一臺臺的百發弩沿著斜坡推上壘頂，興奮地他們騎上戰馬，嗷嗷叫著等待著衝鋒時刻的到來。

震天的鼓聲敲響，鐵尼格躊躇滿志地騎在馬上，**數百年來，第一個打破蔥嶺關的榮耀即將落在他這個乞引莫咄賀的身上，這一刻將被載入室韋史冊。**

「開始進攻！」

隨著他的命令，早已蓄勢待發的步卒們抬著一塊塊特別打製的長達十餘米的板材衝上斜坡，在百發弩的掩護下，在一聲聲的巨響中，土壘與城牆之上搭起了一道寬約里許的通道。

騎兵們吶喊著衝上斜破，躍馬順著這條通道直接衝上了城頭，喊殺聲旋即響徹天地。

過山風默默地坐在中軍大帳中，等待著城破的消息傳來。

入夜，熊德武衝進中軍大帳，「將軍，城破了！」

中夜，蔥嶺關內的大火還沒有熄滅，慘叫聲仍在持續。過山風仍然如雕像一般地坐在中軍大帳裡。

雙手還纏著繃帶，臉上被燒得滿是疤痕的姜黑牛進來，報告道：「將軍，鐵尼格在屠城！」

過山風身子微微一動，緩緩地抬起頭，「巴達瑪寧布呢？」

姜黑牛嘆了口氣：「他倒也是條漢子，本來可以逃的，但他堅持到了最後一刻，在城樓上舉火自焚而亡！」

過山風站了起來，「好了，就這樣吧，我們在大帥規定的時日打破蔥嶺關，你去告訴鐵尼格，蔥嶺關破了，讓我看看他對我的承諾，茫茫的草原就在眼前，讓室韋人毫無顧忌地前進吧，去搶掠，去殺戮吧！去為他的祖先們復仇吧！」

姜黑牛沒有動，「將軍，大帥曾過說，我們是要平定草原，不是要滅絕草原，放任鐵尼格，他會將草原上每一根草都染紅的。」

過山風嘴角抽搐了一下，道：「蠻族總共上百萬族民，分布在廣袤的草原上，鐵尼格他殺得完嗎？去，傳我的命令吧！」

姜黑牛揮舞著纏滿繃帶的手，想再說什麼，終是沒有說出來，一個轉身出了大帳。

「來人啊！」過山風道。一名親衛應聲而入。

「請茗煙姑娘過來吧！」

「過將軍！」茗煙走進大帳，「恭喜過將軍成功開闢第二戰線，大帥擊敗草原蠻族，過將軍居功至偉！」

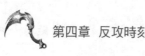

過山風微微笑道：「不敢居功，要說功勞，茗煙姑娘該當首功。」

茗煙苦笑一聲，「**我們放了一頭惡狼進來**，過將軍，看到蔥嶺關內的情形，我都不知該說什麼好了。」

過山風搖搖頭，「**天地循環，報應不爽**，茗煙姑娘，你看到這些感到不適的話，便想想多年來定州人所遭受的苦難吧！國戰無正義，內戰無英雄，大帥說過的話，你還記得嗎？」

兩人相對苦笑無語。

「茗煙姑娘，你的使命到此已全部結束，協調我軍與室韋人的工作已不再需要你了，你轉道海路回定州吧，在那裡，有更重要的任務在等著你呢！」

茗煙遲疑了一下，「過將軍，對於室韋人，大帥有安排嗎？」

過山風似笑非笑地看了他一眼，沒有說話。

茗煙臉微微一紅，「對不起，我失言了！過將軍，我們定州再見！」

「定州再見！」

八月一日，正是過山風破蔥嶺關之時，此時的定州沙河鎮，戰事卻呈膠著狀態，交戰雙方在長達數十里的正面戰場上拼死廝殺，血流成河。沙河鎮的防禦體系已被削去厚厚的一層，戰鬥正一步步靠近沙河鎮，那裡，正是李清駐營所在。

作為統帥的李清，已將手裡所有的籌碼放了出去，啟年師三萬官兵經過近一月的廝殺已減員三分之一，常勝營與旋風營兩大騎營不僅擔負著反衝擊的任務，還要不時地從側翼襲擾對方，兩大營在虎赫的一萬狼奔軍趕到之後，損失也是日益慘重。

此時李清身邊只餘下了幾百名親兵護衛，看著面前沙盤裡敵我雙方犬牙交錯的形勢，李清眉頭緊皺，**眼下他能做的，只能是堅持，等待**。他相信，對面的蠻族也已到了筋疲力盡的時候，與自己相比，他們的後勤已差不多快要崩潰了。雙方都在咬著牙堅持，看誰先挺不住，看誰先鬆這口氣。

李清走出屋外，目光越過沙河鎮激烈的戰場，投向遙遠的蔥嶺關方向，**過山風將成為這次戰鬥中用來壓垮蠻族的最後一根稻草。此時，他攻破蔥嶺關了麼？**

「大帥！」尚海波在幾名護衛的保護下匆匆地趕到。「諾其阿率領的狼奔軍猛攻下牢溪，那裡快要頂不住了，如不派出援軍，下牢溪則不保。」

李清吸了口氣，「下牢溪若破，敵人則一可側擊我中軍腹部，二可派出小股人馬直趨定州城下，雖然沒有什麼威脅，但必然會在定州造成慌亂。下牢溪不能丟。」

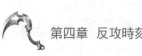

「可是大帥，我們手裡已沒有預備隊了，」尚海波著急地道：「大帥，要不調馮國的磐石營吧。」

「磐石營五千人馬負責整個定州城的城防，萬萬出不得任何差錯，磐石營動不得，哪裡還有兵呢？」李清喃喃自語地道。

「從宜安縣城調兵，從那裡調三千人到下牢溪去。」李清下定決心。

「大帥，從宜安縣城調走三千人，那宜安基本就守不住了，同樣會威脅我們中軍的側翼啊！」尚海波道。

李清微微一笑，「尚先生，你忘了負責攻擊宜安的是誰了？」

「紅部富森！」尚海波脫口而出。

「不錯，正因為是他，所以我才敢調兵走。」李清道。

「可是大帥，現在整個形勢上還是蠻兵稍具優勢，富森這個牆頭草不可以倒向我們這邊。」尚海波有些擔憂。

「派人去告訴他，蔥嶺關已被我們攻破，巴雅爾失敗便在頃刻之間，讓他選擇吧。」李清沉聲道：「同時命令定遠、威遠、震遠三要塞出城作戰，以減輕沙河鎮防線的壓力。我們只要堅持十餘天，最多二十天。」

草原納奔的大營中。

納奔作為這支軍隊的臨時統帥，心中更是焦躁不已，在沙河鎮僵持了這麼久，雖然看似每天都在進步，但離完全攻破沙河鎮似乎遙遙無期，定州人損失慘重，可自己付出的代價卻比對手要多很多，二比一的傷亡比率讓納奔幾乎瘋狂。

為了保持對沙河鎮的壓力，不斷從三座要塞下負責牽制的三部中調兵，雖然在沙河鎮，自己保持了強大的壓力，但三座要塞的定州兵開始更加大膽地出城作戰，不斷地襲擊自己的糧道，截殺自己的輜重，讓自己的後勤壓力越來越重。

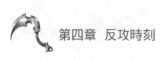

如果不是父皇來信告知，定州人聯合室韋人正在狂攻蔥嶺關，在這麼大的傷亡面前，納奔幾乎想放棄了。

這是草原生死存亡之際，如果自己在這裡失敗，那剛剛成立不久的元武帝國馬上會面臨著兩線作戰。以定州人強大的恢復能力，元武帝國危矣。

諾其阿率領的一萬狼奔軍的到來，正如雪中送炭，狂喜之下的納奔立即再一次地發動了對沙河鎮防線的攻擊，已經能很清楚地看到李清的中軍大旗了。但愈是接近對方的核心區域，抵抗便越強烈，一連幾天寸步難進。

在納奔焦躁不已的時候，宜安縣城下，富森臉上的表情也是陰晴不定，蔥嶺關危急，讓他大為震驚，如果室韋人進關，則草原將永無寧日，此時的他已經看得很清楚，如果草原不能在室韋人深入草原之前佔領定州，擊敗李清的話，則失敗便不可避免。

而今天，在兩軍剛剛結束一天激戰的時候，一個人出乎意料地來到自己的大營，來的不是別人，竟是定州軍中舉足輕重的人物，尚海波。

「你膽子真大。不怕我殺了你。」富森陰森森地道。

尚海波洒然一笑，道：「富森族長，今天我來，是要告訴你一個消息。」

「什麼消息？」

「蔥嶺關已破，我定州與室韋聯軍已長驅直入了。」尚海波得意地笑道。

富森驚得跳了起來，「怎麼可能？我為什麼一點消息也不知道？」

尚海波哈哈大笑，「當然你不知道，巴雅爾隱瞞這一消息，他還想作最後的垂死掙扎，富森族長，你是要陪著巴雅爾一齊滅亡，還是另外作出明智的選擇？留給你選擇的時間已經不多了，今天李大帥派我來，便是要你儘快作出選擇。」

富森遲疑片刻，「沙河鎮防線被突破已為時不遠，室韋人即便入關，短時間內也不可能撼動草原根基，只要我們占領定州，勝利仍然屬於我們，我為什麼要選擇你們？」

尚海波撇嘴冷笑道：「是嗎？是富森族長這麼認為，還是納奔這麼告訴你的？沙河鎮你們真的能在短時間內打下？別忘了，你們用了差不多一月的時間，付出了近兩萬的傷亡，仍然沒有摸著沙河鎮的邊，你認為你們還有多少時間可以用來消耗呢？退一萬步講，即便你們在沙河鎮獲勝，那又如何？我們退守定州城，以定州城之堅固，你們有可能攻下嗎？富森族長，醒醒吧，想想撫遠之戰，想想定遠之戰，你們以如此優勢兵力，可曾將這些險關打下一座？我們只需守住定州城，你們便完了。」

富森頹然坐下，尚海波說得不錯，即便李清在沙河鎮失敗了，他還可以退守定州城，那時即便草原軍隊可以靠掠奪定州內地獲得補給，解決後勤危機，但想要打下定州城，卻不是短時間內可以辦到，除了大軍長期圍困定州外，強攻定州城，富森一點把握也沒有。

要知道，定州城可是撫遠要塞數倍之大。而室韋入侵，則會讓在定州的草原軍隊成為無根之木，無源之水，更何況，自己絕大部分的族人還留在草原之上，如果他們碰上了如狼似虎的室韋人，鐵定難以活命。

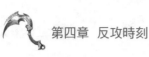

「你們想怎麼樣？」他顫聲道。

尚海波笑道：「富森族長，很久以前，你就向我們表明了你的選擇，為了向你表示誠意，我們會調走宜安縣部分部隊，同時，如果你要撤退的話，我們可以開放震遠要塞，你從那裡走不會遭到我們要塞部隊的攔截，但其他部族可就沒那麼好運了。」

「我想想，讓我想想！」富森喃喃道。

尚海波知道此事不能操之過急，反正他此來的目的不是逼著這傢伙馬上投降，只要能從他眼皮底下撤走宜安縣的部隊就夠了，當下站起身來，道：

「好吧，你可以好好地想想，但時間不能太長了，富森族長，我們大帥說了，你必須馬上做出選擇，如果在大局已定的情況下你再選，那可就不值錢了，**唯有在此時才是雪中送炭，錦上添花者註定是沒有太大的好處的。**」

富森嘴唇動了動，沒有作聲，尚海波雙手抱拳，行禮轉身而去。

當夜，宜安縣城三千士兵打開城門，在紅部的眼皮底下大模大樣地開拔而去，而紅部大營卻一片寂靜，對此絲毫沒有作出反應。

旋即，得到三千援兵的下牢溪穩穩站住了陣腳，這讓不明所以的諾其阿心中有些慌亂，下牢溪本已岌岌可危的防線忽然穩固，得到了大批援兵，這與他先前的判斷截然不同，**難道仗打到這個份上，李清手裡居然還有預備隊沒有投入？否則，他哪裡來的軍隊支援下牢溪？**

猶疑不定的他暫時放緩攻擊的節奏，並派人向納奔回報這一情況。

此時，在他們的後方，定遠守將關興龍，威遠守將魏鑫，正在策劃著一個大的行動，納奔抽調兵力赴沙河鎮支援，使牽制這三座要塞的兵力大幅減弱，兩人決定集兩關兵力，向威遠城下的藍部守軍發起一次突然襲擊。

關興龍在李清向其輸送了三千援軍後，現在手裡有接近六千部卒，他出動四千人馬，與魏鑫配合，留下了兩千人守城。

天啟十三年，大楚帝國的目光大都集中在邊關定州，這裡正在進行的戰爭不僅關乎著帝國與草原數百年來的恩怨情仇，更對大楚的內部形勢有著舉足輕重的影響。

絕大部分的人，心情都是複雜的，大楚的豪門世家中的重要人物，有相當一部分人曾作為戰士在邊關與蠻族戰鬥過，不論是真刀實槍的廝殺也好，還是為了晉升而前去鍍金也好，都親眼目睹過蠻族的凶恨，與蠻族有著或多或少的仇恨。

從內心深處來講，他們非常希望李清能獲得最終的勝利，但理智又告訴他們，如果李清獲勝的話，那麼以李清為核心，在定州將形成一個龐大的邊關軍事集團，在大楚目前風雨飄搖的情況下，一個龐大勢力的崛起又是所有人都不願意看到的。

最好的結果就是李清與巴雅爾兩敗俱傷，一些人在心裡如此期盼著。

「李清與巴雅爾兩敗俱傷，巴雅爾將李清牢牢地拖在草原戰爭的泥沼中，這能讓我們的利益得到最大化。」

京城洛陽，齊國公蕭浩然如此對蕭遠山道。

「可是族長，李清如今已是大佔優勢，室韋人如狼似虎，在草原高歌猛進，李清屬下過山風正穩紮穩打，步步逼近草原王庭，定威一線，納奔強攻沙河鎮卻一無所獲，進退兩難，無論是從戰略上還是戰術上，巴雅爾都已經敗了，這個結果只是時間問題罷了。」

蕭遠山聽聞李清重創草原，勝利指日可期的時候，眼中發亮，這員與巴雅爾打了多年交道的老將甚是歡欣鼓舞，雖然李清與他可謂是仇深似海，他一生中最慘痛的失敗便是李清賜予他的，但他作為一名大楚人，作為一名多年在邊關作戰的將軍，卻又為李清的勝利而高興，**這種感情讓他自己也覺得糾纏不清，複雜之極。**

蕭浩然冷冷道：「如果讓李清獲得最後勝利的話，那麼他馬上就能轉過身來面向大楚內部，這是絕對不行的，在我們站穩腳跟之前，必須讓巴雅爾撐下去。

遠山，你在邊關多年，應當有很多管道與蠻族聯繫，方家也是如此，你去聯絡方家，給予巴雅爾一定的支援，武器，糧食，統統可以給他，條件只有一個，便是**要他將這場戰爭長久地打下去。**」

蕭遠山愕然不語。

「遠山，我知道你很仇恨蠻族，但**凡事當以大局為重**，蠻族相對於龐大的帝國來說，只是蕞爾之地，讓蠻族拖住李清，拖住李氏，對我們蕭家的崛起是相當重要的，當我們掌控大局之後，我們一樣可以擊敗消滅他們，軍國大事切不能感情從事，你明白麼？」

蕭遠山心中五味雜陳，低頭道：「是，族長，我明白了。」

「遠山，我們是在謀國，**成則權傾天下，敗則身死名裂。**」蕭浩然略為低沉的聲音在蕭遠山的耳邊迴響，「為了這一目標，有些事即使不願，我們也要去做。」

「放心吧，族長，我一定按照您的吩咐去做好這些事。」

「嗯，你做事一向穩重，我是很放心的，此事要切記，不可讓任何人抓住把柄。」

「是，族長，我曉得，即便將來洩露出去，那也是方家幹的，與我們蕭氏沒有任何關係！」

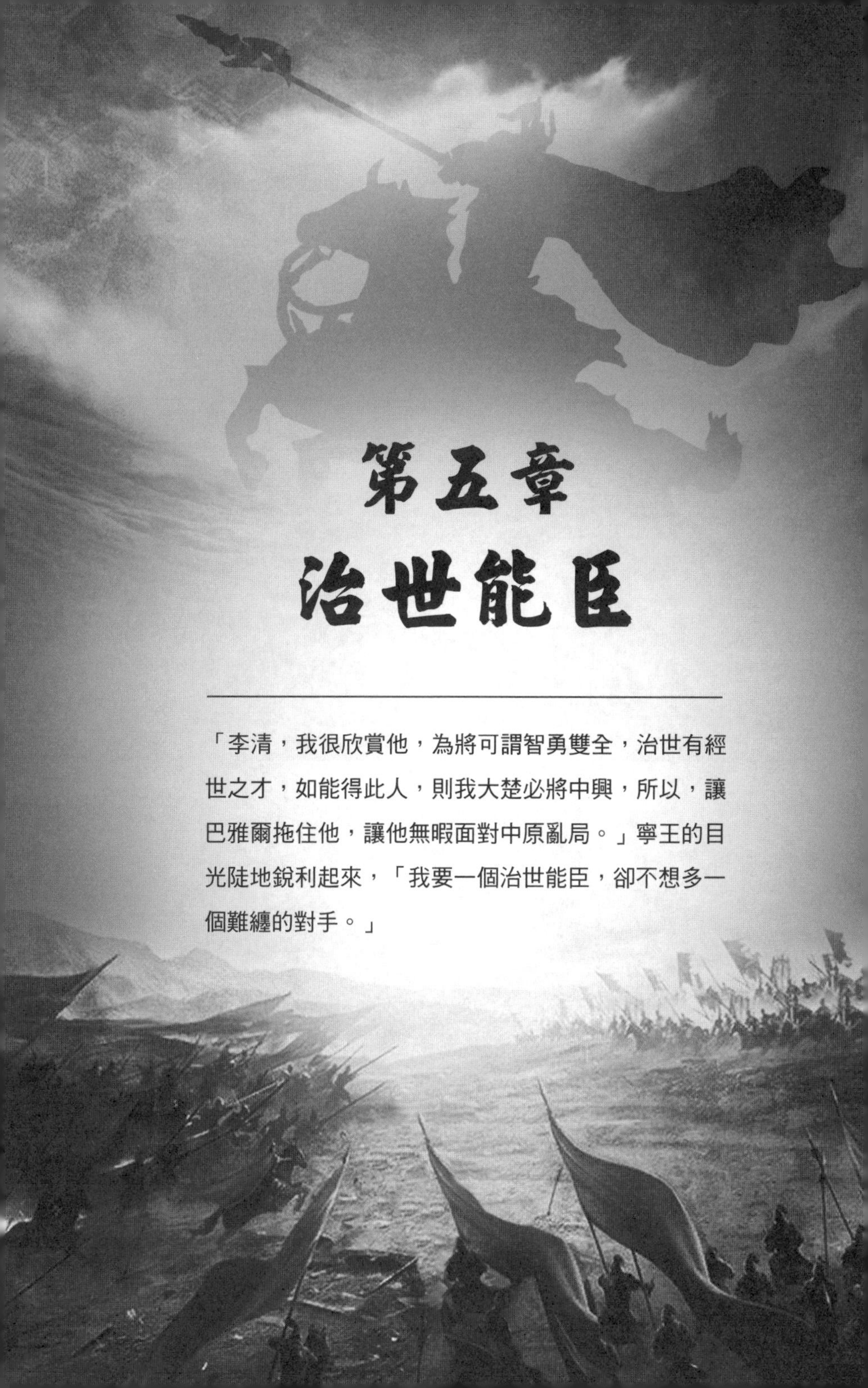

第五章
治世能臣

「李清，我很欣賞他，為將可謂智勇雙全，治世有經世之才，如能得此人，則我大楚必將中興，所以，讓巴雅爾拖住他，讓他無暇面對中原亂局。」寧王的目光陡地銳利起來，「我要一個治世能臣，卻不想多一個難纏的對手。」

與此同時，在大楚的南方，一座依山傍水的莊園中，一座八角亭子被建在碧波之中，碧波上的蓮花正自怒放，偶爾有青蛙從蓮葉上一個猛子扎進水裡，潛行一段，爬上另一蓬蓮葉，呱呱大叫幾聲。

亭中，一個錦衣中年人正半躺在躺椅上，手裡拿著一個鼻煙壺，用小指指甲挑起一些煙絲，塞進鼻煙壺中，湊到鼻邊，深深地吸了一口，滿足地長吁了口氣。

鍾子期，這個在大楚聲名赫赫的青狼，此刻正束手立於下首，而他的同伴許思宇，卻連踏上這間亭子的資格也沒有，只能遠遠地在岸邊等候。

「十年休養，十年生聚，終於要到了收穫的時候了。」錦衣中年人道：「子期，屬於我們的時代終於要來了。」

「是，王爺！」鍾子期恭聲道：「王爺忍辱負重，臥薪嚐膽，十年謀劃高瞻遠矚，終成今日之局，一旦發動，則可以雷霆之勢橫掃天下，鼎定大勢。」

這錦衣中年人便是鍾子期的主子，**寧王**。

聽到鍾子期的話，寧王微微一笑，道：「越是這個時候，我們便越是要小心，萬萬不能為山九仞，功虧一簣。子期，不要小覷了天下英雄，你在復州的行動著實衝動，栽在一個小女子手中，當引起你我警惕，要不是李清還年輕，你能活著回來的機率真是不大啊。」

鍾子期臉上微熱，「是，王爺，白狐清風的確是個勁敵，她的統計調查司滲透速度之快，讓人側目。」

「這些東西你比我懂，你應當早有安排，我也懶得問這些事，你自去做就好了，屈勇傑那裡如何？」寧王悠然自得地除下靴子，將一雙白淨的腳伸進水裡，踏起一蓬水花。

「屈勇傑老於世故，不是簡單人物，臣幾次接觸，數次暗示，此人都是哼哼哈哈，顧左右而言他，就是不肯明言，他還在觀望形勢啊。」鍾子期道。

「無妨，此人遲早是我掌中之物。」寧王自信地道：「定州形勢，你怎麼看？」

「定州之戰大局已定，李清獲勝已在意料之中。」鍾子期臉上神色複雜，「三年之期平定草原，李清居然當真做到了，**此人當真是不世之雄**，王爺，**此人乃為勁敵啊！**」

寧王呵呵一笑，「我們在邊州沒有任何勢力，但面對他的崛起，也不是沒有任何辦法，子期，你想到了麼？」

「王爺的意思是？」

「這一年多來，我一直在仔細研究此人，研究定州崛起的原因。李清，我很欣賞他，為將可謂智勇雙全，治世則有經世之才，**如能得此人，則我大楚必將中興**，所以，**他與草原之戰絕不能在我得到大楚之前結束**，要讓巴雅爾拖住他，讓他無暇轉身面對中原亂局。」寧王的目光陡地銳利起來，「**我要一個治世能臣，卻不想多一個難纏的對手。**」

鍾子期沉聲道：「請王爺明示。」

「定州兵雖然驍勇善戰，但能在草原之戰中始終佔據優勢，與定州強大的經濟優勢分不開，我們只需要在這上面打主意就夠了。」

鍾子期腦中電光一閃，猛的明白了寧王的意思，「**王爺是準備打擊李清的商業體系，讓定復兩州在經濟上陷入困境，不能全力以赴與巴雅爾作戰？**」

寧王笑道：「李清對他屬下的高官們說過一句話，打仗打的就是銀子，他要用銀子砸死巴雅爾，那麼，我們就將李清的銀子弄得少一些，讓他用銀子砸死巴雅爾的時間更長一些吧！」

「屬下明白了。」鍾子期佩服地看著寧王。

寧王嘆了口氣，「定州在軍械上的革新當真是讓人驚訝，你從定州弄來的一品弓、百發弩，我們的大匠師研究了這麼長時間，還是無法仿製出合格的東西來，鋼絲弦，強力壓簧，以我們的煉鐵技術根本造不出來，子期，你在這方面要下下功夫。」

鍾子期道：「王爺，屬下已打探明白，李清屬下的兩大匠師任如雲與許小刀，一個負責軍械的開發，一個負責精鐵的煉製，兩人都被李清委以五品官位，兩人對李清死心塌地，李清對這兩人更是保護嚴密，屬下曾試過幾次，都是無功而返，反而折損了不少人手。」

「能對區區匠師授以如此高位，**李清用人才倒是不拘一格**，開大楚從未有過之先河，此舉有利有弊，但對目前的定州而言，**可謂是凝聚人心的最好辦法**，有了這兩個例子在先，想必全大楚的匠人們都對定州心嚮往之啊。」

鍾子期道：「王爺，我們也可以這麼做啊！」

寧王呵呵一笑，「如果我是第一個做的，那自是無妨，但現在我仿著李清來，除了徒惹笑柄外，更會讓人側目，得不償失啊！此事留待以後再議吧，如果李清能歸我麾下，那麼所有的一切不都迎刃而解了麼！」

寧王與蕭浩然開始動手，在翼州，李氏也開始動作起來，一支數千人的騎兵在李鋒的率領下，開始向定州進發，他們是李氏為了支援李清對草原做出最後一擊而派出的援軍，當然，這也是在大局已定的情況下，正大光明地去定州那裡分一杯羹了。

落日的餘暉中，納奔獨馬立於轅門之前，遠處沙河鎮李清的軍旗正在迎風飄揚，狂攻沙河鎮一月有餘，看似一捅就破的防線卻依然屹立在自己的面前，似乎只要加把力就能拿下，卻每每讓自己失望而歸，似乎自己進攻力度越大，對方的反彈就愈強。

理智告訴他，該退兵了，自己的後勤補給線已是千瘡百孔，從草原運來的物資，十成中能有五成到自己的手中就很不錯了，肅順雖然老奸巨滑，但有一點他沒有說錯，定遠、震遠、威遠三座堡壘沒有拔除，便等於讓三把刀架在自己的身後，隨時可能捅過來，現在他已嘗到滋味了。

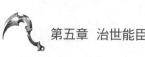

蔥嶺關的失守在大營裡引起軒然大波，手下諸將都沒有心思再在這裡熬下去，定州城可望而不可即，但他們留在草原上的部族卻正在流血，萬惡的室韋人衝進了草原，所過之處，血流成河，草原現在是一片雞飛狗跳，大量的部族正在逃亡。

父皇手裡可用之兵不太多，草原上的龍嘯軍只能衛護王庭方圓數百里的地方，而其他各部的精銳，都被集中在定州一線，虎帥的狼奔軍被上林里死死地牽制著，偷偷地派出一萬狼奔到了自己這裡後，更無餘力進攻上林里，而自己這裡卻始終無法突破。

納奔心裡充滿了憤恨，他知道，自己這一退去，再想回到這裡，不知要到什麼時候，李清與草原的決鬥已占了上風，接下來，便是草原的失守，這讓一向信奉自己才是強者的納奔感到屈辱。

紅彤彤的太陽餘暉從自己的背後灑出最後的光芒，照在對面那面大旗上，迎風招展的大旗在陽光之下更加燦爛，納奔心中一陣悸動，**元武帝國會如那枚正在落下的夕陽，才剛剛升起不久便要日薄西山麼？**

身後馬蹄聲響，一個熟悉的聲音響起：「二王子。」

納奔沒有回頭，聲音卻有些哽咽，「諾其阿，你說，我們還會重新回到這裡嗎？」

策馬而來的諾其阿雙眼有些迷離，內心更是惶然，與納奔一樣，他也很清楚目前的形勢，元武帝國剛剛開國，便面臨著如此內外交困的局勢。一個處置不當，便是萬劫不復的結局。

但看著納奔頹喪的神態，他卻不得不振奮精神，鼓勵道：「二王子，我們一定會回來的，打敗室韋人之後，我們一定會回來，大楚雖然很龐大，李清也很厲害，但大楚內政崩壞，已是一個患了重病的垂死的巨人，我們元武帝國卻是初升的朝陽，大楚內亂馬上就會開始，李清勢必會被大楚的內亂牽涉進去，這會給我們時間喘息，等到我們恢復，便是他們滅亡的開始了。」

納奔讓諾其阿一番話又說得精神起來，一撥馬頭，大聲道：「你說得對，諾其阿，走吧，我們準備撤退，等我們再次回到這裡的時候，我一定會站在定州城的城樓上。」

跟著納奔，諾其阿圈轉馬頭，在馬上，回過頭來的他看著那面李字大旗，臉上卻是十分複雜的神情，**「我們，還會回來嗎？」**

沙河鎮。

尚海波竄進李清的指揮所，揮舞著手臂，激動地道：

「大帥，大帥，納奔撤退了，他退兵了。」

房中，正俯身看著沙盤的李清霍地抬起頭，一個月的激戰，讓他眼中血絲密布，臉上的鬍鬚也沒有剃，顯得很是憔悴。

沙河鎮便像是一塊磁鐵，將草原聯軍一撥又一撥地吸來，而他手中卻沒有可用之兵，啟年師傷亡過半，而常勝營和旋風營也減員超過了三分之一，每當納奔發起又一次進攻的時候，李清真不知道自己還能不能頂得住。

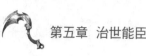

但他知道，已到了最後時刻，對手越是圖窮匕現，越是瘋狂，便越是說明他們已快要頂不住了，室韋人的瘋狂已讓所有的草原部族坐不住了，過山風的穩風推進，逼近他們的王庭，也讓他們感到了威脅。**他頂不住了，對手同樣也頂不住了，就看誰先鬆這一口氣。**

結果**自己贏了**，納奔終於承受不了沉重的壓力，要退兵了。

這次納奔的退兵意義重大，草原和定州的**攻守之勢立時逆轉，從今天開始，便是我攻他守了。戰略主動權終於掌握到了自己的手中**，為了這一天的到來，自己付出的心力太多，真是有些不堪重負了。

身體搖晃了一下，顯些摔倒，趕緊扶住面前的沙盤，李清看著面前的尚海波，兩人都是一臉的喜色。

定州眾將齊聚李清案前，李清的目光從這些戰袍上血跡斑斑的戰將身上一一掠過，其中有不少熟悉的面孔不見了，他們已經光榮地戰死在陣地之上。

「諸君，**我們勝利了！**」李清一字一頓地道。

雖然這些身處一線的將軍們比李清更早便知道了這一消息，但李清親口說出這句話來，諸將們仍然感到一陣陣的興奮，李清話音剛落，房中便爆發出一陣巨大的歡呼聲，一個月的激戰，多少次的險死還生，多少戰友永遠地倒下，但終於換回了最終的勝利，這讓他們的犧牲獲得了巨大的回報。

「我們勝利了，但戰爭還沒有結束，定州不是草原蠻子的樂土，他們更不是我們的客人，難道想來便來，想走便走？」李清大聲道。

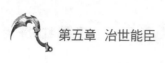

「不能！」眾人一齊吼道。「追上去，殺死他們。」

「蠻族雖敗，但眼下他們的兵力依然遠超我等，想要一口吃下他們那是不可能的，但是在他們走的時候，狠狠地咬他們一口，讓他們再留一點血，卻是可以的，尚軍師，你具體來談一談吧！」

尚海波站了起來，「各位將軍，此戰雖然我們獲勝，但付出的代價也是驚人的，想必各位也很清楚，啟年師減員一半，目前還能作戰的不足一萬五千人，常勝營、旋風營兩營騎兵也只剩下六千餘人可以作戰，即便加上定遠、威遠、震遠三堡，我們能派出作戰的人也不會超過三萬人，而敵人卻是我們的兩倍有餘，所以，我們只能選其一部作為打擊目標。」

尚海波走到沙盤前，手裡拈著一柄戰刀道：

「大家請看，納奔的大部隊走的是定遠一線，這支隊伍實力太強，我們吃不下。我們想要狠狠咬一口的是震遠的正藍旗肅順部。我們能出動的人並不多，沙河鎮必須留下足夠的人手，以防納奔突然反撲，所以啟年師的一萬五千部卒不參與這次行動，參與這次打擊的將是常勝營和旋風營，以及從定州城調來的磐石營，加上從定遠、威遠、震遠抽調的五千人，合計一萬五千人，將由大帥親自率領。」

「大家有什麼意見嗎？」李清問。

眾人盡皆搖頭。沙河鎮防線在這個時候更要提高戒備，以防對手突然殺個回馬槍，至於率部掩殺正藍旗的部隊安排，大家也沒什麼可說的。

調集磐石營參戰，而不是從啟年師中抽調，所有人也是心領神會，馮國是大帥的心腹嫡系，單看大帥數次出征，替大帥守家的都是馮國，就可以看出馮國在大帥心目中的地位。但如果沒有戰功，在以戰功論成敗的定州軍中，卻是一個不小的瑕疵，對馮國以後的發展不利，所以大帥要給馮國一個立功的機會。

王啟年笑道：「大帥，我們側擊正藍旗，不知正紅旗富森那裡搞定了沒有？」

李清呵呵一笑，「現在的富森想必已將形勢看得很清楚了，這個牆頭草不會成我們的障礙，我們出兵的路線便是從他富森的防線上穿過去。」

「大帥準備讓正紅旗從容離去？」王啟年道。

李清點點頭，「統計調查司派人聯絡了富森，他將提前從威遠撤走，將正藍旗的側翼完全暴露出來，我們便利用這個空檔插進去，爭取將正藍旗殲滅。」

「大帥，此人可信麼？白登山之敗，便是這個王八蛋害了我們的！」姜奎憤憤地道，白登山之役，他吃了大苦頭，險些一命歸天，對這場戰事的始作俑者富森，姜奎一直心懷憤恨。

李清道：「這一次他玩不出花樣，威遠要塞的我軍緊緊地盯著他呢，他真要耍花樣，那我們收拾的便是他了，他不會不明白的。這個牆頭草比誰都精明。而且肅順也算是害死他父親的元凶之一，富森對他恨著呢！巴不得他被我們滅了。」

「肅順萬萬想不到我們會從富森的防線上向他發動攻擊，這一戰還未打，我們就已經勝了！」尚海波笑道。

諾其阿率領著狼奔軍先行撤走，他要回到上林里，匯合虎赫的狼奔軍大部，納奔與他的龍嘯隨著伯顏撤向定遠，富森走威遠，肅順自震遠撤退，一夜之間，沙河鎮防線前已是變得空空蕩蕩，只餘下了地上無數灘已變得紫黑的血色土地，無數的斷劍殘矛。

三支軍隊中，納奔與伯顏是懷著憤恨與無奈，不甘地退走，草原形勢已容不得他們再在這裡與李清打這一場似乎永無盡頭的攻堅戰，在領教了定州兵的韌性之後，他們對自己的信心已不是那麼充足了。

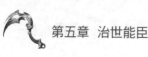

富森不一樣，看到納奔的模樣，他**不僅沒有兔死狐悲的念頭，反而有一份幸災樂禍的高興**，叫你們白族囂張跋扈！在草原上作威作福，今天終於得到了報應。

沙河鎮打不下來，室韋與定州過山風部正一步步逼向白族王庭，可以想像，接下來定州必將大舉出兵草原，東西兩面夾攻巴雅爾。

一想到巴雅爾即將陷入的困境，富森便興奮地全身發抖，父親的大仇得報終於有望了，如果有朝一日，巴雅爾的人頭被李清砍下來的時候，自己一定會趕到巴雅爾的頭顱面前，大笑三聲的。

富森手裡握著與李清簽定的合約，他不會應巴雅爾的命令。向新成立的元武帝國的首都，也就是白族的王庭集結，反而是背道而馳，整個部族將撤向北方，李清不要求他參與對巴雅爾的攻擊，只要他在巴雅爾滅亡之後，第一個向定州臣服。

富森爽快地答應了，李清可以擊敗草原，但他無法滅絕蠻族，戰後他需要人來為他穩定草原局勢，因為富森知道，大楚的內亂已是無可避免，可以想見李清的戰略重心將轉向中原，那麼有一個穩定的後院對他來說便是至關重要的，但放眼草原，能做到這一點的人還真不多，自己是紅部族長，在草原上是有名望的大貴族，**白青黃藍四部被擊垮後，唯一還擁有實力的便是自己，李清不依靠自己還**

能靠誰呢？

富森躊躇滿志地率軍撤退，**以後的草原將會是自己的了**，如果李清在逐鹿中原中獲勝，那自己便是他忠心的臣子，替他好好地管理草原；如果李清失敗了，則自己將完全失去羈絆，也許用不了多久，紅族就會成為草原真正的主人，如同現今的白族一樣。

李清要求自己迅速撤出威遠要塞的要求，讓富森意識到李清要向肅順動手了，可這關他什麼事呢？肅順這頭老狐狸一輩子狡猾，這次註定要栽上一個大跟頭了，綁上自己的父親向巴雅爾獻媚的時候，他一定不會想到有今天這樣的結果。

富森微笑著看向自己身側的呂大兵，雖然手裡拿著李清給他的保命符，但在富森看來，呂大兵這張護身符更可靠！

嗯，這傢伙還沒有結婚，也許可以考慮將自己的妹妹嫁給他！他不願意？笑話，現在他在自己手裡，他為魚肉，我為刀俎，豈有他挑挑撿撿的份兒?!實在不行，一根繩子綁了，送進洞房，讓自己的小妹來個霸王硬上弓，將生米煮成熟飯，如果一年半載後生下一個娃娃，那就大妙，自己就算是與呂大臨拉上了拆不開的關係了。

呂大兵看到富森朝他賊賊笑了起來，身上不由起了一層雞皮疙瘩，一種不好的感覺油然而生，這小子打什麼主意呢？

「呂將軍，你年輕英俊，武藝高強，可為什麼一直沒有婚配啊？」富森笑問。

震遠。

肅順的心情比起納奔和伯顏可要好多了，此次進攻定州，雖然沒有撈到好處，卻也損失不大，糧草輜重都是偉大的皇帝陛下提供的，自己甚至還找他要到了一批鐵甲，這要放在以前，根本是不可能的。

嗯，巴雅爾當皇帝也不錯嘛，反正自己只要跟在他屁股後面就好了。他打贏了，自己衝上去雖然撈不著最好的，但總能搞個三瓜倆棗的；巴雅爾打輸了，自己扭頭便跑，也有他在後面替自己擋災啊，不錯不錯。

自己沒有什麼雄心壯志，一直以來便被族裡的一些傢伙們所詬病，但現在，卻沒有人再跳出來挑自己的毛病了，瞧吧，有雄心壯志的哈寧齊死了，另一個代善，腦袋瓜子也掉了，可憐啊，唯有自己沒什麼大志，到如今還活得很滋潤。

回到震遠要塞前的大營裡，肅順甚至還有心情與心愛的女人一齊喝酒調情。

自己的進攻路線也選得好啊，震遠夾在威遠和定遠之間，一邊有富森，一邊有納奔，左右兩翼無需擔心，嘿嘿，他得意地笑了起來。

殊不知，**一張針對他的大網正在悄無聲息地張開**，富森回到威遠之後，並沒有按照納奔的要求，三部有序互相掩護退回草原，而是迅速地拔營向北退走，將納奔的左翼完全地暴露了出來。

直到富森走了整整一天之後，肅順與納奔還蒙在鼓裡，此時，威遠的五千步卒已迅速地切入到了肅順的側後方，堵住了他撤退的通道。

定遠的關興龍率三千步卒潛到他的右翼，防止他向定遠方向逃竄，去與納奔會合，關內，魏鑫正摩拳擦掌，跟他的副將振武校尉李生智兩人，正在商討著怎麼出其不意地發起攻擊，將肅順拖在關下。

沙河鎮。

李清率領的常勝營、旋風營、磐石營的騎兵翼，正沿著富森撤退後留下的空白地區，高速向肅順逼近。

攻擊是在肅順正準備退走的凌晨發起的，對於魏鑫，肅順一直有些瞧不起，被稱為「千年烏龜」的魏鑫，肅順知道他是個不求有功，但求無過的碌碌無為的將領，所以除了常規的警戒外，他壓根就沒有想到在他正準備退走時，魏鑫會對自己發起突然攻擊。

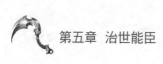

整個正藍旗大營正是亂糟糟的時候，所有的士兵在外戰鬥了數月之後，終於可以返回家鄉了，思鄉的喜悅在這一刻壓倒了對敵人的警惕，更何況，在他們面前只有數千敵軍，而他們可是有數萬人的隊伍啊。

魏鑫壓根沒想到自己會如此順利地突進正藍旗的大營，**過程順利的讓他簡直要懷疑這是不是一個陷阱**，不費吹灰之力，他就深入了對方大營數百米，連肅順的金頂大帳都可以清晰地看見了。

但他看到敵人的混亂是真正的混亂，而不是故意偽裝的，這一點，在沙場上混了數十年的魏鑫還是能輕易地判斷出來的，他當機立斷，命令李生智率領不到一千人的騎兵在正藍旗營內橫衝直撞，哪裡有敵人集結的狀態便馬上對其開始攻擊。

戰場上變幻莫測的發展往往讓人感到不可思議，數萬人的正藍旗大營，居然被一支不到千人的騎兵隊伍攪得烏煙瘴氣，一片混亂，進退不得。

肅順怒了，真是人善被人欺，馬善被人騎啊，連烏龜流的魏鑫也敢來找自己的麻煩！

「我要生吞活剝了魏鑫！」肅順咬牙切齒地道。

肅順不是笨蛋，否則他也不會在強者生存的草原上，一步步坐到藍部的族長位置，憤怒過後，衝動的情緒慢慢地平息下來，看著在營內奮戰的震遠守軍，再瞄瞄不遠處那高高聳立的震遠城牆，他身體一震，背上滲出了層層冷汗。

魏鑫跑來這裡玩這一招，目的何在？不外乎就是要拖住自己撤退的腳步。他為什麼要拖住自己？當然是李清瞄上了自己，抬頭看看天色，只怕李清已距此不遠了。

「快，向納奔王子，向伯顏旗主，富森旗主派出信使求援，我們撤退，不要打了，拋掉所有的輜重，輕裝簡從撤出去！」肅順忽地怪叫起來，那變異的聲調將他身側的將領們嚇了一跳。

得到命令的正藍旗士兵們準備撤退，但魏鑫馬上便看出肅順的意圖，將部卒分為一大一小兩個同心圓，死死地黏住正藍旗士兵，敵人走，他便跟著走，敵人停下來，他便停下來固守，既不貪功冒進，也絕不離開，一時間，肅順居然拿他無可奈何。

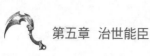

肅順的擔心很快得到了證實，派往定遠方向的信使臉色蒼白的帶來了肅順不想聽到的消息，在他的右側出現了定州兵，帶隊的就是那個在定遠讓伯顏顏面盡失的獨臂將領關興龍。

「族長，在我們的後方也出現了定州兵。」一名斥候飛馬而來，臉上滿是惶恐。

「你說什麼？」肅順簡直不敢相信自己的耳朵，**定州兵長了翅膀麼，是怎麼飛到自己身後去的？從哪裡蹦出來這麼一股定州兵？**

「你確定？有多少人？統兵將領是誰？他們是從哪裡冒出來的？」肅順一把將那名斥候從馬上拎了過來，提在空中，聲色俱厲地吼道。

「族長，至少有五千人，但小人發現他們的時候，天還沒有亮，小人沒有看清楚他們的旗號，不知道是哪一股敵人。」斥候被肅順懸空拎著，有些喘不過氣來。

肅順手一鬆，任那斥候摔了個嘴啃泥。

他的臉色陰沉無比，前、右、後都出現了定州兵，自己唯一的一條路便是向威遠方向前進，那裡有富森的正紅旗，但**那看似安全的方向真的沒問題嗎？但自己還有得選嗎？**

如果李清再趕到，自己便陷入了絕境，目前看來，也只有向富森方向挺進，謀求與他兩部合一，兩部近五萬人馬可不是李清能擋住的，那時便可以一齊殺出去。

看來李清很清楚自己與富森之間的恩怨啊，自己綁了代善送給了巴雅爾，最後逼得富森不得不親自動手斬下了他父親的頭顱，富森是恨自己的，這一點無庸置疑，所以李清在三個方向都安排了人馬，唯獨在富森那裡留下了空白，想必這也是**李清在賭，賭自己不敢向富森靠攏**。

肅順冷笑，你以為我不敢，**我便偏偏做給你看**！大敵大前，我不相信富森會在這個時候翻臉，我被滅了，難道他還跑得了嗎？想要活，便得合作，富森也不是傻瓜呀！

此時，肅順還不認為富森會拋棄自己，實際上，**富森不僅僅是拋棄了他，而是拋棄了整個草原**。

正藍旗開始向著威遠方向撤退，魏鑫努力地糾纏著敵人，儘量減緩敵人前進的速度，陽光初升的時候，獨臂將軍關興龍率領三千士卒加入了戰鬥，兩股人馬邊打邊走，戰場迅速地向威遠方向移動。

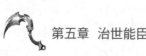

此時，另一支定州兵也出現在正藍旗的後方。

正午時分，火辣辣的太陽開始盡情地發散著它的熱量，正藍旗終於擺脫了魏鑫的糾纏，整支部隊收縮在不到十里範圍之內，一邊重新整編隊伍，一邊向著威遠方向挺進，這裡，距離威遠還有上百里的距離呢，便是縱馬狂奔也要半日功夫，何況他們身上還跟著三隻吊靴鬼，虎視眈眈地隨時準備撲上來咬上一口。

對於出現的敵人，肅順反而不那麼擔心了，眼下對方出現的三股敵人，總共也只有一萬餘人，**關鍵是李清在哪裡，何時會出現？這才是他最擔心的。**

自己已經向富森方面派出數撥信使求救了，但毫無例外，都是一去不返。**富森真會坐視自己不救麼？**肅順心裡敲起了小鼓，也許只有自己出現在他的視線中，他才不得不出兵吧！否則他盡可以裝作不知。

而真實的情況卻是富森早已遠走高飛，離他越來越遠了，反而是李清的一萬多騎兵正在不遠處等著自己送上門去。

一個時辰後，肅順得到了答案，他一直擔心的李清騎兵出現在他的視線中，黑壓壓的騎兵排成了整齊的衝鋒隊形，他們所在的方向，正是富森部應該出現的方向。

肅順心頭一片冰涼，李清堂而皇之地出現在這個地方，那就只有一個可能，**富森與李清達成了默契**，否則，李清怎麼可能冒著背後有正紅部兩萬騎兵精銳的危險出現在自己的面前?!

「該死的富森，長生天會處罰你這個萬惡的背叛者。」肅順恨恨地罵道。現在，他被四面合圍了，迎接他的是上萬養精蓄銳的定州騎兵，而自己有的只是一群絕望的疲兵。

戰鼓聲敲了起來，李清的大旗下，十數名定州兵袒胸露腹，兩手的鼓槌整齊的起落，隆隆的鼓聲響徹戰場，隨著戰鼓聲響起，另外三個方向的定州軍隊的戰鼓聲同時響起，三個方向的步卒向前挺進，不斷地擠壓著正藍旗的生存空間。

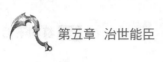

李清的左翼是姜奎的旋風營，右翼則是馮國所率領的磐石營一個騎兵翼約兩千人，李清親率常勝營尚存的四千騎兵，向傳令兵點點頭，「開始吧！」

鼓點陡然變化，姜奎提起手裡的長槍，怒吼一聲，「衝鋒！」一馬當先地衝了出去。右翼的馮國兩手各提了一柄戰刀，狂吼一聲，也是狂飆而出。

戰馬的嘶鳴聲，刀槍的碰撞聲，戰士的怒吼聲，頃刻間便讓日光失色，王琰隨在李清的身側，手裡的流星錘不斷地晃動著，鐵鍊發出嘩啦啦的聲響，滿是傷疤的臉上充滿了興奮的神情，當常勝營出擊的時候，便是結束戰鬥的時候了。

半個時辰後，肅順的部隊終於完全崩潰，除了他的數千親兵仍然緊緊地追隨著他們的主帥外，其餘的士卒已完全失去了建制，將找不著兵，兵找不著將，無頭蒼蠅般地在戰場上四處亂竄，而旋風營與磐石營的騎兵對這些已失去了建制的士兵根本不屑一顧，他們將由步兵來收拾，兩營士兵開始衝擊肅順的親兵。

肅順的臉上滿是絕望之色，親兵們鼓起最後的餘勇，形成一個圓陣，將他們的主帥圍在中間，拼命抵禦著定州騎兵的攻擊。

「出擊！」李清一聲斷喝，憋了好半晌的常勝營騎兵一聲歡呼，衝向了戰場。

肅順的親兵戰鬥力實是不容低估，雖然陷入了重重的包圍，卻仍然擋住了姜奎和馮國的攻擊，迫使他們只能用奔射之術一層層地削去他們的防守，但常勝營的加入，終於使他們的一切努力如同煙花般消散。

在王琰的兩柄流星錘此起彼落的打擊下，常勝營士兵生生地在圓陣上開了一個口子，隨即這個口子越裂越大，終於無可挽救地被完全撕裂，定州兵沿著這個被撕開的口子殺入，殺進圓陣之後，便向四面切入，將肅順最後的兵力完全切割開來，陷入了各自為戰的境地。

「**自己要回歸長生天的懷抱了嗎？**」圓陣中心的肅順絕望地想道，手裡提著已很多年沒有用過的大刀，擺動戰馬，**瘋狂地撲向那個正向自己衝來的敵人，那個人，是定州兵的統帥，李清。**

兩馬交錯，長刀帶著風聲劈下，李清大喝一聲，戰刀上架，迎上刀鋒的時候，巧妙地一拖一帶，戰刀沿著對方長刀的刀把便向下削去，肅順長刀一沉，壓住李清的戰刀，一瞬間，兩人已是交錯而過，肅順也不回頭，長刀回掃，恰好李清也是反手劈來，兩刀相撞，噹的一聲，火花四濺。

肅順剛剛收回長刀，眼前一個斗大的黑影撲面而來，橫刀一擋，一聲巨響，兩手發麻，長刀險些脫手飛出，定睛看時，自己的長刀已彎成了一個弧形。對面的定州將領向他咧嘴一笑，長長的鐵鍊，另一端的錘頭又已飛來，噹的一聲響，這次那柄彎掉的大刀終於飛上了天空，兩手幾乎失去知覺的肅順只道命已休矣時，這員將領居然已是縱馬而過。

來不及有任何的劫後餘生的歡喜，身後馬蹄聲響處，李清又圈馬而回，戰刀高高舉起，向自己劈來，心中頓時明瞭，這個定州將軍要將殺死自己的榮譽留給李清。但此時的他，兩手完全沒有知覺，看著戰刀劈來，只能閉目待死。

噹的一聲響，李清在剎那間卻反轉刀鋒，刀背重重地敲在肅順的頭盔之上，肅順悶哼一聲，摔下馬來，李清沉聲道：「綁了！」

正藍旗全軍覆沒，旗主肅順被定州生擒活捉，消息傳來，納奔全軍皆驚。盛怒之下，納奔立即便要提軍奔赴震遠，尋求與李清的騎兵主力決戰，但久經沙場的伯顏攔住了納奔。

「二王子，我們此時奔赴震遠，碰到的不會是李清的騎兵主力，而會是震遠的高牆堅壘，我們會又一次陷入沙河鎮那樣進退不得的窘境，恐怕這正是李清想要的，他想要一口一口地把我們的主力消耗在堅城之下，肅順全軍覆沒，我們不能再重蹈覆轍，退吧，回到草原去，準備接下來與李清的決戰吧！」

隨後幾天，不斷有肅順正藍旗逃脫大難的散兵游勇歸來，細細地瞭解詳情之後，納奔更是大怒欲狂，可以說，如果沒有富森的出賣，肅順絕不會陷入四面重圍之中，相反的，如果富森能與肅順齊心的話，李清根本就不敢出兵震遠對付肅順。

「叔叔，富森這個叛賊退到了北邊的永定湖，我要去滅了他，他必須為他的反叛付出血的代價。」納奔的拳頭捏得喀喀作響，肅順的被滅，不啻在他血淋淋的心上再狠狠地捅了一刀，讓本就損兵折將的蠻族再一次遭受到沉重的一擊。

「不行！」伯顏一口便回絕了納奔。

「二王子，我理解你現在的心情，但我們絕對不能轉向北方，恐怕李清正盼望著我們這麼做呢！富森配合李清消滅了肅順，為什麼沒有立即接納富森，反而讓他向永定湖方向撤退，就是希望我們前去找富森洩憤。如今草原形勢危急，遍地狼煙，狼奔軍被牽制在上林里，無法回援，室韋人步步緊逼，我們是皇帝陛下手中最大的一股機動力量，如果我們陷入了北方，那對於整個大局絕對是一場災難，更何況，李清一定會插一腳進去的。二王子，我們必須回去。」

「那就這樣放過那個狼心狗肺的東西麼？」納奔憤怒地吼道。

「非也！」伯顏笑道：「富森這種人，無論是我們，還是李清，都會瞧不起他，**現在不收拾他，只是時機不對而已**，當大局已定的時候，像這樣的敗類不論在哪裡都討不了好去，二王子放心吧，只不過是讓他多活幾天而已，我們現在需要集中力量來對付李清。」

草原聯軍一無所獲，怏怏退走，王啟年部立即匯同旋風營，合計兩萬餘人進逼至定遠關外一百餘里深處的荊嶺。

荊嶺雖稱之為嶺，其實只是草原上的一道丘嶺，海拔不過數十米高，但在一展平原的草原，卻也算是一個制高點了，依託荊嶺紮下大營的啟年師，與上林里形成了兩支巨大的鉗形，目標直指草原元武帝國的王庭。

荊嶺駐軍的存在嚴重威脅到上林里的狼奔軍側翼，虎赫開始考慮如何毫髮無損地撤走部隊，在呂大臨虎視眈眈地注視之下，要想神不知鬼不覺地撤離，還真不是一件容易的事。

李清率領常勝營回到定州城的時候，萬人空巷，定州人自發地走出家門，迎接凱旋而回的軍隊。

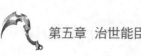

經此一戰，定州已可以說從現在起，將不再會受到草原蠻族的困擾，以後的日子，只有定州軍隊出兵草原，而不會再有蠻族一年數次的襲邊了。

震天的鑼鼓，載歌載舞的民眾，飛揚的花瓣，經久不息的歡呼，一直伴隨著常勝營從定州城門走到大帥府前，大帥府前，無名英雄紀念碑的正前方，搭起了高高的木臺，紅地毯從臺上一直鋪到英烈堂，路一鳴一身新衣，率領著定州復州的官員們早已等在了那裡。

李清登上了高高的木臺，俯視著廣場上成千上萬歡呼的民眾，這一刻，一股巨大的成就感從心中油然而生，自己終於讓這些老百姓從此過上了安寧的生活，蠻族將不再成為定州人的夢魘。

鼓聲響起，常勝營的士兵一隊隊的從木臺前走過，由於參戰的部隊大都已開赴荊嶺，是以常勝營的士兵們臨時客串了這一場小型閱兵式中各番號的軍隊，他們舉著這些部隊的旗幟，喊著響亮的口號，從木臺下整齊走過。

最前方的士兵手裡提著繳獲的蠻族旗幟，在經過木臺的時候，將這些旗幟丟在地上，縱馬踐踏而過，每一次都引起圍觀群眾的巨大歡呼聲。

閱兵之後，便是公祭儀式，首先便是向無名英雄紀念碑獻花添香，李清入主定州以後，將士兵登記造冊，每一名犧牲的士兵都可以查到他的姓名，是以無名英雄紀念碑已成為對過去的一種懷念和激勵。

邁著沉重的步伐，沿著紅地毯走到英烈堂那雄偉的建築前，淒涼的牛角聲響起，激昂的鼓點開始低沉，哀傷的音樂響起，一批批士兵懷抱著一個個小小的蒙著黑布的盒子走向英烈堂時，人群中開始響起啜泣聲，那些小盒子裡有他們的兒子，丈夫，親人。

鼓點聲漸漸激昂，廣場上所有的旗幟平舉，伏旗，向死難的英雄致意，文官們一排排的彎下腰去，武官和士兵們舉手，莊嚴地向緩緩行來的士兵們行以軍禮，注視著他們走進英烈堂中。

是夜，定州城完全變成了不夜天，慶祝勝利的百姓通宵達旦。

大帥府裡，又有著另外一番景象，相對於百姓而言，軍事上的勝利讓他們興奮若狂，對於定州高層而言，這卻只是第一步，接下來的事情更多，而且更繁雜。

「大帥！」路一鳴率先站了起來，道：「擊敗蠻族，接下來我們便要開始讓當初遷居的三縣百姓開始還鄉，定遠、震遠、威遠三縣受蠻族荼毒，損失嚴重，這一季已是顆粒無收了，為他們重建家園以及過冬的生活，將會是一筆極大的費用。」

李清點點頭，「嗯，這事抓緊辦理，讓百姓們迅速還鄉，翻整田地，地裡的作物還剩多少就收多少，聊勝於無。另外，這件事辦得快的話，應當還來得及種上冬麥。路大人，財政上有困難麼？」

路一鳴道：「困難相當大，戰事期間，花錢如流水，再加上遷居百姓的費用，修馳道，水利的投資，以前貯存的一點銀子基本上已經花光，現在我們的財庫已經見底了。」

「這樣啊！」李清摸著下巴，銀子的問題從來都不是小問題，考慮到接下來還要對蠻族的作戰，銀子更是重中之重。

李清很清楚，軍事上的費用幾乎占了整個定州財政收入的五成以上，除了精良的裝備不說，每月的軍餉，戰死後的撫恤，都是拖垮財政的原因。

「復州那邊怎麼樣？可以調多少銀子過來？」李清沉吟道，目光轉向復州同知許雲峰。

「大帥！」許雲峰欠了欠身子道：「復州最大的財源是鹽業，但鹽業的獲利基本上已全部投入到了定州這場戰爭上，而復州以前在向顯鶴的統治下，民生殘破，我到任之後，為了恢復民生，已將稅賦降到最低，受到土匪滋擾嚴重的幾個縣更是免去了今年的稅賦，這也讓復州沒有餘力，至少今年是無法可施了。」

李清知道許雲峰說的是實情，當初為了控制復州，過山風在復州好幾個縣興風作浪，那幾個縣的確是破敗不堪，現在自己成了他們的主人，當然不能涸澤而漁。

「定州、復州兩州數十個縣，每個縣拿一點出來，也應當是一筆不小的數目，州裡再想想辦法，至少先讓遷居的這三個縣的百姓遷回。」

「大帥，如果不考慮對蠻族作戰的話，這些都是能辦到的，但如果今年還要繼續對蠻族作戰，那這軍費就成大問題了。」路一鳴頭疼地道。

尚海波立即站了起來，大聲道：「對蠻族的持續作戰，是我們的既定政策，不趁熱打鐵，將蠻族徹底擊潰打垮，一旦讓他們緩過勁來，我們先前的努力犧牲都將白費，路大人，我知道州裡財政困難，但再困難，也絕對不能影響這場戰事，軍費絕對不能少。」

路一鳴雙手一攤，「尚參軍，你說的我都懂，但現在，我手裡的確沒有錢，三縣幾十萬百姓要遷返，要吃飯，燒毀的房子要重建，每一項都是巨大的開支，我很清楚打垮蠻子的重要性，但我也變不出銀子來啊。」

尚海波咬著牙道：「這些我不管，路大人，你是負責內政的，實在不行，讓這三縣的百姓咬咬牙，挺過這一關，想當初我們在崇縣時，不也是這樣熬過來的麼？」

「此一時也彼一時，尚參軍，當時我們在崇縣只有多少人，現在有多少人，民以食為天，現在我們打了勝仗，百姓正是高興的時候還好說，但日子一久，老百姓發覺**打了勝仗，他們卻連飯都吃不上了，他們會問，這一場戰爭給他們帶來了什麼？那個時候我們怎麼回答？**」

「目光短淺！路大人，我們現在讓他們暫時吃一點苦，是為了開萬世之太平，為了他們的子孫後代著想。」尚海波氣咻咻地道。

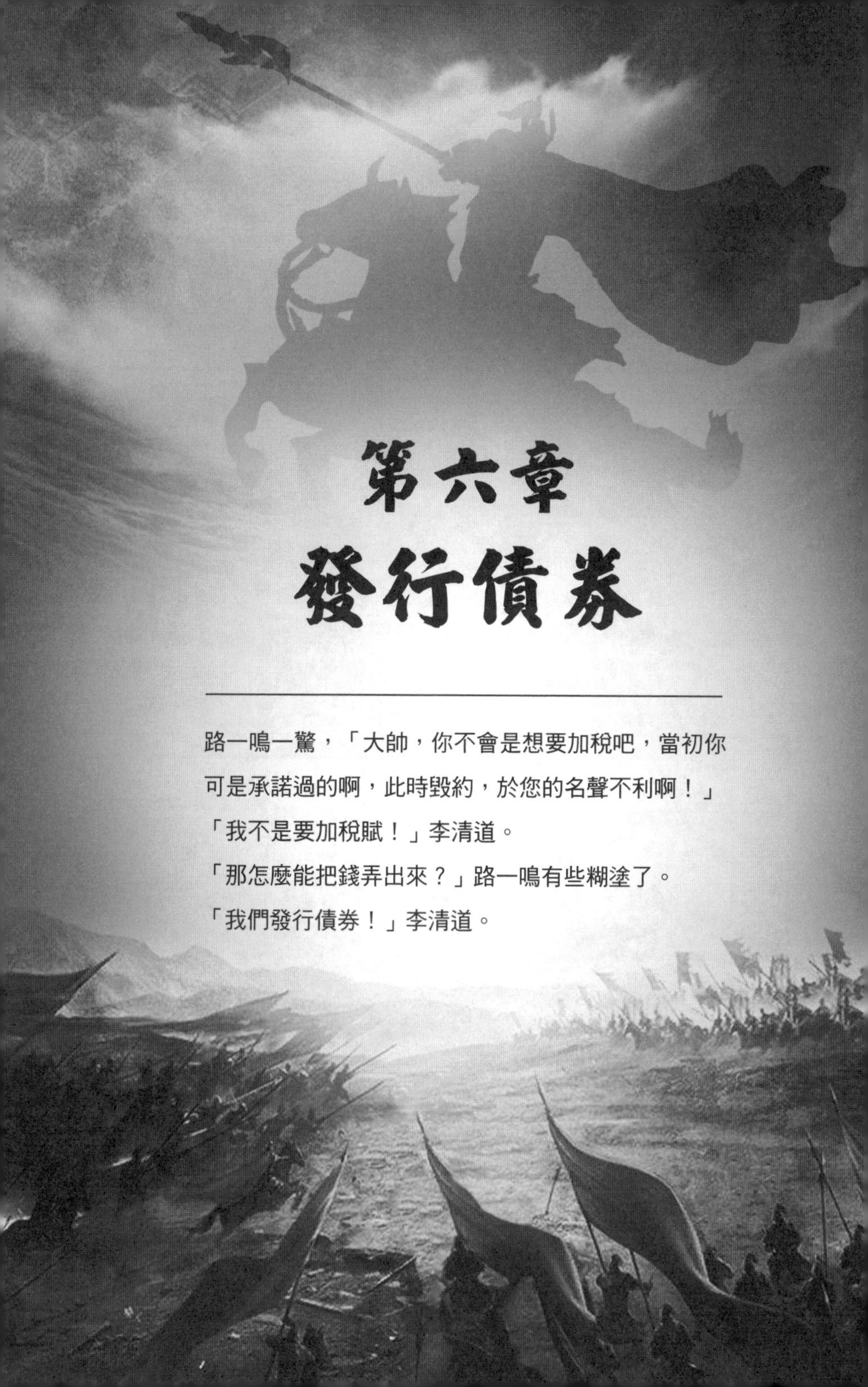

第六章
發行債券

路一鳴一驚，「大帥，你不會是想要加稅吧，當初你可是承諾過的啊，此時毀約，於您的名聲不利啊！」

「我不是要加稅賦！」李清道。

「那怎麼能把錢弄出來？」路一鳴有些糊塗了。

「我們發行債券！」李清道。

聽尚海波如是說，路一鳴也不禁來了氣，「尚大人，老百姓要的是吃飽肚子，要的是看得見摸得著的東西，不是你那些虛無飄渺的玩意！」

李清眼見手下一文一武兩員大將怒目而視，只差動手幹起來，也覺得頭痛得很，一聲斷喝：「好了！你們兩個各自去做各自的事，銀子我來想辦法。」

要從哪裡搞到大筆的銀子呢？李清坐在書房裡，揉著額頭，只覺得頭都快要炸開了，安置遷返的百姓要銀子，軍人要軍餉，官員要薪俸，鑄造武器，運輸哪一樣都要大筆的銀子，便是戰馬，每日消耗都是一筆不小的數目，那可不是一般的駑馬，隨便的草料就能打發的。

房門輕輕一響，有人走了進來，李清不用回頭，便知道是清風來了，能不用通報便走進自己書房的，到目前為止也只有兩個，一個是唐虎，一個便是清風了。

一雙柔軟的手搭在自己的肩上，輕輕地揉捏起來，李清默默地靠在椅背上，享受著清風的溫柔，臉上卻仍是愁眉不展。

「將軍，還在為錢的事犯愁麼？」

「是啊，不當家不知柴米貴，現在我是真的體會到這一點了，再不想想辦法，我們定州就快要揭不開鍋了。」李清煩惱地道：「實在沒有辦法，也只能向李氏開口，借些銀子救急了。」

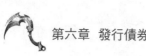

「將軍，李氏離我們路途遙遠，我們又迫在眉睫需要銀子，來得及嗎？」清風問。

「有希望總比沒有好啊！」李清手一攤道：「我是真的想不出辦法來了。」

「要不，在定復兩州加收戰爭稅吧，我想百姓也是能理解的，只要能消滅蠻子，百姓們再難也會支持的。」

「不行！」李清一口回絕，「這兩年，定州一直在戰火中度過，老百姓的日子已經夠苦了，他們為定州付出夠多了，不但出錢，更豁出性命，我怎麼能去盤剝他們最後那一點活命錢。」

「那……」清風遲疑了一下，道：「將軍，定復兩州有不少的世家豪紳，這些家族都是身家巨萬，而且來路都不太乾淨，統計調查司已掌握了這些證據，我們可以以此為憑，將這些豪門抄家，想必能籌到部分資金，紓解眼前危機。」

李清猛的轉過頭，盯著清風道：「清風，你這是什麼餿主意？萬萬不可行。」

「為什麼不行？」清風不滿地說：「這些家族哪個不是巨富，而且他們身上的汙點是確確實實存在的，並不是我誣陷他們，拿下他們一舉兩得，就像我們當年對付方家一樣。」

李清嘆了口氣，「清風，此一時也彼一時也，當時我們不拿下方家，便不能有效地掌控定州，但現在不同，我們在定復兩州站穩了腳跟，想要有所作為，還得依靠這些世家豪紳的支持，這些世家豪紳在大楚都有著盤根錯節的關係，牽一髮而動全身。你想想，現在的商貿司都是些什麼人在運作，每天賺的銀子都是怎麼來的？殺了他們，的確可以在短時間內籌到大筆銀子，但以後呢？**殺雞取卵之事是萬萬做不得的。更何況，大楚哪一家豪門巨富是乾淨的？**便是我們李氏照樣也不乾淨。**水至清則無魚，人至察則無徒！**」李清一字一頓地道。

「是，將軍，是我錯了。不過，我們統計調查司聽到了一些風聲，可能對我們的財政更形威脅，目前我正在驗證這些消息的真偽！」

「什麼消息？」李清一驚，現在凡是涉及到銀子的事，他都特別敏感。

「大楚內某些勢力準備掐斷我們的商業網絡，打擊我們的私鹽買賣。」

「你說什麼?!」李清驚道。

私鹽收入在軍費中占了約四成的比例，如果私鹽遭到強力打擊，對於定州現在的局勢而言，不啻於雪上加霜。

「消息準確麼？」李清沉聲問。

「雖然還沒有最後核實，但也八九不離十了，將軍，我們要早做準備啊！」清風擔憂地道。

李清在房間裡轉著圈，道：「看來有人不希望我們這麼快打敗蠻子啊，連這樣釜底抽薪，罔顧整個大楚利益的事都做出來了。這件事你通報給路一鳴了麼？」

清風搖搖頭，「還沒有最後核實，所以沒有通報路一鳴，不過我已知會了崔義誠，讓他減少出貨量，儘量減輕損失。」

「既然要打擊我們的私鹽，想必糧食等戰略物資他們也是要做手腳的。」

今年一戰，定遠等三縣基本絕收，市面上的糧價已開始漲了，現在雖然州裡還強行壓著，但如果購不到糧食，州裡終究會強壓不住的。

「你馬上知會路一鳴，與他商量無論如何先騰出一筆錢來，搶購一批糧食進來；另外，讓老路派人去與我們關係不錯的州裡儘量買到更多的糧食。」李清吩咐：「將此事知會安國公及李氏，現在我需要他們的支援。」

「是！」清風道：「我馬上去辦，可是，做這些事都需要大筆的銀子，別人不會把糧食賒給我們，銀子的事怎麼辦呢？便是借，一時間也借不到啊！」

「借？」李清眼睛一亮，「**是啊，我們可以去借，向誰去借呢？**有了，虎子！」

唐虎應聲而入，「大帥！」

「馬上派人去將尚參軍、路大人請來！」李清一迭聲地道。

「將軍，你有辦法了？」看到李清雙眼發亮，清風不禁問道。

李清興奮地道：「對，我有法子了。」

很快，尚海波、路一鳴連袂而來，看來兩人一路上又打了不少嘴仗，臉色都不太好看，彼此吹鬍子瞪眼的。

「我有辦法搞到銀子了。」李清看著兩人道。

尚海波與路一鳴面面相覷，看著李清一言不發，心中狐疑不已：這才多久功夫就想出辦法了？這白花花的銀子難道能從石頭縫裡蹦出來？

「路大人，我們定復兩州有錢的人家多麼？」李清問。

「多，特別是復州，雖然被過山風掃蕩了一遍，但巨富之家還是有很多的。」路一鳴老實地道。

「老百姓手裡會有餘錢麼？」李清又問。

路一鳴一驚，「大帥，你不會是想要加稅吧，當初你可是承諾過的啊，此時毀約，於您的名聲不利啊！」

「我不是要加稅賦！」李清道。

「那怎麼能把錢弄出來？」路一鳴有些糊塗了。

「我們發行債券！」李清道。

「債券？」兩人異口同聲地道：「這是什麼東西？」

李清笑道：「就是以政府的名義借錢，我們付利息，我給二分，不，三分的息。」

尚路二人同時跳了起來，「這怎麼行？大帥，這不是寅吃卯糧麼？即便老百姓和那些有錢人家借了錢給我們，到時我們又怎麼還？更何況，他們不見得就把銀子借給我們啊？」

李清笑道：「為什麼不借，我以兩州的財政作擔保，發行債券，三分的息，差不多算是高利貸了，難不成他們將銀子藏在家裡還能生兒子麼，借給我便能生兒子，更何況，我們與蠻子的戰爭已是勝券在握，那些豪門世家不會看不到這一點，打贏了這一仗，什麼都會有。你們不妨向他們多多地宣傳，草原上那些貴族家中都是金山銀海，只要我們打贏，搶了這些東西回來，還怕還不了他們的錢麼？」

尚海波歪著頭想了一會兒，「這倒也是。」

「至於百姓那裡，老路，你不妨曉以大義，跟他們說，每買官府一兩銀子的債券，便等於讓軍隊多一支長矛，怎麼說你自己考量，總之，要讓老百姓將藏在家裡的那些死錢都用起來。」

路一鳴愁眉苦臉地道：「大帥，騙錢容易，可以後怎麼還錢啊？如果還不上錢，大帥，您可就失信於民了！」

李清胸有成竹地道：「老路，你怎麼不明白呢？打贏了這一仗後，定復兩州的財政是不是會很快地好起來？好起來了，我們便有銀子還給百姓，同時付給他們利息，這也讓老百姓賺了錢啊，老百姓口袋裡有了錢，自然要用，用在哪裡，還不是用在本地！只要他們用了，我們就又能收更多的稅，如此反覆循環，財政豈不是一日好過一日？哈哈哈，這叫刺激消費，誰家口袋裡有了錢，不拿出來給老婆買幾樣首飾，給娃兒做幾件新衣裳呢？更何況，如果明年不行，我們還可以還了舊債借新債嘛！所以，咱們這不是騙錢，而是叫搞活經濟！」

路一鳴目瞪口呆，李清的這套理論他實在有些不懂。尚海波也是驚疑不定，不過對他來說，只要能搞到錢，維持軍隊強大的戰鬥力就行，至於還錢，那當然是路一鳴的事了，當下便沒口子的贊成。

復州，靜安縣。

一座占地極廣，雕欄畫棟的深宅大院內，龍四海正愜意地躺在搖椅上，啜著加了冰塊的酸梅汁，身後一個穿著清涼的女子用力替他打著扇子，好不舒坦。

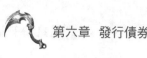

龍家是新近崛起的大戶，家主龍四海長袖善舞，短短的時間內便積聚了大量的財富，成為靜安縣首屈一指的富戶，家有良田萬傾，佃戶無數。獨子龍嘯天剛過而立，已有一兒一女，除了龍嘯天中了秀才之後屢試不第讓人不如意外，他的一生可謂是美滿至極了。

「爹，爹！」一身儒生打扮的龍嘯天急步走了進來，看他滿頭大汗的模樣，顯然是剛剛從外面趕回來。

「嗯！」龍四海坐了起來，揮揮手，讓打扇子的女子出去，「從縣裡回來了？」

龍嘯天拉過一張凳子坐下，端起旁邊的一杯酸梅汁一口喝盡，道：「爹，我剛從靜安縣回來，您吩咐的事情，我都打聽清楚了。」

「說！」

「大帥發行的那個什麼債券，銷售不盡如人意，買債券的幾乎都是些平頭百姓，手裡能有多少錢？大都是幾兩銀子的買，在靜安縣賣了這多天，只不過籌了幾萬兩而已，靜安縣的大戶都沒有動作。」龍嘯天道。

「這樣啊。」龍四海沉吟不語。

「是啊，知縣大人頭髮都急白了不少，嘴上起了一個個水泡，看樣子是急火攻心所致。也是，大帥搞的這個什麼債券誰都不懂，而且大家都擔心這是肉包子打狗，要是事後大帥反臉不認帳，大家的錢不就打了水漂麼？大帥手裡有兵，一旦翻臉不認帳誰能奈他何啊！」龍嘯天笑道。

龍四海聞言，站起來踱了幾步，忽地站住，眼中放出光來，道：「嘯天，你馬上帶上十萬兩銀票，去購進大帥的債券。」

「什麼？」龍四海不敢相信自己的耳朵，「爹，大家都不敢買，我們怎麼還去買？要是有什麼差錯，豈不是白白地損失這麼一大筆錢？」

龍四海哈哈大笑，道：「正是大家都不買，我才要去買啊！」

「爹，你這是什麼意思？」龍嘯天疑惑不解地看著自己的老子，要不是一向對白手起家的老子佩服有加，他真有些懷疑老頭子是不是瘋了。

「你呀！」龍四海伸出手指頭點點兒子，「還不是為了你。」

「為了我？」

「兒子，你好好想想，你覺得大帥是個貪官麼？」龍四海問。

龍嘯天搖頭，「不是，李大帥是我所見過的最英明有為的統帥。」

「既然如此，大帥發行債券便肯定是州裡的財政出了大問題，現在正是對蠻族作戰的關鍵時刻，大帥缺錢了，想跟我們借錢，卻沒有人捧場，大帥會怎麼想？」

「肯定不高興。」

「不錯，大帥會不高興，這時候如果有個人拿出大筆銀子來支持大帥，你說大帥會不會記住他？」

龍嘯天眼睛一亮。

「所謂千金買馬骨。」龍四海悠悠地道：「我們第一個出頭，十萬兩銀子便可以讓大帥記住我們，要是第二個，第三個或者更後面的人，你便是出百萬兩銀子，大帥也不見得會記得你啊！」龍四海一語道破關鍵。「所以，不管這十萬兩銀子是不是打水漂，我都要出，有了我們帶頭，肯定會有人跟上，畢竟我龍四海在靜安縣還有點名頭，我都出錢了，不怕沒有人跟上，我想，大帥對我們肯定會有所回報的。」

龍嘯天佩服地道：「爹，還是你有遠見。」

「呵呵呵！」龍四海笑道：「爹這輩子賺的錢夠多了，但也受了不少的氣，靜夜細想，為什麼？**不就是無權無勢嘛，有錢沒權，在有些人看來，便是一塊肥肉啊！**我出錢請最好的老師教你讀書，指望你能金榜題名，但你考上秀才後就再無寸進，眼見循正途當官已是沒指望了，便不能不另闢蹊徑，眼下就是一個絕好的機會。」

「我明白了，爹。」龍嘯天興奮地道：「我馬上去買債券。爹，不如我們再多買一點？」

龍四海搖頭，「過猶不及，大帥是極聰明的人，買太多，我們的心思未免就太明顯了。」

定州大帥府。

李清的臉色很不好看，發行債券已經近十天了，但籌集的銀子只有數十萬兩，離他的目標天差地遠，翻看著購買債券的帳簿，買債券的竟然絕大部分都是些升斗小民，幾兩銀子的購買名單密密麻麻，但這點小錢如何能解定州的燃眉之急？

「果然還是我們的老百姓最可愛啊！」李清感嘆道：「那些豪門巨富居然一毛不拔，哼！」

路一鳴也是愁眉不展，「是啊，大帥，除了靜安縣賣得還不錯外，其他各縣都很不理想啊！」

「哦，靜安縣，他們買了多少？」李清問。

「靜安縣所得，占了定復兩州的一半。」路一鳴回道。

「一半？」李清奇道：「怎麼會有這麼大的比例？」

路一鳴道：「這是因為靜安縣有大戶一家便出了十萬兩銀子購買，聽聞此人在靜安縣頗有名氣，白手起家，數十年間便成了靜安首屈一指的富戶，靜安有他帶頭，便有不少富戶跟著買進。」

「他叫什麼名字？」李清感興趣地問道。

路一鳴翻看帳簿，瞄了一眼道：「叫龍四海。」

「龍四海！」李清念叨了幾聲，「很有魄力啊，所有人都不看好的情況下，居然肯拿出十萬兩銀子，也算是大手筆了，吩咐下去，我要見他。不妨把排場鬧得大些，讓所有人都知道，龍四海因為購買債券積極，我要大大地賞賜他。」

跑一鳴呵呵一笑：「大帥這是要千金市馬骨麼？」

「當然，這麼有遠見的人，我當然要重用，也要讓定復兩州的人看看，**只要是支持我李清的人，都會得到厚重的回報。**」李清道。

路一鳴點頭道：「大帥說得好，只是大帥，即便是拿龍四海來作範本，也不是短時間內能見成效的，眼下的困境如何解決呢？」

李清一聽這個問題，也不由得頭痛起來。

清風道：「大帥，這個問題交給我來解決吧，幾天之內，我一定讓那些豪門世家乖乖地拿出錢來買我們的債券。」

尚海波警覺地看了清風一眼，「清風司長，你想做什麼？這可不能霸王硬上弓的，大帥現在不僅要錢，也要名聲，我們定州圖謀大事，是離不開這些豪門世家的支持的。」

清風笑了起來，「尚先生，難道在你的心裡，我清風便只會耍花樣麼？放心吧，我保證絕不強迫，一定讓他們自覺地拿出大筆錢來。」

房內三人看著清風輕扭腰肢消失在視野中，都是茫然不解，實在不知道清風能想到什麼辦法。

李清乾咳了兩聲，「好吧，既然清風有辦法解決，我們便耐心地再等兩天，如果她的辦法不行，我們再行商議，現在接著說其他的事吧！」

路一鳴點點頭，「是，大帥，清風司長前些天得到的消息如今已得到了證實，我們的商貿遇到了極大的問題，幸虧我們早有防範，這才將損失降到了最低，但這對我們的財政而言，實在影響頗大。」

李清冷笑：「貿易戰？好啊，貿易戰從來都是一柄雙刃劍，我們吃了虧，他們也討不了好，命令崔義誠，凡是碰到問題的州，不僅私鹽不許進入，便是連正常的官鹽也給我停下來，理由就是復州遭到颱風，鹽場都停產了。哼哼，復州是大楚三大產鹽地之一，既然他們不讓我賺錢，我就抬高全國的鹽價，有苦頭，大家一齊吃。」

路一鳴面有難色，「大帥，今年復州風調雨順，沒有遭遇風災。」

「管他那麼多，我說有風災，那就是有風災。」

「好吧，既然大帥說有，那就有。」

「除了這些，再與李氏協商，讓他們出面協調一些跟風的傢伙，不要把事做得太絕，今日留一線，他日好見面。」

「好的，我下去就辦。」路一鳴點頭道。

「對了，清風雖然說有辦法，但你這頭也不要放鬆，你多做做工作，與那些豪門巨富好好地商量，儘量讓他們多買一些。」

尚海波道：「大帥，剛剛您說起李氏，我想起來，您的弟弟李鋒率領著五千李氏騎兵不日就要到定州了，他們來了，我們怎麼安置他們？」

李清笑道：「來得好，我們正缺訓練有素的騎兵，這些翼州兵聽聞不差，正好可以派上大用場。」

五千翼州騎兵的入城，在定州城引起了轟動，對於這樣一支不遠千里來到定州，幫助定州人打擊蠻族的部隊，定州人給予了相當的熱情。

尚海波以定州軍參軍的身分出城迎接，唐虎作為李清的貼身侍衛，則代表李清出迎。

在定州城門，一套完整的儀式舉行完畢後，李鋒和一眾將領隨著尚海波、唐虎去大帥府見李清，其餘士兵則在馮國的安排下，進入早已為他們準備好的大營休息。

「參見大帥！」走進大帥府那簡潔卻不失莊嚴的大廳，一身戎裝的李鋒率領著手下將官們納頭拜倒，此時的他是作為下屬參拜上官李清，跟在他身後的將官們僅單膝著地，廳上一陣鎧甲撞擊的聲響。

「不必多禮，都起來吧！」李清從虎案後站起來，大步走向李鋒，伸手將他從地上扶了起來。

李鋒抬起頭，看著這個在大楚同父異母的哥哥，與一年前在洛陽相比，李清顯得更加威嚴，脣上蓄起了鬍子，讓他看起來更顯成熟，隨意站在那裡，便有一股莫名的壓力淡淡地散發出來。這種威勢，在爺爺的身上他也曾經體會過。

「大哥！」以下屬的身分拜見上官後，接下來自然便是以親情相見，行以兄弟之禮了。

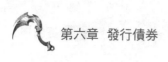

「嗯，好，李鋒，你能來我定州，我很高興。」李清笑道。

這個弟弟無論是從外貌還是行為上，與洛陽那個略顯紈褲的貴族弟子有了很大的改變，酷似父親的容貌帶著一絲堅毅，剛剛扶他起來的時候，他清楚地感覺到他手上層層的老繭，看來一年前京城之變對他的打擊頗大，當年那個青澀的傢伙如今已是大大成熟了。

「爺爺可好？」李清問道。

「爺爺身體很好，每頓還能喝上半斤酒，吃一大碗飯。興趣來了，還常在兒孫們面前舞刀弄槍一回。」李鋒笑道。

李清大笑起來，他與安國公李懷遠實在說起來沒有見過幾次面，但對這個枯瘦精幹的老人，卻在心裡保持著一份敬意，這位老人身體好，對自己也是有好處的，李氏有這樣一個頂梁柱在，便可一柱擎天。

「你來之時，爺爺有什麼吩咐嗎？」李清問。

李鋒恭敬地道：「爺爺沒有多說什麼，只是讓我到定州之後，一切聽從大哥安排，唯大哥之命是從，好好地鍛鍊一番，不要汙了李氏將門的名頭。」

李清微笑起來，李懷遠的心思或明或暗地也對自己說過，**他把李氏的未來寄託在自己身上，但李氏其他人是這麼想的嗎？他卻不敢斷定。**

「臨行之前，爺爺曾說，現在定州可能是最困難的時候，所以我們李氏要鼎力支持，這一次除了隨我前來的五千翼州騎兵外，爺爺還命叔叔調撥了五十萬兩銀子，要我帶給大哥救急。」

李清臉色微變，「爺爺也知道有人在暗算我？」

李鋒點頭道：「宗華叔叔探聽到了一些消息，爺爺讓我告訴大哥，此乃小事，關鍵在於大哥對蠻族能否漂亮的勝出，只要贏得勝利，這些困難馬上就會消失。」

李鋒以目光示意身後一名將軍，那人疾步而出，雙手捧著一個小盒子遞給李清。

李清接過來，打開，裡面放著一疊疊整齊的銀票，隨手放在桌上。

「爺爺說得有道理啊，只要我們贏得勝利，所有的困難將會消失。爺爺雖然與定州隔著千山萬水，但卻一語道破實情。李鋒，你帶走翼州五千騎兵，翼州在兵力上會略顯緊張，不會影響翼州接下來的運作吧？」

李鋒笑道：「大哥放心，翼州在這一年中，興建了大量的稜堡，大哥派出去的軍官們教會了我們如何有效地利用稜堡，雖然我們翼州是四戰之地，但自保有餘，更何況，爺爺也講了，只要大哥這裡勝戰不敗，就不會有什麼人敢打我們翼州的主意！」

李清放聲大笑，「爺爺倒是看得起我啊，好，李鋒，坐吧！」回頭走到虎案後，看著李清坐下，道：「李鋒，你來定州後，準備怎麼做呢？有什麼打算？」

李鋒道：「大哥，我既然來定州，當然是要上戰場與蠻子搏殺，我們李氏一門，世代與蠻子交鋒，李鋒不敢落後。請大哥讓我到最前線去與蠻子作戰。」

李清皺眉道：「李鋒，蠻子凶悍擅戰，騎術精良，你們初來定州，翼州兵又多年沒有經過陣仗，還是先看看，熟悉一下蠻子的戰術，對蠻子多一些瞭解再說吧，你看可好？」

此言一出，李鋒背後的幾名將領都是臉色一變，隱有不豫之色，顯然是覺得李清太小看翼州騎兵了，坐於一側，一直在觀察著這些人的尚海波，眼中閃過一絲陰鬱，嘴角微微翹起。

「大哥，我翼州騎兵雖然沒有真刀實槍地上過陣，但都是我們李氏多年精心訓練出來的精銳，無論是戰力，還是裝備，便是在大楚也是穩居前列，我帶的這五千人，更是我翼州兵中的翹楚，還請大哥能讓我們有立功的機會。」

李清道：「定州是百戰之地，立功的機會有的是，嗯，此事再議吧，你們千里跋涉，趕到定州也累了，先去休息吧，晚上我設家宴，你帶著這支軍隊中的李氏弟子都來吧！」

李鋒拱手道：「既然如此，我就不打擾大哥，先行告退了。」

李鋒退出大廳後，李清目光轉向尚海波，「尚先生，你如何看？」

尚海波道：「大帥，此事有利也有弊。對大帥而言，有喜也有憂！」

「如何講？」

「利也，這批翼州騎兵的確是精銳，無論是裝備還是戰力，只要上戰場打上一兩仗，便可成一支雄師，在我定州兵力有些捉襟見肘的今天，他們可以派上大用。憂者，這支軍隊是翼州兵，而不是定州兵啊，在調配運用上，大帥所慮必然更多，已不單純地限於軍事上了。」

李清輕叩著大案，道：「的確如此。」

「這支翼州騎兵，將領幾乎是清一色是李氏子弟，與我們定州兵的結構完全不同，這種結構也決定了他們會萬眾一心地聽從李氏的指揮，大帥，如果你與李氏的命令相衝突的話，他們一定會聽命於李氏的。現在看來，他們對於李鋒的尊敬只怕更甚於對大帥，此大帥不可不慮。」尚海波憂心道。

李清微微一笑，「我也是李氏子弟，他們如果敢違抗我的命令，我殺了他們，他們都沒處叫屈去。」

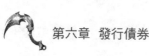

「正因為大帥也是李氏子弟，才更不能隨意去處置他們啊！」尚海波道：「這些李氏宗族弟子身後，是李氏家族盤根交錯的關係網，如果大帥處置了他們，對將來是很不利的，大帥，擊敗蠻子後，我們便會進窺中原，翼州便是現在的橋頭堡，如此大好的機會豈能不善加利用？此時大帥還不能得罪這些人啊！」

李清皺眉道：「我看這些李氏弟子個個都驕橫得緊，雖然我還沒有看到這支騎兵，但一看這些將領，我反而有些不放心了，訓練精良有什麼用，御林軍訓練何等精良，但碰上我們定州兵照樣不堪一擊。看李鋒的樣子，信心滿滿，倒是自認為蠻子不堪他們一擊了。」

「是啊！」尚海波道：「龍嘯狼奔，便是我們定州精銳碰上也只能說一聲旗鼓相當，這些從沒有上過戰場的菜鳥恐怕難以抵擋，大帥，我的意見仍然是將這支翼州兵拆散，分配到各騎營中去，讓騎營裡的那些老兵帶帶他們，才有可能儘快地成長起來。」

尚海波的心思，李清明白，將這五千騎兵拆散到各騎營中去，用不了多久，這五千翼州兵可就要被定州兵完完整整地吞了下去，如此明目張膽地吞下這支騎兵，會不會引起李氏的強烈反應呢？

「此事慢慢再說，從明天起，我們先安排他們參觀我們的軍營，看看常勝營的訓練，然後安排他們的將領去王啟年、呂大臨那裡見識一下真正的戰場。」李清道：「也許見識了真刀實槍的拼殺之後，會讓他們稍稍改變一下想法的。」

兩人目光相碰，都笑了起來。

對自己帶來的這五千精騎，李鋒是非常有信心的，他們是翼州兵中最為出類拔萃的一群，而且與一般翼州士卒不同的是，這批軍隊是打過仗，見過血的，雖然打擊的只是些占山為王的盜匪，但他們表現出來的強大戰鬥力，在李鋒看來，已足以與蠻子一戰了。

所以李清稍稍透露了一點對這批騎兵的安排意向後，李鋒便一口回絕，並向李清強調，讓這部騎兵單獨成師作戰，是爺爺安國公的意思。

李鋒知道自己人微言輕，即便搬出父親或者伯父來，李清也不見得買帳，但如果說是安國公的意思，李清多半便不會再拒絕。

其實這五千騎兵赴定州作戰，是大伯父的意思，李清擊敗蠻族已成定局，雖然李清也是李氏中人，但從以往的跡象來看，他對於李氏宗族的認同感並不是太強，在這一點上，李思之對威遠侯是頗多抱怨的，硬把驕兒當犬子，這不是自削羽翼嗎？

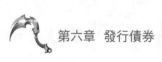

讓五千騎兵來定州作戰，**一來是讓外界看到李氏宗族團結一致的表象**，**增強李氏在大楚的發言權**，一個翼州還不足以讓人對李氏側目，但再加上定復二州，以及未來的草原，那李氏的實力在大楚便位居前列，在未來的日子裡，並不是沒有機會。

二來也是讓蠻族的利刀磨磨李氏的士兵，畢竟李清到底是什麼態度，目前並不清楚，他能不能成為李氏宗族的馬前卒還難以斷定。

李鋒到此，還帶著**交好李清麾下文臣武將的秘密使命**，如果能成功地與這些重臣交好，那也可以**為未來可能的變故埋下伏筆**。

李鋒對李清的感情很複雜，說兄弟感情有些牽強，李清出走時，他還是一個不懂事的娃娃呢，再一次見到李清時，他耳裡已灌滿了對李清傳奇故事的述說，對這個同父異母的哥哥充滿了佩服，但緊接著母親的事發，又讓他對李清帶上畏懼與討厭，幾者結合之下，他自己也說不清對李清到底是一個什麼感受。

安國公對於大伯的這個想法是不置可否的，但也沒有加以否定，於是便有了李鋒的定州之行。李鋒堅持五千騎兵絕對不能拆散，李清也沒有多說什麼，只是安排尚海波領著李鋒與他麾下將領在定州軍營中多轉轉，看一看。

今天，尚海波便領著李鋒等人，來到了駐在定州城郊的常勝營軍營裡。

王琰在營門前迎接一行人等，聽到營內熱鬧的聲音，尚海波問道：「王參將，你這是在幹什麼呢？」

王琰笑道：「尚參軍來得巧，今天我們營正在舉行軍事技能比賽呢！兒郎們憋著勁，都想拿到前幾名，好代表本營參加全軍的比賽。」

尚海波看到李鋒有些困惑的模樣，笑著解釋道：「少侯爺有所不知，這是大帥訂定的新規矩，每年定州軍都要進行一次軍事技能大賽，每營選拔出十名士兵參與全軍的技能大賽，獲勝者不僅有豐厚的獎品，更是立即能晉升為軍官，所以這項比賽一向競爭很是激烈。」

李鋒訝然道：「什麼人都可以參加比賽嗎？有沒有什麼限制？」

尚海波本身便出自李家，自然知道李鋒問的是什麼意思，笑道：「沒有任何限制，只要你是定州軍的一員就可以。」

李鋒默然。在翼州，中級以上軍官都是李氏宗族子弟擔任，便是那些最底層的低級軍官，大都也與李氏家族有著千絲萬縷的聯繫，與李氏是一榮俱榮，一損俱損，這種體制讓李氏的軍隊對於宗族的忠誠度無比之高，確保了家族統治的穩定性，像他這次帶來的五千精騎，不僅中級軍官，便是低層軍官都清一色地姓李。

其實不止李氏，大楚其餘的世家，基本也都和李氏是一個模式。

大哥如是做，怎麼能保證軍隊對他的忠誠度呢？李鋒在心裡畫上了一個大大的問號。

王啟年、姜奎、馮國不用說，那是跟著大哥一起摸爬滾打出來的，忠誠度上不會有什麼問題，但像眼前的王琰，還有那些通過比賽起來的軍官，如何能完全相信？李鋒緩緩搖頭。

興致勃勃的王琰自然不知李鋒的想法，一邊將眾人引進營去，一邊道：「我們常勝營是定州軍中最為精銳的部隊，只要能從營內出線，那在全軍肯定便能拿上名次，所以啊，我們營競爭的激烈程度較之其他各營更要激烈的多，尚參軍，小侯爺，請！」

尚海波哈哈大笑，「王參將，你這話要是讓姜參將聽去，肯定不服氣的，呂大臨將軍也會找你抗議的。」

王琰大笑道：「這話咱也只能私底下說說嘛，不過，尚參軍，這可是事實喲！」

兩人說笑著，一行人來到了營內校場上，場內正在進行的是投矛。二十名參與競技的士兵騎在馬上，馬鞍旁赫然掛著數支投矛，在數百步外，一個個的靶子聳立，塗上白漆的木板上畫著一圈圈的紅色印記。

讓李鋒驚訝的是，這些靶子居然是移動的，走得近些，才看清楚，原來靶子是被人扛著，扛著靶子的人身處於一道道壕溝之內，高高地舉著這些標靶在壕溝內奔跑著。

原來是射擊移動標靶，這可比射固定靶子難得多了。

一行人駐足，饒有興味地看著士兵比賽。

除了比賽的士兵，大部分的常勝營士兵都在一邊圍觀，不時有人大喊著某某人加油，為其助威。一旦有人喊出一嗓子，另一幫人便也會喊出來，看情形，倒是分成了幾幫。

「這些比賽的士兵出自不同的哨，為他們加油的都是他們的同伴，我營中規定，凡是勝出的士兵，他們的哨在接下來的一年中，軍餉要高出落敗者一成。所以出賽的每名士兵都是軍中的佼佼者。」王琰解釋道。

李鋒吃驚地道：「那這些多出來的軍餉從那裡來呢？」

王琰道：「當然是我們營裡頭自出了。」

李鋒心裡默算了一下，這可是一筆不小的開支，在李氏，李鋒知道，軍官不剋扣士兵的餉銀，已經算是很好的軍官了，但要他們自掏腰包來補貼士兵，當真是聞所未聞。

「只是王參將如此嗎？其他各營呢？」李鋒問。

王琰道：「自從我創立這個法子後，其他各營紛紛仿效，現在只怕全軍都是如此了。」

說話間，下面的比賽已是開始了，六個標靶分成兩撥，一左一右移動起來，而且那壕溝不是呈一條線，居然挖得四通八達，這六個標靶完全是沒有目的，像沒頭蒼蠅一般地亂跑，跑的過程中忽高忽低，忽左忽右，讓人眼花繚亂。

「這怎麼射得中？」李鋒不由訝然，回頭看向自己身後的將領，每個都是面露驚容，一人湊了過來，低聲道：「少侯爺，如果是我們親自去，這事也很簡單，但手下的士卒，只怕沒有人能做到。」

馬蹄聲響，將李鋒的目光拉回到場內，兩名士兵策馬衝鋒，馬速越來越快，距離那些標靶約五十步時，地上一道醒目的白線提醒他們這裡已是投擲區的極限了。

隨著兩聲大喊，兩名士兵閃電般地提起投矛，藉著馬力，在馬上後仰，抬臂，投射，梆梆兩聲，兩支投矛劃出兩道優美的弧線，準確無誤地擊中在靶子上，有一名顯然力氣更大一些，投矛擊中標靶後，居然讓那名扛著標靶的士兵拿捏不住，標靶脫手飛了出去。

馬沿著弧線向左右奔開，兩名士兵毫不猶豫將另外兩支投矛也投擲了出去，兩人居然是三投三中。

李鋒轉頭看向王琰，「王參將，兩人都是三中，如何區分勝負呢？」

王琰揮手叫來一名士兵，低聲吩吩兩句，那名士兵立即奔到場中，取了一面尚未用過的標靶呈給王琰，王琰提起標靶道：「少侯爺，大帥在設計這個比賽的時候，便已想到了這個問題，所以在這個標靶上畫上了這些圓圈，如果是全中，那自然是離圓心最近的人獲勝。」

李鋒這才搞明白這個遊戲的規則，接下來看到出場的士兵大都是三投全中，心中不由駭然，這居然只是常勝營裡的普通士兵？

投矛結束後，便是奔射，士兵在高速奔馳的馬上張弓搭箭，射的也是活動的靶子，此時，二十名士兵已將最後兩名淘汰了下去，只剩下十八人了。

數輪奔射下來，又淘汰兩人，此時李鋒已大致清楚了這些士兵的水準，只怕自己部隊中，也只有中層軍官方可比擬，心中不由有些喪氣。

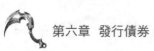

尚海波似乎窺破了李鋒的心思，寬解道：「少侯爺，這些人雖是士兵，但也是士兵中的佼佼者，能與他們相比的人並不是太多的。」

聽了尚海波這話，李鋒心裡這才好受一些，如果常勝營士兵都是這水準，那也太駭人聽聞了。

比賽的項目五花八門，有些李鋒聞所未聞，卻也看得津津有味，倒是有些捨不得離開了，便在常勝營中用了飯，接著觀看下午的比賽。

便是這一頓飯，又讓李鋒心生感慨，他發現，常勝營中，上至參將王琰，下至一名普通士兵，都是排著整齊的隊伍去伙頭軍那裡取飯。

看到王琰排在一眾士兵之間，李鋒有些張口結舌，萬萬想不到會是這樣。

李鋒是客人，王琰自是沒有讓他去排隊，而是讓幾名親兵替他排了隊，取來飯，李鋒偷偷瞅了一眼，自己碗裡的菜飯與普通士兵碗裡的內容毫無二致。

第七章

欠下人情

出五十萬兩銀子買了一個平安，料想統計調查司再也不會找自己麻煩了，看來以後還得與大帥多綁緊一點才能平安無事啊！聽大帥說，這銀子州裡明年會還的，最好是不用還了，這樣大帥便會一直覺得欠自己一個人情啊！

吃過午飯，李鋒一行人興致盎然地繼續觀看士兵的較技。

較技結束，緊跟著王琰安排的一場表演中，李鋒的心情再一次跌到了谷底。

這是一場整隊士兵的衝刺劈殺演練，在校場上，一根根碗口粗細的木樁被立了起來，數百人的騎兵在吶喊聲中策馬衝殺，一隊隊的騎兵在木樁叢中輾轉騰挪，馬刀帶著寒光重重劈下，木樁應聲而斷，不到盞茶功夫，場上的木樁已齊齊地矮了一截，看到這一幕的李鋒和他手下的將領們，無不變了顏色。

騎兵所用的馬刀與步卒們用的戰馬大不相同，一般馬刀都在三到四斤左右，太重就不太適合騎兵使用，而步卒用的佩刀一般在七到八斤，這時問題就出來了，騎兵所用的馬刀比步卒的佩刀要稍長一些，這是為了適應在馬上的砍殺。

但刀輕而長，這對馬刀的打製工藝和原料的品質便有了更高的要求，輕而長的馬刀使用不得法的話，很容易折斷，像常勝營這樣用馬刀來砍碗口粗細的木樁進行練習，固然可以讓士兵們得到很好的鍛鍊，但因此而折斷的刀只怕不是一個小數目，這可是一大筆花費。

李氏的騎兵是從來不進行這種訓練的，看到常勝營士兵砍斷的樁上那整齊光滑的缺口，李鋒心裡不由陣陣發寒。

晚間，大帥府。

李清正在與路一鳴議事的時候，尚海波風塵僕僕的回來了。

「怎麼樣，這孩子有什麼反應？」李清摸著脣上的髫子，笑問道。

「少侯爺有些發懵，整個下午都有些神不守舍的。」尚海波笑道：「也是，本以為自己的士兵就算不是天下無敵，至少也算是高人能手，陡然看到與他的認知完全不同的事物時，難免會有這樣的反應。」

李清道：「這些人坐井觀天慣了，以為蠻兵是內地那些不成氣候的土匪呢！尚先生，你繼續安排李鋒他們去前線看看，嗯，就讓他們去旋風營那，讓他們看看正與姜奎作戰的納奔的龍嘯軍的實力，讓他們知道，打仗可不是扮家家酒，沒他們想的那麼簡單，他們想獨當一面，不磨鍊一番，我可沒這個信心。」

尚海波道：「大帥，這些李氏將領們軍事素養還是很不錯的，只要打磨一番，倒也不失為一支強軍。」

「是啊，這事尚先生你安排吧。」

「嗯，我知道了！哦，大帥，您與老路還在商議那債券的發售問題嗎？」

說到這個，路一鳴又是愁容滿面起來，「是啊，還是不樂觀啊，前幾天清風司長說有辦法，但到今天還是沒有什麼成效啊，也不知道清風司長到底用的是什麼辦法？」

尚海波不禁譏諷道：「清風司長能有什麼法子，這事我們還真不能指望她，大帥，要不還是你親自出面，去拜訪一下這些家族，看在您的面子上，總是能弄些銀子來的。」

「尚先生此言大謬矣！」門外忽地傳來一聲冷哼，隨即一陣環佩叮噹聲，人未到，一股淡香已是先傳了進來，尚海波不由皺起眉頭，看著走進來的清風，不滿地道：「清風司長，我此言謬在何處，還請指教。」

清風道：「我們差的銀子可不是個小數目，且不說現在前線花錢如流水，便是每日從復州出發的水師，拋開船上的那些物資不說，光是出海一趟就要多少銀子？眼看著與蠻子的戰爭必然要延續到冬季，冬季作戰耗費更大，你讓將軍去乞討嗎？便算能討來銀子，又能有多少？讓將軍去低聲下氣地看人臉色，這等主意你居然也好意思說出來。」

聽到清風毫不留情地諷刺，尚海波氣得臉色發黑，嘟囔道：「時也勢也，必要時低低頭又算什麼，只要此關能過，有的是讓那些傢伙後悔的時候，更何況大帥此舉只會是折節下交，禮賢下士，何來乞討一說？」

「文過飾非，當真是閉著眼睛說瞎話，這臉你丟得起，我可丟不起，將軍更

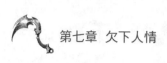

丟不起！」清風毫不客氣地回道。

尚海波氣得發昏，跳腳道：「好，我倒是要看看你有什麼辦法能在短時間能籌到大筆銀子，誤了軍機，你擔當得起嗎？」

清風冷哼道：「我當然有辦法，你便等著瞧吧，三天之內便見分曉。」

定州城，一座豪華的府邸內。

向文金已準備休息了，今天與幾個生意上的夥伴聚會，多喝了幾杯，有些昏頭轉向，到底是年紀大了，精力不如以前，要是倒轉十年，這點酒只不過是潤潤喉嚨罷了。

他斜躺在床上，剛納進門不久的小妾如花替他按摩著大腿，白生生的小手在大腿上揉來捏去，不禁讓向老爺有些蠢蠢欲動起來。

正賣力地替老爺按摩的如花，小手被一件忽然昂起來的東西碰了一下，已歷人事的如花當然明白那是什麼，臉唰地一下便紅了，向文金看到嬌俏的小妾臉一直紅到了脖子裡，不由大樂。

這個剛進門不久的小妾不僅善解人意，在床笫之間更有一椿向文金才知道的秘密，那便是巫山雲雨之際，如花的身子便如同棉花一般，渾似沒有了半根骨頭，這等異事便是久歷風月的向文金也沒有碰到過，第一次嘗試過後，不由大呼自己運氣極佳，居然獵得此等尤物。

向文金一把將如花拉過來擁進懷裡，剛剛上下其手之時，如花已是如同被抽了骨頭一般，癱在了他的懷裡。

正要一嘗朵頤之際，房門卻不合時宜地被敲響了，而且甚是急促，向文金眉頭一皺，沉聲問道：「什麼事？」

「老爺，我是向大啊，有件要緊事要回稟老爺！」房門外傳來向府大管事向大的聲音。

向文金不由一怔，向大是個極沉穩的人，聽他的聲音帶著惶急，只怕這事不小，看了眼懷裡喘息甚急的小妾，拍了拍對方的豐臀，交代道：「在房裡等著，爺一會兒就回來拾掇你。」

略為整理了一下衣服，拉開房門，向大帶著驚慌的眼色令向文金的心不由一沉。

兩人一前一後走進一邊的書房，落座之後，向文金問道：「出什麼事了？是我們在內地的生意出了問題嗎？這次內地有不少勢力為難定州，但那也只局限於大帥手上的生意，我們並沒有受到什麼影響啊。」

向大咽了口唾沫，道：「老爺，是有事，有大事。老爺還記得我那個鄰居許二郎麼？」

向文金不由大奇，許二郎嘛，好像聽向大說過，以前極窮的一個酸秀才，後來好像在定州找到了差事，日子是一天好過一天了，不過，這跟自己有什麼關係?!

「老爺，這個許二郎叫許雲，以前與他老娘相依為命，家裡極窮，我看他們可憐，吃了上頓沒下頓，便經常接濟他們一點，後來他老娘死了，沒錢安葬，也是我出了幾兩銀子替他老娘買的棺材。」

向文金奇道：「這與我有什麼關係嗎？」

向大道：「老爺，這個許雲後來進了定州的統計調查司，現在已是司裡一個小頭目，手下管著一個不小的部門呢！」

「統計調查司！」向文金屁股像著了火，一下子跳了起來。

向大道：「是啊，這個許雲發跡之後，倒也沒有忘了我，經常逢年過節給我送些禮物，我見他為人不錯，便慢慢地與他交往起來，現在倒成了朋友。」

「你做得好，有這麼一個人做朋友，我們做事便會容易許多。」向文金點頭讚許道。

向大臉色有些蒼白地道：「老爺，今天那許雲到我家去了，說是去找我喝酒，但我看他倒是有心事，與我東扯西拉，話裡話外居然透著讓我馬上辭了府裡的管事，去外地玩上一段時間的意思。」

向文金臉色發青，啞聲道：「他這是什麼意思？」

向大道：「當時我也挺奇怪的，便一邊與他喝酒，一邊慢慢地套他的話，他對我甚是感恩，被我逼不過，含含糊糊地告訴我，他們統計調查司掌握了我們府上前些年與蠻子做生意的證據。我讓他說詳細一點，但他死活都不說，慌慌張張地走了，臨走時還一再告訴我，要我馬上辭工。」

向文金臉上血色褪盡，**在定州，像他們這樣的豪門巨富，哪一個與蠻子沒有生意上的往來！就看有沒有人拿捏你，這個許雲話裡的意思，便是統計調查司要對自己下手了！**

一想起前任知州方文山的族弟方文海的下場，他不由渾身冰涼，背景強橫如方家也被李清宰小雞一般地殺了，自己又算什麼東西?!

「怎麼辦？」向文金如困獸一般在房中走來走去。

第一個反應便是跑，但這個想法一出來便被否決了，跑？往那裡跑，何況自己這一大家子，只怕連定州城都出不去。

「向大，你說，李清為什麼要對我下手呢？我只不過與蠻子做做生意而已，而且也是幾年前的事了。」

「老爺，我聽說現在大帥很缺錢！」向大低聲道。

向文金一聽便明白了，大帥缺錢，所以要向他們下手，這下他是真的絕望了，如果李清動了這心思，那他無論如何是沒有活路了。

「老爺，要想想辦法啊，不然統計調查司一動手，可就晚了。」

「辦法，有什麼辦法？」向文金喃喃地道，忽地跳了起來，「**向大，你說大帥缺錢?!**」

「是啊！」

「所以他發行那個什麼債券來籌錢！」

「對啊！」向大有些不明白。

「**我有辦法了！**」向文金忽地大笑起來，「大帥這個東西賣不出去，聽說到現在為止，也只有靜安縣的那個龍四海出了十萬銀子，明天一早，我出二十萬兩，不，我出五十萬兩銀子去買大帥的債券，我要大張旗鼓地去買。」

路一鳴臉拉得很長，陰沉的臉似乎要滴下水來，這讓公債發行司的一干官員們個個都心驚膽戰。

基於對大帥的崇拜和以往無數次成功的信任，路一鳴對李清突發奇想成立這麼一個機構保持了支持的態度，公債發行司的司長，是州裡的理財好手付正清，考慮到現在州裡財政無比困難，路一鳴這才忍痛將他調到這個司擔任司長的。

幹了快半個月的付正清已絲毫沒有當初上任時的熱情，獨自掌控一個衙門的驚喜，早被現實擊打的粉碎，大帥抱著極大希望的這個公債發行司籌到的款項，相對於州裡的赤字而言，簡直就是杯水車薪。所以付正清滿腦子想的只是如何快點脫離這個苦海，不要天天坐在這個衙門裡煎熬了。

「付司長，情況還是不好麼？」路一鳴毫不客氣地坐在付正清的位子上問道。

付正清束手立於下首，一迭聲地訴苦道：「大人，司裡上下同仁皆是竭盡全力滿州奔走，上門勸買，每個人都瘦了一大圈，但效果實在有限，說實話，大人，只怕全州沒有一個衙門有我們司淒慘了，現在我連綽號都改了。」

「哦？」路一鳴有些感興趣了，「你不是叫鐵算盤麼，現在叫什麼？」

付正清一臉委屈地道：「大人，我現在被稱為乞討司長。」

路一鳴大怒，啪的一拍桌子，正想怒罵幾句出出悶氣，但轉念一想，可不就是乞討司長麼，前兩天尚海波還慫恿大帥也去乞討呢，簡直不成體統！

一想到這裡，氣不知不覺便洩了，喃喃道：「只要能討來錢，便被叫做乞討司長也沒什麼。」

付正清張大嘴巴，呆呆地看著自己的頂頭上司，簡直不敢相信這句話出自路一鳴之口。

兩人相對無言，付正清想著怎麼再在頂頭上司面前哭訴一番，好將自己調走，他相信路一鳴還是很看重他的，以前他也做得很好，現在州裡的財政困境不是他能解決的，能堅持到現在，他已是超水準發揮了。

路一鳴腦子裡卻轉著另外的心思，清風說這兩天便會有效果，算算也該是時候了，他這才特意跑到發行司來，但現在看來，並沒有什麼起色啊？莫不是清風大言誑人？

不，不會的，以路一鳴對她的瞭解，**清風絕不會無的放矢，既然她當著尚海波的面誇下了海口，她就一定能辦到**，人爭一口氣，佛爭一炷香，**清風寧可輸給自己，也不會在尚海波面前折面子的。**

兩人正相對無言時，衙門外忽地傳來一陣喧鬧聲，仔細聽，還有鑼鼓的聲音，這當口，竟然還有人來發行司搗亂？路一鳴不由怒氣勃發，霍地站出來，正是一口悶氣沒地出，剛好拿幾個不開眼的來出出氣。

不住。

剛剛走到大堂，外面一個衙役已是如飛般奔來，滿臉的驚喜卻是怎麼也掩飾

「大人，大人……」

「誰來搗亂？」路一鳴虎著臉，氣呼呼地問道。

「搗亂？」奔進來的衙役一臉的莫名其妙，半晌才反應過來，結結巴巴地道：「大人，不是搗…搗亂，是…定州…定州向府的族長來…來了！」

「向府，向文金？」路一鳴一時沒有反應過來，「他來這裡幹什麼？」

這句話剛剛出來，不由猛拍了一下自己腦袋，「他來這裡自然是買大帥的公債的，否則還能是幹什麼！」一撩衣袍，一路小跑地便向外奔去。

付正清也是滿頭霧水，看路一鳴跑得飛快，趕緊跟了上去，一邊喊道：「大人，小心點，別摔著了！」

兩人一前一後奔到衙門口，看著衙門前絡驛而來的一群人，兩人都被向文金的陣仗驚到了。

只見兩面大幡，幡上一溜大字特別醒目，一面寫著：「擁護大帥平定蠻族」，另一面則寫著：「群策群力購買公債」，兩面大旗後面，向文金一身簇新的袍子，在家人的簇擁下，笑容滿面地走向發行司，在他的身後，一隊家丁正敲

鑼打鼓，賣力地奏著喜慶的樂曲。

「佩服，真是佩服啊！」

付正清看著喃喃自語的路一鳴，還以為他說的是佩服向文金，其實路一鳴這個時候腦子裡滿是想著統計調查司的清風大人，當真是說到做到啊！不管清風使了什麼手段，反正他看到的是向文金心甘情願、高高興興地來了。

「路大人，付司長！」看到兩個大人物在衙門口看著自己，向文金趕緊一溜小跑地來到二人跟前，長揖到地，「二位大人，向某何德何能，敢勞二位大人親自出門迎接。」

敢情他以為路一鳴是聽到風聲，特地前來迎接自己的，見到一州之長如此鄭重地在發行司門口迎接自己，本來還有些忐忑的心倒是放下了不少，自己搞了這麼大的聲勢，又準備拿出這麼多銀子，於情於理，大帥都不會再為難自己了吧？

「向員外，你是……來購買公債的？」路一鳴不放心地問了一聲。

向文金笑道：「路大人，自然，大帥保境安民，讓我們得以安居樂業，現在能為大帥出一點微不足道的小力，向某實在是不勝榮幸啊！」

付正清心裡樂開了花，這向文金可是條大魚啊，只要肯出手，那就一定不會小氣，怎麼也不會比靜安縣的龍四海差吧。

「向員外，你準備購買多少公債？」他試探地問。

向文金微笑著伸出一個巴掌，付正清不由大失所望，才五萬兩啊，比龍四海差遠了，不過有總比沒有好啊。

「向員外出資購五萬公債，付某先謝過了。」

「不是五萬，是五十萬！」向文金笑著糾正。

「什麼？」付正清的下巴差點掉到地上，一旁的路一鳴也被驚到了，五十萬！這可是大手筆，兩人都有些不相信地看著向文金。

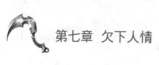

「向某打算出資五十萬購買公債，為大帥平蠻出點小力。另外，向某還邀了不少生意上的夥伴一齊來買，嗯，總額應當不會低於八十萬兩！」

路一鳴在心裡大大地驚嘆了一下，八十萬兩！太好了！他豎起大拇指，讚道：「向員外真是深明大義，路某人佩服，裡面請！」

付正清已是一溜小跑地先進到衙門裡，大聲吆喝道：「來人啊，看座，上茶，上好茶！」

從向文金購買的這天起，公債發行司突然成了全州最火熱的衙門單位，每天兩州的豪紳巨富們絡驛不絕地從各地趕來，湧進公債發行司這個本來門可羅雀的衙門，大肆地購買定州公債，每天入庫的銀兩數額之大，讓路一鳴笑到嘴合不攏的同時，又不禁擔心一年後這巨額的利息可怎麼還啊？

不過相比於眼下的困境，一年後還遠著呢，到時再說吧，有了巨額的銀子入庫，路一鳴走路都是輕飄飄的，看誰都是笑咪咪的一團和氣。

「清風大人，你到底是怎麼說動他們的？」

私下裡，路一鳴悄悄地向清風打聽，準備從她這裡取點經回去，好教育一下付正清等人。

清風露出高深莫測的笑容，擺擺手道：「小手段而已，不值一提！」

不到十天的功夫，定州便利用發行公債從全州募集了大約五百萬兩銀子，如此巨額的銀兩，別說今年與蠻子的作戰，便是再打上一年也足足有餘了。

李清決定要好好地酬謝一下這些共襄盛舉的商人們，不管他們是出於什麼目的，還是清風用了什麼手段，他們掏出來的可都是真金白銀，自己這個大帥總得要表示一番，於是大帥府裡擺開宴席，李清宴請所有出鉅資購買了公債的富紳們，當然，第一個出銀子的龍四海和出錢最多的向文金，是他重點要酬謝的人物。

龍四海的眼睛都笑得瞇了起來，自己的決定真是英明至極，**他生平最引以為自豪的，便是這一筆投資了**，自己不過出了十萬兩銀子，兒子龍嘯天便被大帥簡拔進了大帥府，雖然只是擔任幕僚，但這只是開始啊，以後的前程必然會隨著大帥的青雲直上而步步高升。

而且大帥居然還記得自己的名字，看看這滿席的富紳們，哪一個出錢也不會比自己少，但大帥能叫出他們的名字麼？大帥會親自去敬他一杯酒麼？整個宴席上，也只有自己和那個出了五十萬兩銀子的向文金才享受到這個榮光。大帥還親筆題寫了「義薄雲天」的牌匾，回去一掛，便是靜安的知縣也得對自己禮讓三分了吧。

向文金也高興得很，**出五十萬兩銀子買了一個平安**，料想統計調查司再也不會找自己麻煩了，看來以後還得與大帥多綁緊一點才能平安無事啊！聽大帥說，這銀子州裡明年會還的，最好是不用還了，這樣大帥便會一直覺得欠自己一個人情啊！

李清與這些富商們各得其所，一個個都笑得很開心，只是當清風出現在宴席上時，所有的富商們都同時感到身上涼嗖嗖的。

荊嶺戰區。

一座熊熊燃燒的大營前，李鋒和他的部下們臉色都有些發白，他們剛剛隨軍參加了一次與蠻子小規模的戰鬥。

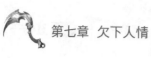

旋風營的一個翼，約二千騎兵突襲蠻子一個小部族，對方全族能動員起來的精銳戰士不過千人，但在戰鬥中，上至白髮蒼蒼的老頭，下至還沒有馬高的半大小子，統統跨上了戰馬，參與了戰鬥。

戰鬥的激烈程度出乎李鋒的意料，他們本以為一鼓而下的戰鬥，足足持續了數個時辰，追逐數十里，才將這一股蠻軍全體殲滅。

在擁有高昂士氣的旋風營士兵面前，蠻兵的抵抗之堅決讓他瞠目結舌，而交戰雙方，特別是蠻族那高超的控馬技巧，奔射的高命中率和亡命的勇氣，更是讓他氣沮，李鋒看得很清楚，如果旋風營不是人多勢眾，而且裝備精良的話，想要全殲這股蠻兵必將付出更大的代價，但饒是如此，旋風營仍然傷亡數百人。

「姜參將，蠻子的戰鬥力都是如此強勁麼？還是這是一個例外？」李鋒問。

姜奎搖頭，不以為然地道：「哪裡啊，這只是一個小部族，無論是戰鬥力還是裝備，比之草原上蠻子的強軍都有很大的差距，像狼奔和龍嘯，如果沒有部卒為我作後盾的話，我是絕對不會與他們的騎兵決戰的。」

「難道這些人還不是最厲害的蠻兵麼？」李鋒問：「我看他們的戰鬥力相當強啊！」

姜奎失笑，歪著頭看了一會兒李鋒，才道：「小侯爺，你剛來草原，不太瞭解蠻族啊，蠻族最厲害的軍隊是白族的龍嘯和狼奔，我們剛剛剿滅的只是些小魚小蝦，哪裡能同狼奔龍嘯相比，這些蠻子從小在馬背上長大，走路都還不俐落時便已經能騎馬了，我們的騎兵與他們相比是不如的，也只有大帥從全軍精選出來的常勝營，才可與他們一較長短。」

李鋒的臉色更白了。剛來時那種想要與草原蠻族一決雌雄的雄心壯志，此時已所剩無幾了，他想立功，想揚名立萬，卻不想將隨自己而來的五千騎兵葬送在草原上，像剛才這種程度的戰鬥，如果是自己的騎兵的話，只怕要損失數倍的人手才能拿下，自己的實力自己知道，**看了真刀實槍的死鬥，李鋒方才知道戰爭遠不是自己想像的那般簡單。**

「小侯爺，這些蠻子知道滅亡之日不遠，抵抗的意願也更強烈，每一仗打下來，我們都要損失不少人手，」姜奎的聲音傳來，「不過現在小侯爺來了，我們旋風營總算可以好好地整修一下了，我已經上書，請小侯爺的部隊替換旋風營，我們營打了幾個月的仗，終於可以喘口氣了。」

李鋒沒有說話，心裡卻是打定了主意，自己帶來的翼州騎兵絕不能被拆散，也不能頂上一線，像今天這樣的戰鬥，打上個七八上十回，那到時能跟著自己回家的人只怕便寥寥無幾了。自己得找大哥好好商量一下，既要讓翼州兵得到鍛鍊，但又不能傷亡太大。

李清對李鋒的要求，很爽快一口便答應了，翼州騎兵將分成兩部，分別負責維護撫遠至上林里，定遠至荊嶺的後勤運輸的安全。

隨著戰事的日趨深入草原，蠻族的小股騎兵經常滲透進來，對兩條後勤運輸線進行偷襲和打擊，這些騎兵人數少，來去如風，很難抓住他們，但李清又沒有多餘的部隊派出專門來清剿，且後勤輜重的衛護部隊在戰鬥力和機動力上也遠遠不如這些滲透進來的蠻族精銳，是以這一個多月來損失極大。

李鋒非常高興，這樣的話，自己的部隊既能同蠻子作戰以達到鍛鍊的目的，又不至於損失太大，一舉兩得，何樂而不為呢！五千騎兵維護兩條運輸線，完全不是問題，從李清這裡得到命令後，李鋒便興高采烈的安排他的部隊上任了。

現在已是九月，過去的年頭裡，從九月開始，一連幾個月都是定州最為緊張的時刻，因為這個時間便是蠻族開始侵略襲擾定州的開始，往往持續數月，到初冬方才結束。

自從李清入主定州後，終於扭轉了定州年年被動防禦，歲歲忍痛挨打的局面，今年更是一舉攻入草原，定州軍大部深入草原，占據數個戰略要點，兵鋒所向，已是直指草原的核心所在：**白族王庭**。

今年的定州完全沒有往年的緊張氣氛，取而代之的是一片安居樂業的景象，李清對草原的策略是**將戰事拉長**，秋天與蠻族決戰不是一個好時機，這時候正是蠻子膘肥馬壯，戰力最強的時間。

從債券籌到大量的銀子後，李清的底氣便更足了，他理想的時間是在冬季的時候開始發動總攻，這時候，雙方騎兵的差距將縮至最小，而定州的步卒則擁有蠻族難以比擬的優勢，更何況，在冬季作戰，已不僅僅是戰士的戰鬥力比拼了，後勤裝備將成為決定雙方成敗的另一個重要因素。發了財的李清決心要將這一優勢用到極限。

「我用銀子砸死你！」李清得意地想著。

在這一戰略指導思想下，定州軍猛烈的攻勢在支持了短短的一段時間後便戛然而止，取而代之的是派出部隊不停地清剿小股部族，同時開始專心地修建營壘，積蓄物資，一副準備長期作戰的架式。

巴雅爾不是不明白李清的心思，但現在的他有苦難言，他需要時間重新調配草原兵力，由於戰爭前期大部草原精銳集中在定州一線，後方被過山風與室韋軍隊攪得一團亂，潰不成軍，使過山風的數萬精兵逼近到王庭數百里的地方，隨時可能發動對王庭的攻擊，而室韋人則如同蝗蟲一般，分成數股在草原上縱橫劫掠。

草原瀰漫著濃濃的戰爭氣息，所有能上馬的男子都被徵召入伍，這讓巴雅爾在短短的時間內又積聚了近二十萬的兵力。

當然，這些士兵的戰鬥力不可能同先前的士兵相比，李清突然停止進攻，也讓巴雅爾正中下懷，如果有數月的時間讓他重整軍隊，那這些新招進來的士兵的戰鬥力將得到大幅度的上升，**雙方各懷心思，不約而同地放慢了步伐，各自養精蓄銳，等待著最後時刻的到來。**

與草原不同的是，定州準備戰爭的步伐有條不紊，現在定州的主要心思暫時不在草原的決戰上，至少這幾個月不是，因為有另外一件大事正式通傳整個定州，**傾城公主將在新年的第一天下嫁給定州大帥李清。**

公主下嫁，不僅僅是李清將告別單身生活，更重要的是定州對整個大楚的政治格局將產生深遠的影響。

李清、尚海波、路一鳴、清風，定州最核心的決策圈，此刻，四人正正襟危坐地針對聯姻一事展開討論。

當事人李清將自己的大婚完全看成了一件政治事件，殊無即將作新郎的喜悅，此刻，他更關心的是清風的心情。

坐在他下首的清風，臉上沒有絲毫表情，對公主下嫁定州各方勢力的反應一一道來，像是在說一件與自己毫無干係的事，這份養氣功夫讓他對面的路一鳴佩服不已。

尚海波則是戒慎恐懼，清風越是平靜，他便越是擔心，他更寧願看到清風惱羞成怒或者賭氣不出席這次會議，但清風的冷靜完全出乎他的意料之外，尚海波相信，**這種冷靜之下必然蘊藏著巨大的危險。**

清風從來不是善男信女，對於威脅到她的事一向是毫不留情的打擊，自己能在與她的爭鬥中占得上風，完全是由於大帥有意地限制她勢力膨脹的關係，尚海波很擔心，在接下來的一段時間裡，**大帥出於對她的歉疚，會不會縱容清風？**這是自己必須要考慮的問題。

從統計調查司裡分離出軍情調查司，是自己的一個重大勝利，這兩個情報部門的分離，將會極大地限制清風在軍中的影響，而新任的軍情調查司司長茗煙，與清風之間並不和睦。當初清風初創統計調查司的時候，可是將情報老手茗煙毫不客氣地排除在外，逼得茗煙不得不遠走室韋另打天下，現在功成歸來，順理成章地就任軍情調查司最高官員。

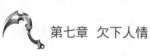

雖然眼下軍情調查司無論是在實力和規模上，都無法與統計調查司相提並論，在許多事情上還不得不依靠統計調查司已經日趨成熟的情報網絡，但尚海波相信，以茗煙不輸於清風的能力，再加上自己的鼎力支持，用不了多久，軍情調查司必將成為與統計調查司相提並論的情報巨頭，有了茗煙的制衡，或許能將清風可能爆發的危險降至最低。

回頭要叮囑茗煙，在公主下嫁的這段時間裡，一定要提高警覺，時刻盯著清風才行。

清風疲乏地走進統計調司內那個獨屬於她的小院時，三更的梆子已敲響，身體雖然有些酸痛，但腦子卻是出奇地清醒，沒有一絲的睡意。

鍾靜知道這段時間清風的心情很不好，雖然外表看起來非常平靜，但作為距離清風最近，也最瞭解她的人，很清楚清風其實正處在崩潰的邊緣，之所以還能堅持下來，完全是因為她的意志力實在遠非常人可比。

屋裡早已備好熱水，半人高的木桶內熱氣蒸騰，花瓣飄浮其上，被熱氣一蒸，香氣瀰漫滿屋。

「小姐，先泡個澡去去乏吧！」鍾靜道：「今天累了一天了，小姐的身子又一向不好，可別累著了。」

看著鍾靜關心的目光，清風勉強一笑，「我哪有這麼嬌貴。」

在鍾靜的服侍下，清風褪去衣裳，將身體浸入到溫水中，頭靠在木桶的邊緣，一頭青絲披散下來，一時間，盡顯慵懶之態。看著清風滑如凝脂的皮膚，凹凸有致的身姿，即便鍾靜也是女人，一時間也有些失神。

鍾靜少年習武，十數年如一日，雖然練成了一身大多數男子也難以企及的身手，卻也失去了很多女人獨有的韻味，不說別的，單是皮膚，鍾靜與清風一比之下，便是天上地下的區分。看著清風那令人驚心動魄的美麗，鍾靜自嘲地看了眼自己布滿繭子的雙手。

閉目不語的清風自然不知道鍾靜正在欣賞自己的美麗，此時的她，在回想著今天的討論，傾城終究是要來了。這一年來，自己全力地收集著有關傾城的一切資料，腦子裡對這個名聲顯赫的女子已有了一個大致的輪廓，對她的性情習性也算是瞭若指掌了。

傾城不是個好對付的人啊，清風無聲地嘆了口氣，從自己的瞭解來看，傾城是一個很簡單的人，但就是因為太簡單，反而讓人無從著手。

作為一個從小便浸淫在軍隊中的女子來說，傾城信奉的是「力量決定一

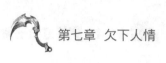

切」，任何事在她那裡，都能化繁為簡，簡言之，傾城是那種任你千般計謀，我只一法應對，以力破巧，雖然粗暴，但卻非常有效。

而**實力正是傾城的強項**，不提她那顯赫的背景，便是將要隨著她來到定州的一千多名宮衛軍，也是相當可觀的，更不用說傾城本身便是個武功高強的女子，這些，在定州擴充實力的階段正是急需要的。

第一次，清風有些痛恨自己手無縛雞之力的事實了。

「鍾靜，我們要搬家了！」清風幽幽地道。

「搬家？」正舀著熱水慢慢傾倒在清風身上的鍾靜，一時沒有反應過來，「為什麼要搬家？」

「傾城公主下嫁，大帥現在的府第便有些嫌小了，我們統計調查司的地盤已被納入擴充的範圍，因此得要搬走。」

清風忽地發出一陣吃吃的笑聲。

「小姐，這肯定又是尚海波的提議吧？他實在欺人太甚！」鍾靜氣憤地道。

清風微微一笑，「你倒猜得很準。」

「小姐，你答應了嗎？」鍾靜看著清風，心道清風肯定不會答應，大帥府要擴建，又不是一定非要統計調查司搬家才行。

「為什麼不答應，我本來就已經決定這麼做了，尚海波先提出來，正中我下懷！」清風笑道。自己的委屈求全，不僅將軍看到了，便是路一鳴當時也顯出有些不忍的神態，至少今天自己在路一鳴那裡是加了一點印象分的。

「為什麼？」鍾靜不解地問道。

這不是搬不搬的問題，而是涉及到清風與尚海波兩人間的鬥爭，如果清風退讓，便意味著尚海波占據上風。一直以來，清風不斷地退讓已經讓鍾靜有些迷惑了，瞭解清風的她曉得，這絕不是清風的性格。

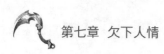

「傾城來了，我還在這邊算什麼？」清風幽幽地道：「我與將軍的事，難道傾城不知道嗎？我可不想傾城進了大帥府的第一件事，便是跑來堵死那扇月亮門，免得將軍深更半夜偷偷摸摸地鑽過來。」

鍾靜一下子笑了起來，但旋即意識到自己的失態，道：「小姐，大帥對您的寵愛盡人皆知，不論搬到哪裡，大帥還是會來的，傾城公主與大帥只不過是一場政治聯姻，而您可是與大帥共過患難的，這其中的親疏，不是一目瞭然麼？再說，傾城怎麼說也是堂堂一個公主，這種小家子行徑，即便她心裡這麼想，也是萬萬不會做的。」

清風的嘴角勾起一絲笑意，鍾靜的話讓她想起了當初的那些艱難歲月，驀地腦子裡閃過一個影子，臉上的笑意慢慢消失。

「鍾靜，你下去吧，我想一個人靜一靜！」清風道。

「小姐！」鍾靜看著臉色忽然變了的清風，有些不知所措。

清風揮揮手，鍾靜無奈地站了起來，輕輕地帶上房門，退了出去。

清風將整個身子慢慢地滑進水中，深深地吸了口氣，將頭完全沒入水下，直到肺裡感到一陣陣的火辣，才重新露出水面。

「大帥的寵愛？」

她苦笑了一下，從小便熟讀經史的她，更瞭解一位想有所作為的雄主，是不能光憑著感情做事的，掌控著統計調查司的她，比李清更瞭解大楚的亂象，**群雄逐鹿的時代將要到來，而他將會成為這些豪雄當中的一個**，而且還是實力很強的一個，登上那個位子也不是不可能的事，但想登上這個位子，只怕他以後身不由己的事情會越來越多，想要保全自己，並讓妹妹能有一個最好的歸宿，自己便必須義無反顧地走下去。

房門外，鍾靜側耳傾聽著房內的動靜。

在這裡，她並不需要太擔心清風的安全問題，正是放鬆的心情和太過於專注房內清風的動靜，居然直到李清走到離她不遠處，她才霍然發現。

李清豎起指頭放到嘴邊，搖搖頭，鍾靜立時明白了李清的意思，無聲地鞠了個躬，側身讓開，李清微笑著向她點頭示意，輕輕地推開房門走了進去。

鍾靜一雙眼睛笑成了月牙，李清這個時候過來，鍾靜的心裡充滿了歡喜，看來小姐在大帥心目中的地位還是相當重要的，鍾靜相信，大帥這時候還過來，肯定是因為今天小姐在會議上受了委屈，大帥過來安撫了。

她側頭看見月亮門那邊，唐虎抱著膀子靠在一旁正看著她笑，望了一眼已緊閉的房門，輕手輕腳地向著唐虎那兒走去。

聽到房門打開又關閉的聲音，清風還以為是鍾靜又進來了。

「鍾靜，給我倒一杯酒吧！」

李清站在她身後，無聲地走到桌邊，沒有倒酒，卻是拿了杯清水，笑道：「太晚了喝酒不好，喝水吧！」

清風一驚，嘩啦一聲從水裡站起來，看著走到自己面前的李清，旋即發現自己身上未著一縷，臉刷地一下紅透，趕緊又蹲了下去，卻不防蹲得太急，水花濺了站在浴桶邊的李清一臉。

「將軍，你怎麼沒聲沒息地就進來了！」清風嗔怪道。

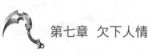

李清放下手中的杯子，手撫過清風濕漉漉的長髮，道：「都老夫老妻了，有什麼不好意思的，你看你，臉紅成這樣！」手順著頭髮下滑，在清風的臉上輕輕地擰了一下。

轟的一聲，一股熱流從清風的心裡猛然撞了出來，清風感到自己的鼻子一酸，眼眶有些發熱，有李清這句話，她覺得什麼都值了，側過臉去，借著蒸騰的水汽掩飾自己難以抑制的淚水。

李清沒有注意到清風的失態，興致勃勃地道：「來，我替你舀水。」邊說邊舀起一瓢熱水，慢慢地從清風裸露的肩頭倒下去。

清風的身體顫抖起來，抖動的幅度越來越大，李清終於發覺有些不對，丟下水瓢，伸手扳過清風，讓她面對著自己，看到清風如斷線珠子掉下的眼淚，不由心疼起來。

「我知道你心裡難過，也知道你受了委屈，這些日子以來，你一直忍受著痛苦，我都明白。」

聽著李清的溫言撫慰，清風再也抑制不住，將頭埋在李清肩上號啕痛哭起來，似乎想要將一直以來無法對外人道的心事全都在淚水中傾泄而出。

清風痛哭的聲音連外面的鍾靜與唐虎都聽到了，鍾靜一驚，轉身便向房間走去，唐虎一把將她位住。「你幹什麼？」

鍾靜道：「鬆手，你沒有聽到小姐在哭麼？」

唐虎大嘴一咧，掃了一眼鍾靜，「大帥與清風小姐之間的事，你去幹什麼？怎麼，小姐哭了，你準備去將大帥痛扁一頓？說不定這是清風小姐感動而哭，或者動情才哭，你跑去煞風景算怎麼一回事？還是女人呢，連這個都不懂，難怪外面都叫你母老虎！」

鍾靜柳眉豎了起來，一雙拳頭握得卡卡作響，「唐虎，你想找揍？」

唐虎嘿嘿一笑，「怎麼？想大發雌威啊，咱可不怕你！來，咱們過這邊來打，別干擾了大帥與小姐兩人。」

清風伏在李清的胸膛上，滿頭的青絲披散開來，遮住了她絕美的臉龐，兩手環抱著情郎的脖子，聽著李清有力的心跳，曲線迷人的身體微微起伏，喘息不定。

李清滿足地眯著眼，撫摸著清風光滑的脊背道：「清風，我已經決定了一件事。」

「將軍？」清風微微抬起頭，水汪汪的眼睛注視著李清，此時此刻，李清如果有什麼重大的決定，一定和她有關。

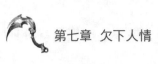

「傾城要過門了！」李清的聲音低沉，「為了匹配駙馬的身分，也為了酬謝我大敗蠻族的功勳，天啟皇帝準備封我為鎮西侯，這你知道吧？」

清風側過頭，低聲道：「知道。」

李清似笑非笑地道：「鎮西侯？天啟陛下還指望著我為他鎮守西疆呢！」

清風笑道：「將軍雖然不在乎這個什麼勞什子的侯爺，但這個名頭卻還是很有用的。」

李清嘿然一笑，道：「還有兩個月，傾城公主便要自洛陽啟程了，十二月到達復州，新年的第一天我就要與她成婚，在與她成婚之前，我想先做一件事。」

清風身體微微一抖，已經猜到了李清想說什麼。

「我要先納你進門。」李清神色堅定地道：「雖然我不能給你正妻的地位，但我要讓你先進門。」

清風沒有作聲，看著李清的眼光卻有些迷濛，臉上的神色變幻不定，像是心裡正在進行著劇烈的天人交戰。

「這是我能補償你的。」李清道：「清風，你喜歡嗎？」

清風撐起身子，抱膝坐在床上，長長的秀髮將她的臉完全遮住，隔著那一簾秀髮，清風的回答讓李清完全呆住了。

「不，我不喜歡，我也不想要！」清風的聲音恢復了一貫的冷靜。

李清僵了片刻，霍地坐起來，「為什麼？」

清風抬起頭來，道：「將軍，清風雖然落難，但仍是個心高氣傲的女子，放眼天下，能讓清風佩服的女子真的沒有幾個，我也有我的驕傲，**既然不能為妻，也絕不願作妾。**」

李清啞然無語，「清風，你知道的，如果我是一個普通人，我早就將你娶進門了，但以我現在的身分，的確無法給你正妻的位子，這裡面的牽涉太大。但你應當知道，我是喜歡你的，我一直希望能與你白頭偕老，舉案齊眉。」

清風冷靜的目光慢慢變得熱烈，「將軍，我也喜歡你，我比你愛我更愛你，但請你允許我保留我最後的驕傲。」

「我們的愛不能化解這所謂的名分嗎？」李清有些憤怒，「難道你就不能為了我，犧牲一下你那最後的驕傲嗎？」

清風別過頭去，聲音哽咽道：「將軍，世言有緣無分，我與將軍大概便是這樣吧！如果時光能倒轉，那一天我沒有出城，而是好好地待在定州城裡，仍然是當今士林領袖、儒家大師的孫女，那現在的我又會是怎樣呢？但是那樣的話，我有可能認識將軍嗎？會與將軍有這樣一段緣分嗎？**造化弄人，莫過於此，我找到**

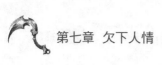

了我愛的人，卻失去了與他相伴的資格。將軍，就這樣吧，這樣不也很好嗎？」

李清掀開薄被，從床上跳了下來，「這樣很好嗎？我不覺得。」他氣衝衝地穿上內衣，抱起外套，拉開房門便向外走去。

「將軍，我可以去看看雲容嗎？」清風看著李清即將奪門而出，臉上閃現過一絲痛苦的神色。

李清回過頭來，臉上的惱火不加掩飾。「雲容就在桃花小築，你不怕被她趕出來，便去吧！清風，你讓我很傷心。」

砰的一聲，門狠狠地合上，又向外彈開，一陣涼風灌進來，清風緊緊地抱著膀子，身子瑟縮成一團，臉上的淚水終於流了下來。

「將軍，**你是傷心，我是心碎，你還會踏進我這扇門嗎？**」

鍾靜一瘸一拐地走了進來，看到清風的狀態，不由大驚失色，「小姐，你怎麼啦？」

第八章

紅粉干戈

霽月對唐虎的話充耳不聞，看著清風，冷冷地道：「姐姐，這是我最後一次叫你姐姐了，今日你出門之後，我們姐妹情誼一刀兩斷！」然後揚起剪刀，喀啦一聲，剪下一段衣袖，扔在清風的腳下，決絕地轉身走進房門。

李清怒氣衝衝地跨過月亮門，迎上來的唐虎被李清臉上的怒容嚇了一跳，迎上道：「大帥，您與清風小姐吵架啦？」

李清哼了聲，看著唐虎，訝異問道：「你怎麼了，幾個時辰未見，怎麼頂了兩個黑眼圈？被誰揍了？」

唐虎尷尬地說：「還能有誰，清風小姐身邊的那個母老虎鍾靜唄！」摸了摸有些腫脹的雙眼，心有餘悸地道：「這女人好厲害，不過，她從我這裡也沒有討得好去，胯上被我狠狠地踹了一腳，沒有三五天也好不了！」

李清愕然地看了一眼唐虎，自己與清風吵架，這兩個人怎麼也在外面打起來了？

「回去吧，今天還有很多事要做，你今天就不要跟著我了，兩個熊貓眼很好看麼？打架居然輸給女人，氣死我了！」李清狠狠地道，一跺腳，大步流星地離開了。

後面的唐虎丈二和尚摸不著頭腦，納悶道：「大帥這是怎麼啦？鍾靜這頭母老虎功夫厲害是出了名的，整個定州軍能幹得過她的沒有幾個。以往聽說某某被鍾靜打敗了，大帥都是一笑而過，今天怎麼這麼大火氣？得，肯定是與清風小姐吵架，心情不好，拿自己當成了出氣筒。」

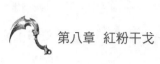

想到這裡便釋然了。出氣筒便出氣筒唄，誰叫咱是大帥的貼身侍衛呢！邁開大步，趕緊去追李清。

定州城外的桃花小築。

從外面，你絕對看不出這裡與其他那些富豪之家的莊園有什麼不同，但只要你走得近一些，便會立時感到異樣，因為這裡居然散佈著不少警衛，而且還不是一般的警衛。

曾經有幾位在定州城有些地位的文人們，在桃花盛開時節到過這裡，見到擋駕的那些警衛後，這幾人立刻二話不說地便原路返回了，久而久之，這裡似乎成了禁區。

這天上午，卻有一輛黑色的馬車沿著大道緩緩駛來，只看隨行的人員，便知道馬車裡的人身分不凡，桃林中，負責這裡的原親衛營雲麾校尉劉強，有些緊張地看了眼那輛馬車，他當然知道這輛馬車裡坐的是誰，這輛特製的馬車在整個定州城也只有兩輛。

「怎麼辦？」劉強在桃林裡打起了轉，這個人他不敢攔，但大帥又曾經吩咐過，這個人恰恰又正是要攔的。

他伸手招過一名衛士，道：「你馬上去告訴霽月小姐，就說清風司長來了！」又喊過另一人，「你馬上飛馬回去稟告大帥！」

看著兩人分頭離去，劉強深吸了口氣，儘量讓臉上的笑容看起來自然一些，然後大步地走出了桃林。

「桃花小築侍衛長，雲麾校尉劉強見過大人！」劉強站在大路中央，行著標準的軍禮，大聲地自報家門。

馬車無聲無息地停了下來，一名身著統計調查司那身特製的黑色制服的人，驅馬走到劉強跟前，翻身下馬，「統計調查司振武校尉高家柄。」

劉強向他行了個軍禮，「見過大人！」

「我們要進桃花小築，你前頭帶路！」高家柄吩咐道，說完便向回走，顯然認為這根本不是什麼問題。

劉強臉上肌肉抽了一下，沒有前頭帶路，也沒有側身讓道，躬身道：「大人，我不能讓你們進去。」

「嗯？」高家柄猛的回過頭來，臉上帶著不可思議的神情，「你說什麼？」

話說出口，劉強反而膽氣壯了起來，挺起胸膛，大聲道：「大人，我不能讓你們進去。」

高家柄的臉色沉了下來，反手握住腰間的刀柄。劉強絲毫不懼地盯著他。

「你膽子夠大啊，劉強，你只不過是名雲麾校尉，敢擋我的路。」高家柄冷冷地道。

「大帥有令，沒有大帥的命令，任何人不能踏進桃花小築。」劉強毫不示弱地對上高家柄，眼睛偷偷瞄了一眼那輛毫無聲息的馬車，他不怕高家柄，卻不能不畏懼車裡的人。

高家柄一聽這話，不由沒了聲息，劉強抬出大帥的命令，他也不敢再出言威逼了。

「這道命令也包括了我麼？」

馬車裡傳來一個女子的聲音，聲音雖低，但劉強聽來卻是如雷貫耳，苦笑著向前小跑兩步，走到馬車前躬身道：「清風大人，原來是您親自過來了？」

清風哧的一聲笑，「劉校尉，你倒會裝糊塗，好吧，現在我要進桃花小築，你可放我過去？」

劉強身子矮了半截，咬著牙，半晌才道：「清風大人，大帥的命令是：任何人沒有他的允許都不得踏足桃花小築。」

「這麼說，你是不會放我進去囉？」清風冷哼道。

「職責所在，請大人原諒！」劉強一臉為難地道。

「如果我硬要進去呢？」

「清風大人，大帥有令，劉強不敢不遵，如果清風大人硬要進去，除非從我身上踏過去！」劉強聲音很弱卻很堅決。

「哼！」清風重重地哼了聲，「給我將他趕開！」

高家柄等立刻向劉強走了過來。

劉強見勢不好，一個矮身衝了出來。

高家柄一時沒有反應過來，讓劉強衝了出去，轉身正待去追，卻見劉強已停了下來，手裡拿著哨子，拼命一吹，高家柄頓時僵住了。

他聽得懂劉強吹的哨音，那是定州兵準備戰鬥的哨音命令，隨著劉強的哨聲，一隊士兵從桃林裡奔了出來，強弓硬弩，瞬間便瞄準了這邊的人。

馬車上的門霍地打開，一個身影鑽了出來，站在車轅上，手按劍柄，喝道：「劉強，你好的膽子！」

劉強抱拳，欠身道：「鍾靜大人，十分抱歉，職責所在，劉強不敢有違大帥命令，我已派人去稟告大帥，用不了多長時間就會得到消息，請各位大人在此稍後。」

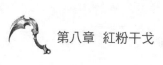

一邊說，一邊後退，退到身後的士兵中間，目光炯炯地盯著他們。

「小姐，要不要我去將他們放倒？」鍾靜回首低聲道。

「算了，本來我應該要徵得將軍同意的，想不到將軍有這麼一條命令給這裡的衛士，就等等吧。」清風淡淡地道：「這個校尉倒是不錯，挺忠於職守的。」

這一等便是大半個時辰，馬車上的清風似乎毫不著急，閉目假寐，鍾靜盤坐在車轅上，一遍一遍地擦拭著手裡的寶劍，不時抬頭看上對面一眼，每看一眼，堵在路中間的劉強便覺得像被刀子剜了一下，心裡頭涼嗖嗖的。

要說不怕那是假的，被自己堵在路上的可是統計調查司的清風司長，是跺跺腳定復兩州都要抖三抖的大人物，劉強雖然兩腿發軟，甚至有些抽筋的前兆，但他仍然堅持著，一動不動地站在那裡。

馳道上傳來急驟的馬蹄聲，劉強重重地吐了口氣，聲音之大讓他自己也有些嚇著了，看著身邊的士兵看著自己奇怪的目光，趕緊乾咳一聲，掩飾自己的失態，這下好了，應當是大帥的命令到了，不管是放還是不放，自己都解脫了。

隨著報信的衛士一齊來的，是大帥的貼身衛士唐虎，劉強更加高興，有了這位爺，自己就更不用擔心了。

頂著兩個黑眼圈的唐虎飛馬奔到清風車前，下馬拱手道：「清風小姐！」

清風似笑非笑地道：「虎子，你訓的好兵啊！連我也趕攔啊！」

唐虎一聽這話是連自己也怪上了，不過他可不怕清風，笑道：「清風小姐莫怪，那小子就是死心眼，大帥的話在他心中便跟聖旨一般，我這就去叫他讓路，清風小姐馬上就可以進園子裡去看霽月小姐了。」

然後轉身走到劉強面前，揮揮手道：「散了，散了！」

如蒙大赦的劉強趕緊指揮著士兵撤去強弩，收起硬弓，沿著道路站滿整齊的兩排。

鍾靜看到唐虎頂著兩個黑眼圈，哧的一聲笑，低聲道：「自己就是一個特大號的死心眼，還說別人，這姓劉的校尉心眼可比他強多了。」

清風也笑道：「鍾靜，虎子那兩黑眼圈是你的傑作吧，你怎麼跟他打起來了？」

鍾靜撇嘴道：「誰叫他口無遮攔，逮著機會我還揍他！」

「是嗎？我看你也受了傷吧，今個走路都有些不方便！」清風怪道。

鍾靜一咧嘴，有些無可奈何地道：「小姐，這唐虎打起來就是一不要命的瘋子，他打架不是想打贏，而是時刻想著和對手一起死，讓我束手束腳，總不成真要他的命，好不容易逮著機會賞了他兩拳，還被他踢了一腳！」

清風呵呵笑了起來，「你受點挫折也好，你呀，練的是江湖功夫，虎子沒正經學過功夫，一招一式都是從戰場上歷練出來的，別看一對一他不是你對手，但真把你們倆放到千軍萬馬的戰場上，他活下來的機率可比你要大得多了。」

鍾靜跟著清風，早就不再是那個以前在江湖上廝混的俠女了，見多了千軍萬馬廝殺的場面，知道個人武功再高，在戰場上能起的作用也有限，當下點頭道：「小姐說得是！」

「你真明白我的意思嗎？」清風瞥了鍾靜一眼，「我不懂武功，但平常看你們練功，倒是看出些差別，你練劍時很好看，但虎子練功夫時卻很枯燥，就是簡單的劈、刺、削、崩。」

鍾靜霍然驚道：「小姐，你是說我的招式太花哨，不實用？」

清風點頭道：「**劍是用來殺人的，不是用來起舞的。**」

鍾靜若有所思，「小姐，我有些明白了。」

清風一笑，不再作聲，馬車慢慢地向前走，駛過劉強身邊時，清風忽地探出身子，微笑著對劉強道：「劉強是吧，你很好，我記住你了！」

劉強身上的冷汗刷地一下冒了出來，這是什麼意思？記住我了，是要收拾我麼？一想起清風的身分，腦門上的汗大滴大滴地掉了下來。

「唐參將，清風司長說她記住我了，唐參將，你可要救救我！」劉強一把拉住唐虎，心驚膽戰地道。

唐虎滿不在乎地一甩手，「清風司長就為了你將她攔在這裡半個時辰要收拾你？劉強，你沒吃錯藥吧，小姐要收拾你，還要跟你打招呼嗎？隨便派個人就把你拾掇了，你還真把自己當號人物啦？把心放到肚子裡去吧，清風司長說記住你，那就是記住你了，說不定這還是你的福緣呢！」說完，挺胸凹肚地向內走去，只留下一個呆呆的劉強，站在哪裡反覆念叨著：記住我了？記住我了？……

馬車一路駛進桃花小築的大門，在霽月常居的那幢房子前停下，鍾靜扶著清風走下馬車，得到衛士稟報的霽月站在小樓的門口，神色複雜地看著正緩緩向自己一步步走來的姐姐，小嘴張開又合上，不知該說些什麼才好。

「妹妹，不準備讓姐姐進去嗎？」清風臉上帶著微笑，走到霽月的面前，伸手摸了摸霽月的臉龐，順帶著輕輕地扭了一下她的鼻子。

霽月嘆了口氣，清風的這個動作讓她眼中的堅冰慢慢融化，似乎想起了什麼往事，身子一側，「姐姐，進來吧！」

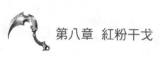

房子不大，卻布置得很精巧，裡面的物事都是李清精心挑選的，桌上放著一個針線笸子，一雙還沒有納完的鞋底，清風拿起一看，就知道是極為用心才能納出來的鞋底，輕聲道：「你還在為將軍做鞋嗎？」

霽月臉微微一紅，道：「也沒什麼事，便做做鞋，打發打發時間，對了，也不僅僅做鞋，我現在還會做衣服了。」

清風放下手中的鞋底，隨意地在桌邊坐下，「你每天就做這些來打發時間？」

霽月點點頭，旋即又搖頭道：「還有看書啊，彈琴啊。」

清風眼中閃過一絲痛惜，「妹妹，你坐吧，我們姐妹倆好好說說話！」

霽月溫順地坐在清風的對面，眼睛盯著清風，抿著嘴，卻是一副倔強的模樣。

「妹妹，你寂寞嗎？」清風忽然問道。

「有時覺得有點寂寞！」霽月點點頭，「不過大哥有時間總會過來陪我說說話，聽我彈琴，便不覺得寂寞了。」霽月眼中神采飛揚起來。

「大哥？你叫將軍大哥麼？」清風眼中閃過一絲異色。

「是啊，大哥便是讓我這麼叫他的！」霽月有些羞澀地道。

說話間，霽月的貼身婢女巧兒沖了茶端過來，有些戰戰兢兢地放在桌上，大氣也不敢喘一口。

「你叫巧兒是吧？」清風問。

巧兒沒有想到清風會跟她說話，手一抖，險些把托盤掉在地上，「婢子是叫巧兒！」

「你下去吧，將屋子裡的下人都叫出去，我和妹妹要說些體己話，你們就不用待在屋裡了！」

「是，清風大人！」巧兒趕緊施了禮，急匆匆地退了出去，又招呼屋裡的幾個丫頭婆子都退出了房子。

霽月奇怪地道：「姐姐，這幾個人都是我到了桃花小築之後，大哥給我配備的，你怎麼知道她叫巧兒？」

清風端起杯子，抿了一口茶，輕聲道：「霽月，在定州，只要我想知道的事，就一定會知道。」

霽月的臉色慢慢地沉了下來。

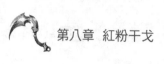

「霽月，你也不要惱火，我今天來，是想與你好好地談一談，**這不但關乎著你的未來，也關乎著姐姐的未來**，你能認真地聽我說完嗎？」

房門外，唐虎施施然地走了過來，看到守在門外的鍾靜，示威般地向她揮著拳頭，鍾靜翻了個白眼，懶得理他，抱著劍，靠在一株樹上，腦子裡卻想著清風跟她說過的話。

小姐雖然不懂武功，卻一眼便看出了自己功夫中的弊端啊，自己的劍招中，的確有好些花式好像用不著，像昨天與唐虎那個瘋子打鬥，自己就根本用不出來那些招式，更多的是一些直接的反應。

想到這裡，不由又看了一眼唐虎，卻見唐虎正在另一側盯著她呵呵笑。兩手互握，將骨節壓得啪啪作響。鍾靜不由大怒，手不由自主地撫上了劍柄，正想說話，卻見房門打開，巧兒和幾個丫頭婆子走了出來。

唐虎趕忙伸手招來巧兒，問道：「巧兒，你怎麼出來了，不在裡面服侍小姐麼？」

巧兒倒是認識這個常跟著大帥來這裡的黑漢子，躬身福了一下，細聲道：「唐將軍，大小姐要跟小姐說話，讓我們回避呢！」

唐虎疑惑地看了眼鍾靜，揮手道：「好了，你下去吧！」心道：兩姐妹分開也夠久了，而且還是吵了一大架才分手的，這麼長時間沒見，想必火氣都下去了，好好訴訴離別後的情況，倒也正常。

但是隨著時間的流逝，唐虎即便腸子再直，也覺得有些不尋常了，這體己話不免說得太久了，竟然一個上午還沒有說完，早已過了午飯時間，唐虎示意巧兒去請示是否先吃了飯再說，也被清風一頓呵斥給趕了出來。

他疑惑地看向鍾靜，卻見鍾靜也是一臉的困惑。無奈，唐虎只得再等，大帥讓他過來，就是怕清風又跟霽月說什麼不好聽的話，但現在這種狀況，自己也不好撞進去啊！

又過了半個時辰，屋中忽地傳來霽月的啜泣聲，唐虎臉色一變，大步便想闖進門去，還沒走兩步，眼前人影一閃，鍾靜已攔在了他面前。

「小姐沒有叫你進去！」鍾靜冷冷地道。

唐虎按住刀柄：「又想打架麼？」

「隨時奉陪！」

兩人瞪眼對峙，互不相讓。房中霽月的哭聲卻是越來越大，中間還夾雜著清風壓低了聲音的喝斥，雖然聽不清說的是什麼，但毫無疑問是在斥責霽月。

唐虎不由急了，大聲道：「母老虎，再不讓路，我真要動手了！」

「你個傻貨，動手試試！」

鍾靜一聽唐虎在這麼多丫頭婆子面前這麼叫自己，臉都綠了，幸虧高家柄一幫人遠遠地候著，否則這臉就丟大了。

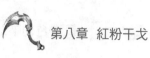

兩人正劍拔弩張之時，房門霍地打開，清風一臉鐵青地走了出來，「鍾靜，我們走！」

鍾靜狠狠地剜了眼唐虎，迎向清風。

「姐姐，你站住！」

霽月站在門口，手裡卻拿著一把剪刀，唐虎陡地見到這一幕，嚇得叫道：「霽月小姐，你要做什麼？快放下剪刀！」

霽月對唐虎的話充耳不聞，看著清風，冷冷地道：「姐姐，這是我最後一次叫你姐姐了，今日你出門之後，我們姐妹情誼一刀兩斷！」然後揚起剪刀，喀啦一聲，剪下一段衣袖，扔在清風的腳下，決絕地轉身走進房門。

所有的人都愣住了，呆呆地看著在地上被風不斷捲動的衣袖。

清風的秀臉微微抽搐了一下，彎腰拾起那截衣袖，塞進懷裡，一言不發向外走去。

唐虎站在原地，看看遠去的清風，又看看緊閉的房門，「這又是鬧的那一齣啊？」

崔義城現在要算是定復兩州官員中最空閒的一個了，大楚在幾股強大勢力的推動下，對復州的私鹽買賣進行了強有力的打擊，將私鹽銷售網路幾乎一掃而空，想以此來切斷李清的財源，但李清立即果斷地進行了強有力的回擊，不僅將私鹽停了下來，連官鹽也停止向外發售。

復州是大楚三大食鹽產地，對食鹽價格的影響可想而知，李清的這一舉動，立即導致了大楚內地鹽價飛漲。

食鹽雖然不是什麼貴重之物，卻是每家必不可少的生活用品，影響著千家萬戶，復州此舉，立刻讓大楚興起一股食鹽搶購潮，紛紛掃貨，鹽價在短短的時間內上升到了一個不可思議的價格。

更有不肖商人大規模的囤積食鹽，減少或停止向外發售，以期待食鹽走向一個更高的價位，好從中謀取暴利。

以寧王為首的始作俑者，萬萬沒有想到李清的反擊是如此的蠻橫，李清的財路的確是斷了，但自己領地內的鹽價卻也是開出了天價，一些地方甚至沒有食鹽出售了，人民一片怨聲載道。

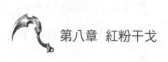

李清是聽不到這些抱怨的，首當其衝要面對這些怨氣的，便是各大勢力的首腦們。

天啟皇帝責令復州馬上恢復食鹽供應的聖旨，被李清冷笑著扔到了角落裡，根本不予理會，至於如何敷衍天啟皇帝，李清自有大把的理由，颱風來了，海嘯來了，海盜來了……等等，要多少理由就可以找出多少來，反正現在沒鹽就是了。

在這種背景下，定復兩州最大的私鹽販子崔義城，便成了最閒的人，不到一個月便胖了一圈。今天突然被李清召到大帥府，讓他很是興奮，看來自己又有事做了。

「參見大帥！」

雖然召見的地點是在內堂，李清也是一身便衣，但崔義誠仍是畢恭畢敬，大禮參拜。

「不用多禮，起來吧，崔大人。」李清虛扶了一下。

這兩年，鹽務在崔義城的打理之下井井有條，為定州提供了大量的金錢。崔義誠證明了自己的能力，李清決定要讓他擔負更大的責任。

「崔大人這幾年為定州東奔西走，著實辛苦了。」李清微笑著道。

「大人言重了，能為定州，為大帥效犬馬之勞，是卑職的榮幸。」崔義城欠身，謙卑地道。

「對於我們完全切斷食鹽的銷售，你有什麼看法？」李清問道。

崔義誠小心地看了眼李清，心中忽地一動，「大人，某勢力妄圖破壞大帥的平蠻大計，想從經濟上打垮我們，才有這場針對我們的商戰，大人斷然反擊，引起他們治下百姓的不滿，在下極為佩服。」

李清笑了笑，「嗯，你似乎話中有話啊？」

「大帥，現在內地的鹽價已漲到了一個不可思議的地步，很多地方的官鹽都在苦苦支撐，其實這也是一個賺錢的機會，我們可以透過一些管道悄悄地弄一批鹽過去，賣給那些焦頭爛額的地方官府，讓這些地方官府去和鹽商打擂臺。到了一定時間，如果大帥覺得有必要，我們只要宣布重新發售官鹽，便可以對這些地方官府和鹽商們給以沉重一擊。」

「嗯，這件事稍後再說，我今天召你來，是要告訴你，你從今天起，便是復州的鹽務總管，有關鹽的生產、貯存、銷售全部由你來負責處理，以前復州的各鹽務衙門統統歸入你的麾下。」

崔義誠呼地一下站了起來，心臟砰砰直跳，以前他只負責私鹽這一塊，說難聽一點，就是李清手下一個見不得光的私鹽販子，為李清斂財而已，但李清現在所說的鹽務總管，是將整個復州的鹽務完全交給了他，鹽是復州的重要支柱，自己掌握了這個部門，幾乎就等於進入了復州的統治核心，當然，也等於進入了李

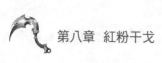

清利益集團的核心圈裡。

「你願意擔負這個責任麼？」李清笑道。

「大帥如此信任，義誠豈能不鞠躬盡瘁，死而後已！」崔義誠激動地道。

「嗯！」李清點點頭，「我們對大楚內地的食鹽封鎖還要持續上幾個月，這段時間裡，你正好整合鹽務部門，力爭在最短的時間內建立一個精悍高效的鹽務署，當我們重新對外銷售的時候，私鹽便全部給我禁絕。當然，你先前所說的那些，這幾個月裡你也不妨試上一試，要麼不幹，要幹就要做得狠一點。」

「是，大帥，義誠馬上著手去辦。」

兩人正商議如何讓復州的鹽業能在短時間能執大楚鹽業之牛耳，看到唐虎進來的臉色，人精一般的崔義誠馬上明白，唐虎一定是有事，而且是很急的事，馬上站了起來，道：「今日能聆聽大帥教誨，真是勝過讀萬卷書，行萬里路，下面如何做，義城已經有了一些眉目，就不耽擱大帥的時間了，卑職告辭。」

李清笑道：「崔大人幹練過人，我很放心，鹽務一事就拜託了，你下去後，再去一趟路大人那裡。」

「是！」崔義誠躬身，忽地想起一件事，從懷裡掏出一個小盒子，笑道：「大帥即將大婚，前些日子義誠在外得了件東西，頗為應景，今天蒙大帥召見，便想獻給大帥，險些給忘了。」

李清接過盒子，打開一看，不由動容，居然是一件心形的火紅色玉石，最為珍貴的是，這塊心形玉石分成了兩塊，兩塊合攏，便構成一個完整的心形。

更不可思議的是，這兩塊玉石一看便知是天然形成，沒有經過任何人工雕琢，想來價值不菲。當下高興地收下，把崔義誠樂得合不攏嘴，看來這件東西很合大帥的心意。

崔義誠樂呵呵地走了，李清方才轉向唐虎，「虎子，出了什麼事？」

一看唐虎的臉色，李清便知有事發生了。

唐虎三言兩語將桃花小築發生的事講了一遍。

「大帥，一開始還好好的，後來不知為什麼，清風司長與霽月小姐便吵了起來，後來更是直接鬧翻了。」

李清的眉頭緊緊地皺了起來，「沒有聽到她們說什麼？」

唐虎搖頭，「連貼身的丫環都被趕了出來，誰也不知道她們談些什麼，不過大帥，您可以去問問清風司長呀！」

李清搖搖頭，「清風是不會說的，難道說清風還沒有死心，居然還在逼迫霽月？」

李清有些生氣的拍了一掌桌案，臉色沉了下來。

「大帥，清風司長走後，霽月小姐一直在哭，您看？」唐虎試探地問道。

李清思忖片刻，道：「這件事我要搞明白，從清風那裡是問不出什麼的，我們去桃花小築，也許能從霽月那裡問出些答案，清風真是太不像話了。」

李清匆匆忙忙地趕去桃花小築，此時，尚海波正與軍情調查司的茗煙在一起。

「你是說，今天清風與她妹妹徹底鬧翻了？」尚海波問。

茗煙笑道：「我得來的消息便是這樣，看樣子兩人是徹底決裂了，聽聞以前清風司長曾逼霽月嫁人，被霽月拒絕，這一次是不是清風又舊事重提了呢？」

尚海波笑道：「清風一直想把手伸進軍隊中來，看來到現在還沒有死心啊，這樣也好，她與霽月鬧翻，更能讓大帥看清她的真面目，這對於遏制清風的野心大有助益。」

茗煙有些疑惑地道：「尚先生，清風聰慧過人，此等事她一次不成，豈會再做第二次？這裡面會不會有別的什麼關節？我總覺得這事沒有這麼簡單啊。」

尚海波道：「也許利令智昏便是形容現在的清風吧，你從她手裡活生生地搶走了軍情調查這一大部門，從被她擠兌得無處安身，到現在與她分庭抗禮，想必她心中的鬱悶無從發洩，這才又想出這個餿主意來。」

茗煙一笑，「軍情調查司初創，哪能與調查統計司相比，以後還要請尚先生多多幫助啊！」

尚波波哈哈一笑，「茗煙司長，你這就見外了，軍情調查司隸屬軍方，我們本是一家人，有什麼需要，儘管開口，我一定會不遺餘力地幫你。」

「如此可就要多謝尚先生了。」茗煙甜甜一笑。

「清風不是個好對付的人，不過她現在與霽月鬧翻，這對我們來說是一個好消息，我看大帥啊，對那個霽月姑娘可也不大一般，我以前一直擔心這姐妹兩人聯起手來，現在總算放了心，以後就算霽月進了大帥府，以清風的性格，兩姐妹必然也是水火不容，而那霽月又是個性子極淡的，根本無心權勢，只求與大帥廝守，倒是好相處得很。」尚海波道。

茗煙點頭應是，心裡卻浮起一層淡淡的陰霾，**清風精明過人，怎麼會出此昏招？難不成她真是妒忌妹妹會從大帥那裡分走對她的寵愛？**她輕輕地叩擊著案桌，心裡充滿了疑慮。

桃花小築裡的氣氛很凝重，早前發生的一幕太過於震撼，以至於桃花小築裡

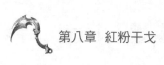

駐紮的衛兵和丫環婆子們到現在還沒有緩過氣來，從緊閉的房門中隱隱傳出的哭聲，更讓巧兒等人心急如焚，無論她們怎麼哀求，房內的霽月就是不肯開門。

就在眾人一籌莫展的時候，李清在一眾親衛的護衛下，飛馬到了桃花小築。

李清翻身下馬，將馬鞭扔給唐虎，逕自走向房門。

「霽月，開門，是我！」李清低聲道。

房門吱呀一聲打開，雙目紅腫、滿面淚痕的霽月出現在門口，看到李清，似乎看到了依靠一般，立即縱身入懷，將纖細的身體依偎在李清的懷裡，「大哥！」放聲大哭。

李清抱起小貓一般掛在自己身上的霽月，走進門去。

唐虎趕忙對跪在地上的一群人道：「起來吧，還跪著幹什麼？各自做各自的事情去。」

李清這一進去，便一直待到黃昏，才打開房門走了出來。

「大帥！」唐虎迎了上去。

「回城！」李清簡潔地吐出兩個字。

唐虎疑惑地回頭望去，卻見霽月容光煥發，一臉笑容地站在門口，正目送著大帥遠去。

這半天裡，大帥到底做了些什麼，讓原本傷心不已的霽月撥開雲霧見青天了呢？唐虎帶著一肚子的疑問隨著李清往回走，他再傻，也不敢去問李清這些事。

但很快，唐虎便知道霽月為什麼這麼開心了！

回到城中的李清馬上便召來了尚海波與路一鳴，一開口便讓包括唐虎在內的三人全都呆住了。

「**我要納霽月為如夫人。**」李清斬釘截鐵地對尚、路二人道。

兩人有些震驚將目光轉向唐虎，李清去桃花小築他們是知道的，但**這半天時光到底發生了什麼，讓李清做出了這個決定呢？**但二人一看唐虎同樣震驚的臉孔，便知道這位也不知情。

「大帥，出什麼事了？」

「大帥，要不要請清風司長過來？」尚海波、路一鳴紛紛問道。

「不必！」李清橫了兩人一眼，語氣中帶著不容置疑道：「路大人，尚先生，你二人為我擇一個吉時良辰吧，越快越好！」

尚海波與路一鳴二人對望一眼。

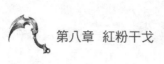

「大帥，會不會太倉促了？」尚海波提出了反對意見。

路一鳴也附和道：「大帥，現在時機也不太好啊，還有幾個月公主就要進門，這個時候您納如夫人，是不是……」路一鳴的聲音越來越低。

李清敲了敲桌子道：「事情就這麼快定了，時間兩位來訂，至於操辦嘛，就由路大人來負責吧，接下來三天，我要去上林里看看，回來後，我希望你們一切都已辦妥了。」

路一鳴怔了好一會兒，直到尚海波悄悄地扯了扯他的袖子，才回過神來，點頭道：「是，大帥，您回來時，會看到一切都已經安排好。」

李清點點頭，「有勞了！」隨即大步離去，留下三人大眼瞪小眼。

「唐虎，究竟出了什麼事？」兩人圍了上來，向唐虎仔細打聽下午的所有細節。

但唐虎只向二人攤了攤手，道：「兩位大人，大帥根本不准我靠近，我也不知道霽月到底跟大帥說了什麼！」

「清風司長那兒要不要通報一聲？」路一鳴猶豫地道。

尚海波搖搖頭，「只怕她早就知道要發生什麼事了，今天從桃花小築回來後，她逕自去了復州，說是去督查那邊的統計調查司的工作，今天到底發生了什麼呢？」尚海波百思不得其解。

消息傳出，定州官員大都張口結舌，清風司長與大帥的關係是眾人都心知肚明的，大家也一直以為清風司長是大帥當然的如夫人人選，但事實顯然與眾人的想法有很大的出入，以至於所有聽到這個消息的人，當下第一時間的反應都是：這是誰在造謠啊？但接下來大帥府的一連串舉動讓眾人不得不相信，這個消息的的確確是真的。

眾人將目光轉向統計調查司，但清風卻已不在定州，而統計調查司的官員們正忙著搬家呢！

當然，誰也沒膽子去問這些身著黑色官服的傢伙，沒有誰想自找麻煩。

雖然只是納妾，不會大張旗鼓，但這也得看是誰納妾啊！這可是李清納妾，雖然主事的路一鳴早已被吩咐要低調辦理，實際上仍然比一般人家娶妻要熱鬧了無數倍。

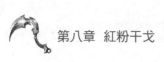

霽月不願意搬到大帥府住，倒也正中尚路二人下懷，要是霽月先住了進來，保不準過幾個月傾城公主進門後便要生出不少事由來，於是桃花小築便成了李清的金屋藏嬌之所，定復兩州的高級官員以及一些有頭有臉的豪紳世家擠滿了桃花小築，送來的禮物堆積如山。

桃花小築內自然不可能大擺酒宴，城內早已準備好了宴席，大多數的賓客在桃花小築送過禮，道過喜之後，便自覺地回城裡吃喜宴，能留在桃花小築裡吃上一杯酒的，也就那麼寥寥幾人。

三更鼓過，尚、路等人皆是告辭而去，張燈結綵的桃花小築安靜了下來，李清略帶著酒意走進精心布置的洞房。

納妾自然沒有什麼紅蓋頭要挑的，是以穿著禮服的霽月抬眼看到李清進來，一張臉馬上紅透了，眼波流轉，媚態天成，讓稍有酒意的李清不由心跳血湧。

「大哥！」霽月有些手足無措。

李清拉著霽月挨著自己坐下，輕撫霽月的一雙小手，歪著頭打量霽月，直看得霽月嬌羞不已。

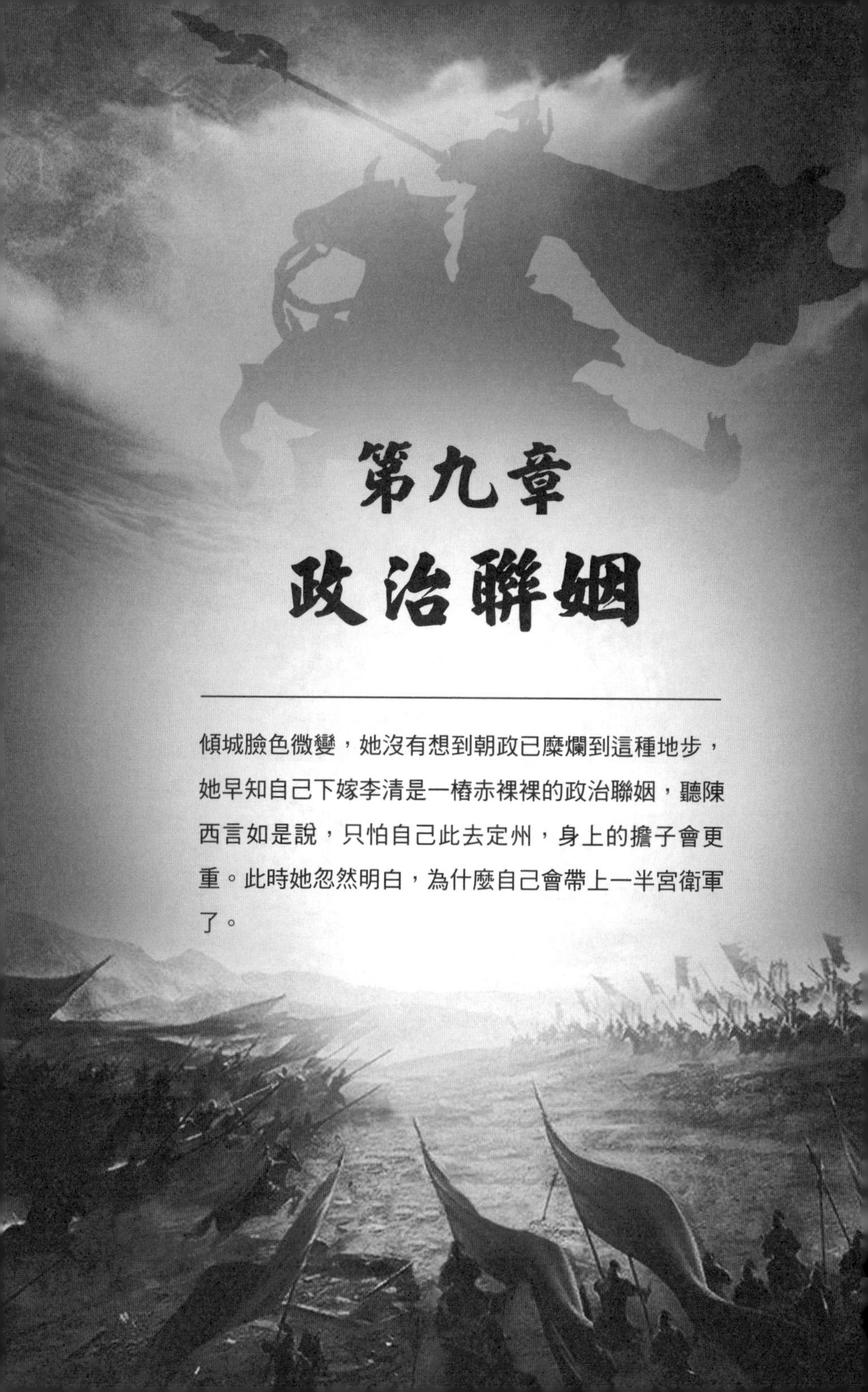

第九章
政治聯姻

傾城臉色微變，她沒有想到朝政已糜爛到這種地步，她早知自己下嫁李清是一樁赤裸裸的政治聯姻，聽陳西言如是說，只怕自己此去定州，身上的擔子會更重。此時她忽然明白，為什麼自己會帶上一半宮衛軍了。

李清突然納了一位如夫人的消息，沒有用幾天時間，便在定復兩州傳播開來，旋即又隨著南來北往的商隊以及無孔不入的情報人員而傳遍大楚。

對於李清在大婚前幾個月突然納妾的舉動，除了極少數模模糊糊地知道一點內情的人外，其餘的人大多會心一笑，李清雖是絕世猛將，但也有著男人的通病啊！**英雄難過美人關嘛**，以後做了駙馬可就沒那麼方便了，搶在公主進門前先將美人納進門來，便是公主再難纏，恐怕也只能坐在宮裡生悶氣了。

高明啊！無數男人同聲讚揚。

相比李清在大婚前不顧公主顏面，悍然納妾所引起的轟動相比，定復兩州的百姓更關心的是對蠻族的最後決戰。

即便是普通老百姓也感到戰事越來越迫近了，絡驛不絕的車隊不分日夜地行駛在通往草原的馳道上，一隊隊剛剛訓練完畢的士兵在軍官的帶領下趕赴前線。

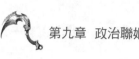

「早點打敗蠻子好回家過年！」一些路人揮舞著手臂，大聲地向士兵們呼喚，士兵齊唰唰地回頭，臉上露出笑容，帶隊的軍官揮揮拳頭，大聲回道：「打敗蠻子，回家過年！」

「打敗蠻子，回家過年！」士兵整齊劃一地喊了起來。

一家新開的作坊裡，李清側耳傾聽著街上傳來的呼喊聲，笑著對身邊的尚海波道：「尚先生，士兵們希望在過年前打敗蠻子，我還真沒什麼信心呢。」

尚海波神采飛揚地道：「大帥，**時間並不重要，重要的是士兵們必勝的信心**，軍心可用，大勝可期。」

兩人對面站著的這家作坊的主人，正是靜安縣的龍四海，自從率先出十萬兩銀子買了大帥發生的債券後，這位士紳算是洪運當頭了，不僅是兒子進了大帥府當差，李清還給了他另外一個發財的機會，就是生產軍用物品。

這指的不是帳篷等大物件，這些定復兩州早有固定的合作商人，李清交給他的是一些看起來不起眼，但利潤卻十分可觀的小東西。

其一是手套，以前軍中是沒有這個東西的，冬季作戰，士兵的手大都被凍裂，長時間在外作戰的話，裂開的血口子往往和武器沾在一起，想要取下來那可是撕心裂肺的痛，很多老兵們用布條纏手，但這種布條一是不能保護手指，二是纏上布條後，手的靈活性也大幅下降，李清在看到這個情況後想起了手套。

其二是頭罩，同樣的，士兵們戴著的頭盔，以前裡面只是簡單地襯上一層布，李清則設計了一種頭罩，帶頭盔時，先將這個頭罩帶上，再罩上頭盔，不僅保暖，而且也增加了防護作用。

「大帥，這是我們生產出來的樣品，您瞧瞧，如果滿意的話，那就以這個為範本，大規模地生產了。」龍四海詢問道。

李清拿起被龍四海做得太過華麗的手套，大笑起來，「龍先生，您這是給我們做軍用手套嗎，我覺得倒是王孫公子、大家小姐們帶上你這雙手套，騎上高頭大馬顯得更拉風一些。」

龍四海臉上不由冒出了汗，大帥的意思這就是不滿意了，做這雙手套，自己可是很用心的，而且都按這個成本來造的話，自己賺的並不多，他打的主意便是放長線，釣大魚，在大帥身上做長線投資的。

「請大帥指教！」

「龍先生，這些東西是要拿來給士兵用的，第一要保暖，第二要防滑，第三要結實，滿足這三個條件的情況下又能兼顧舒適，至於漂亮嘛，如果你能保證了上面幾點，那也無所謂。」李清指點道。

「小的明白了！」龍四海恍然大悟。

「龍先生，第一批貨是要在一個月後交付的，你能保證按時交貨嗎？如果到時你不能按時交貨，那不僅要受到懲罰，而且後續的訂單可就不會給你了。」

「放心大帥，小的一定按時按質按量地交貨。現在作坊已是全員開工，我正準備擴大生產，多招募工人。」

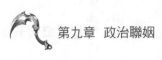

李清不忘提醒道：「龍先生，你這裡大多是女工，這些女工中大部分都是定州軍的家屬或遺屬，你在工錢上可不能虧待這些工人啊！要是讓我聽到一絲風聲，後果你是知道的。」

龍四海陪笑道：「大帥，哪能啊，小人是規規矩矩的生意人，按勞付酬，絕對不會有大帥所說的情況出現。」

「可惜啊！」李清從作坊裡撈起一把手套中的填充物，搖頭道：「這些絲填到裡面，雖然有保暖的作用，但比起棉花來卻是遠遠不及，我雖然四處打聽，也沒有找到這種東西。」

「棉花？」龍四海睜大眼睛，「那是什麼？大帥？」

李清吁了口氣，當下簡單地跟尚海波與龍四海說了棉花的用途，嘆道：「可惜我們大楚沒這東西啊。」

「這東西不知長什麼樣子？大帥，您可曾聽說這東西哪裡有嗎？」龍四海兩眼放光。

李清描述了一下棉花的模樣，道：「我也沒有見過，不過曾聽人說過，這種東西據說在很遠的西方有。如果有棉花的話，我們用它來作棉衣，被褥，軍帳，鞋襪，那便是冬天再冷上一倍也不怕。」

一邊的尚海波越聽越是驚訝，看著李清道：「大帥，您所說的這種花就叫做棉花嗎？真有這種多用途？」

「當然！」李清道：「沒事我騙你作甚麼？」

「大帥，這花開起來是什麼顏色？」尚海波又問。

「不一定，紅的，粉的，白的，啥顏色都有！」李清隨口答道。

尚海波一下跳了起來，讓李清和龍四海嚇了一跳，「你怎麼啦，尚先生？」

「我見過這東西。」尚海波激動地道。

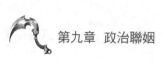

「什麼？」李清又驚又喜，「你在那裡見過棉花？我們大楚已經有人種植了麼？」

尚海波搖頭，「不，不是的，我是在茗煙那裡看到的，茗煙把它當成盆栽在養著，我好奇地問過她一次，她說是在室韋人那裡時，在山上看到這種花，覺得挺好看，便挖回來養著。」

李清一聽，狂喜不已，「走，尚先生，我們去看看！」

軍情調查司的衙門正是設在以前茗煙的故居陶然居，李清和尚海波的突然來訪，讓軍情調查司好一陣忙亂，與調查統計司光定州總部動輒數百人相比，軍情調查司顯得很是冷清，門口除了一個年紀很大的門子外，連個警衛都看不到，要不是門口那黑白分明的軍情調查司的牌匾，過往的人萬萬想不到這裡是定州軍一個異常重要的衙門。

「大帥，尚先生，您二位怎麼連袂來了？」茗煙匆匆地迎了出來。

尚先生是經常來軍情調查司的，但大帥只在成立掛牌時來過一次，**今天定州兩大巨頭同時出現，是不是出了什麼特別重大的事？**茗煙心裡有些忐忑不安。

「茗煙，你那些花呢？」尚海波迫不及待地問道。

「花？什麼花？」茗煙被問的莫名其妙。

陶然居是她當紅牌姑娘時的故居，裡面花草樹木，少說也有幾十上百種。

「便是你從室韋帶回來的那幾盆花！」尚海波道。

茗煙怪道：「尚先生，現在什麼時節了，那花早就枯了。」

李清不管尚海波失望的臉色，道：「結果子了嗎，有種子嗎？」

茗煙點頭道：「當然有，這花挺好看的，我特意收集了種子，準備明年多培育幾株幼苗。」

「快拿來，我看看！」

茗煙將棉種放到李清的手中，李清高興得大叫起來，「就是它，就是這東西，茗煙，你立功了，這種東西室韋人那裡還有嗎？」

尚海波簡單地對茗煙解釋了一下，茗煙道：「我在室韋人那裡見到過，但他們好像不知道這花的用途。」

「茗煙，馬上派人去室韋人那裡收集這種花的種子，越多越好，我們明年便能有棉花用啦！」李清像撿了寶似地大笑起來。

意外得到棉種和棉花的消息，對李清來說，只不過是意外之喜罷了，就算能從室韋那邊搞到大量的棉種，想要大規模的種植和利用，也還要幾年的功夫，現在，他的注意力完全轉向了對蠻族的作戰上。

隨著時間的推移，氣候越來越涼，眼見冬天便要降臨，冬天正是李清規劃的對蠻族作戰的時間。

冬季作戰，部隊要面臨的困難比起其他季節要大得多，不過相對於這個季節對蠻族有更大的限制時，李清覺得還是利大於弊的。

為了支撐這次作戰，從幾個月前，定州便開始向上林里及荊嶺大本營運送大量的越冬帳篷、木炭，現在這兩個地方的物資已經堆積如山。

利用債券籌集到大筆銀兩的李清，現在著實是財大氣粗，恨不得將他的士兵武裝到牙齒，這就是李清與當時絕大部分勢力首腦不同的地方，在他的心中，始終認為**「人」才是最重要的，銀子沒了可以再賺，土地丟失了可以再打回來，但人沒有了，就什麼也沒有了。**

失地存人，人地兼得，失人存地，人地皆失。

抱持這個信念的李清並不知道，他的每一次提升裝備，提高士兵的待遇，換來的是士兵更加的感激涕零和更高的忠誠，以及作戰的熱情。

第一股北風光臨定州的時候，李清帶著龍四海剛剛做出來的數萬雙手套和頭罩，來到了荊嶺。

「大帥真是愛兵如子！」荊嶺的最高指揮官王啟年衷心地嘆服，能為士兵想得這麼周全的統兵大帥，除了李清，至少他沒有聽過還有誰。

李鋒的見識比王啟年要廣得多，他驚駭的是，在翼州，即便是伯父的嫡系部隊也不可能做到這一地步，頂多也就是盔甲武器好一些，餉銀高一些而已。

李鋒來定州數月，雖說沒有大規模地與敵作戰，但與當初相比，整個翼州軍已是強了不少，在李清看來，已勉強可以上陣一戰了。

翼州騎兵的武器盔甲本是自翼州來時自備的，但是不久之後，這些翼州騎兵便發現，那些損壞了盔甲的袍澤們從定州領取的新甲和武器比他們自己所有的要好很多，於是一場自損盔甲的行動便悄悄地在翼州兵中展開，每一次小規摸的戰鬥之後，總是有許多人聲稱自己的盔甲損壞，戰刀磨損，要求更換。

對這些小動作，李鋒心知肚明，卻有意縱容，他也眼紅那些裝備啊。

於是幾個月之後，這支軍隊便完全擁有了與定州騎兵一樣的裝備，李清很大方的連連發手弩都給他們配備上了，當然，這次帶來的手套和頭罩也有他們一份。

荊嶺大營是定州進攻草原的左翼，這裡已深入草原百里，在李清的計畫中，這裡不僅是左翼的物資中轉站，更在戰時要承擔收容傷兵等任務，所以荊嶺大營除了常規的建設外，還有不少的永久型建築，便是帳篷裡也建起了火龍，從定州運來了大量的煤炭和木炭，以備越冬時用。

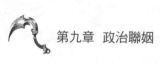

王啟年的居所是全部用石頭搭建起來的一個永久性建築，分為內外兩間，外面約有數十個平方，正中間擺著一張巨大的沙盤，沙盤上正是草原的地形地貌，上面插滿了顏色相異的旗幟，白色的代表蠻族，紅色的是啟年師，黃色的是上林里的呂大臨部，藍色則表示過山部與室韋人聯軍，從沙盤上看去，**三支部隊如同三把巨大的利劍，深深地扎入草原腹地，將白色的旗幟壓成一個扁扁的形狀。**

「大帥！」王啟年指著紅色的旗幟道：「這幾個月來，我們不斷地清理周邊的小股蠻族，將他們慢慢地逼到一起，現在周圍百里之內，除了我們正面的納奔部外，已看不到其他的蠻族部落了。大帥請看，納奔本部兩萬龍嘯軍，再彙集了萬餘小部落的殘軍之後，約有四萬之眾，盤距在紅土溝，按照大帥的戰略，近一個月，我們沒有發起大的戰事，而是等待納奔集結更多的部落軍隊後，在入冬之後開始發動與他們的決戰。」

「現在納奔已有了四萬人，想必再過上一段時間，還會有更多的小部族來投，這樣納奔的軍隊很可能會膨脹到五萬到六萬人，你這裡加上旋風營，總共不足四萬人，有把握在正面會戰中擊敗對方嗎？要知道龍嘯軍可不是一般的部隊。」李清憂心道。

王啟年笑道：「其實我們真正的對手也就是這兩萬龍嘯軍，其餘的小部落縱然人多，但他們的戰鬥力無法與龍嘯軍相比，而且這麼多的部隊集結在一起，對他們的後勤壓力之大可想而知，他們的背後可沒有一個強大的定州在支撐，我估計現在他們就夠嗆了，等再過一段時間，冬天到了，他們會更困難，而我們的士兵卻是養精蓄銳。」

「其實納奔也算得上聰明的了，這幾個月來，數次主動來找我們尋求決戰，但我們堅守荊嶺大營不出，依託營塞，利用箭弩給他們造成了巨大的殺傷，無可奈何的納奔除了白白地損兵折將外，一無所獲，所以，納奔現在只能絕望地等待著最後時刻的到來，我想他應當已看到了這場戰事的最後結局。」王啟年興奮地道：「大帥，我想大雪漫天的時候，就是我們進攻的時候了吧？」

李清笑了笑，「大致就在那段時間，但也要看具體的情況，或早或晚，現在也說不準啊！」手指點了點藍色的旗幟，「其實巴雅爾現在還想先西後東，先擊敗過山風與鐵尼格的軍隊，然後再全師向東，與我決戰，所以，他調走了黃部伯顏，這是他手裡除了龍嘯與狼奔之外最強的力量了，但過山風聰明得很，拖著巴雅爾在草原上兜圈子，就是不與他決戰，而室韋人的戰鬥力也讓我很吃驚，當初姜黑牛寫給我的戰報很是瞧不起對方，但現在看來，是姜黑牛的看法太偏頗了，當時他輕易地擊敗札蘭圖，很可能是因為那場王位爭奪戰，交戰雙方都是室韋自己人，一旦失利，很容易導致軍心潰散而一敗塗地，看看室韋人與巴雅爾龍嘯的幾場遭遇戰，可圈可點啊！」

王啟年笑道：「是啊，如果不是室韋人擅戰，當初也不會讓虎赫在蔥嶺關待上那麼久了。援引室韋人入關，大帥這著棋可是極妙。」

「虎赫已經開始向後退縮了。」李清道：「呂大臨轉守為攻，步步為營，始終跟在虎赫的身後，讓他的撤退變得極為艱難。鬍子，三路大軍，你的對面實力最弱，我希望你這裡率先取得突破。」

「大帥放心。」王啟年雙眼放光，「我一定會擊敗納奔的。」

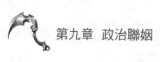

「只要你這裡取得突破，便會引發連鎖反應。」李清伸手拔起一杆白旗，喀巴一聲折斷。

兩人正說著，外面突然傳來陣陣歡呼聲，李清不解地看了眼王啟年，王啟年道：「很可能是在外面巡邏的遊騎又有所斬獲，得意洋洋地回來了。」

「鬍子，士氣高是好事，但你一定要向部下強調，千萬不要輕敵，狗急了還要跳牆，更何況你對面還有數萬敵人，那是數萬如狼似虎的強敵，不是數萬頭豬，任何失誤都可能影響到整個戰局，今天我在你營裡，看到的大都是這種情緒啊！」李清嚴肅地道：「越是在接近勝利的時候，越是要小心，因為這個時候也是敵人反撲最厲害的時候，見過受傷的野獸嗎？那時的牠往往比毫髮無損的時候更恐怖。」

王啟年悚然而驚。「是，大帥，是我太大意了，我一定會注意這一點，大帥，您既然來了，何不見見眾將，由您來強調，豈不是更有效果？」

李清呵呵一笑，「不用了，如果由我來說，那你這個一軍之帥威嚴何在？還是由你來辦吧！接下來，我還要去旋風營姜奎那裡看看。」

對於王啟年這裡能率先取得突破，李清是深信不疑的，王啟年的啟年師現在彙集了關興龍、魏鑫等一大批定州將領，這些將領手下的士兵都是久經戰事，戰力極強，李清派出大批的新兵進駐三要塞，而將三要塞中這些老兵老將調出，整編入啟年師，就是希望王啟年率先擊敗納奔。

在李清看來，納奔便是草原蠻族三股大軍中最大的一個弱點。擊敗了納奔，將迫使虎赫大幅度地後退，而在王啟年師與呂大臨師的逼迫之下，虎赫要麼決戰，要麼退向白族王庭，與巴雅爾會合，但不管虎赫如何選擇，李清想要的便是在隆冬季節，將虎赫和巴雅爾一齊困在白族王庭，到時候，希望白族的守城技巧能與他們的野戰能力比肩。李清在心裡冷笑道。

視察完荊嶺大營，李清旋即又去了上林里。

呂大臨已開始轉守為攻，與虎赫不時有小規模的戰事發生，老成持重的呂大臨陰魂不散地跟在虎赫的身後，如果虎赫有進攻的意圖，他就後退，虎赫轉身後撤，他便不即不徐地跟上。

相對於呂大臨的輕騎追蹤，虎赫可就難過多了，以前大營中的輜重，現在他要想法設法地運回去，經驗豐富的虎赫知道，接下來，主客易勢，將是草原處於劣勢之中，自己大營中那些輜重、工匠、軍械，都將是極為寶貴的財產，如果能全鬚全尾地帶回去，將會為接下來的戰鬥增加一些成算。

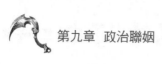

但如此一來，行軍的速度可想而知，加上呂大臨如附骨之蛆一般緊緊地跟著，只要有一點漏洞，他便會像嗅到血腥味的猛獸一般，立刻猛撲上來，狠狠地咬自己一口的。虎赫只能步步為營，緩緩後退，看到日漸寒冷的天氣，虎赫的心情一日比一日沉重。

視察完兩地的李清，心情愉悅地回到定州，與上林里和荊嶺濃厚的戰爭氣息相比，定州城裡顯得是那樣的平靜，畢竟這裡隔著戰場有好幾百里路，而且在定州人心中，蠻族已經是秋後的螞蚱，蹦躂不了幾天了。

「大帥安好！」

「大帥吉祥！」

「大帥長命百歲！」

從進城門開始，一路上有不少的百姓在道路兩旁向李清行禮請安，李清也微笑著向眾人揮手示意。

「大帥威武！」

「大帥百戰百勝！」

兩個特別宏亮的聲音在街邊響起，李清循聲看去，就見兩個穿著粗布麻衣的殘疾人正站在街邊，一個斷了一隻膀子，另一個卻是拄著拐杖，那神色一看便知道是退役的軍人。

李清翻身下馬，大步向兩人走去。

看到李清向自己走來，兩名傷殘軍人臉上放光，齊齊地向李清行了個軍禮。

「在哪裡受的傷啊？」李清問。

「回大帥，我們是在撫遠之戰時受的傷。」缺了胳膊的人大聲道。

「大帥，我們是常勝營的兵！」拄著拐的退役軍人驕傲地道。

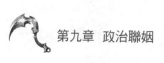

「原來是老兄弟！」李清笑著捶捶兩人的胸膛，「生活可還過得去？」

「大帥放心，我們受傷退役，縣裡安置得很好，現在我們都娶了婆娘，有了娃娃，種著十幾畝地，日子過得好得很！就是不能跟著大帥打仗了，心裡很不好受。」

「那就好！」李清笑道：「雖然不能打仗了，但你們種好地，多出糧食，也是為定州作貢獻嘛，唐虎！」

唐虎應聲走了過來，「大帥！」

「拿兩柄刀過來！」李清道。

李清從唐虎手裡接過兩柄鋼刀，遞給兩名軍人，有些傷感地道：「當年我們常勝營裡的老兄弟剩下不多啦，這兩把刀送給你們，是新傢伙，比以前的要好很多，當年我們要是用這些鋒利的傢伙，你們也許就不會受傷了！」

兩名軍人接過刀，興奮得直喘粗氣。

李清翻身上馬，嘉勉道：「雖然受了傷，但也不要忘了你們曾是軍人，這兩把刀將來傳給你們的兒子。」

碰上當年的常勝營老兵，不禁勾起了李清的懷舊心思，對唐虎道：「虎子，還記得我們當初剛剛立營時，只有三百多人的淒涼情景嗎？」

「大帥，當然記得，那時我沒了一隻眼睛，一刀大哥腸子都流了出來，我們都以為活不下來呢，幸虧碰到大帥，我們不但撿了一條命回來，還有今天的富貴。」

李清回想著當時的情景，笑道：「當時是你還是一刀？抱著我的大腿大聲嚎哭來著？」

唐虎臉一下子紅了，偷偷瞄了一下四周，小聲道：「大帥，留點面子給我嘛，虎子現在好歹也是參將了，當年的糗事可不能讓這些小傢伙們聽到了。」

李清大笑了起來，道：「虎子，回頭去查一下，當時那三百多人還有多少人活著，活著的，不管他們現在在幹什麼，找個時間都請到大帥府，我擺宴，大家聚一聚，如果沒了的，還有家屬的話，便以我的名義，每家再送點銀子表表心吧！」

「我知道了，大帥！」唐虎感慨道：「只怕剩下的不多了！」

李清默然無語，這批三百多人便是常勝營的骨幹力量，衝鋒打仗都在最前面，雖然都是老兵，但當時的那種情景下，傷亡也是極大的，也許十不存一了。

一邊向大帥府走，一邊與唐虎講著話的李清忽地停了下來，眼睛看著前方不遠處，臉上神色陡地有些複雜起來。

唐虎順著大帥的目光看去，就見前方一輛黑色的馬車停在街邊，一個窈窕的身影正從馬車上下來，不是好久不見的清風司長嗎？

顯然清風也看到了正走過來的李清，身形稍微僵了一下，但只是微微一頓之後，便轉身跨進了大門，只留了一個背影給李清。

「大帥，前邊是統計調查司的新衙門，他們剛剛搬過來，大帥，要去看看嗎？」唐虎小心翼翼地道。

李清搖搖頭，「不必了，清風剛剛從復州回來，想必有大量的公務要處理，我們就不去打擾她了，更何況，明天我們不是要議事嗎？清風也是要出席的。到時再問她吧！」

唐虎知趣地沒有作聲，對於大帥與清風姐妹的問題，直到現在他還是糊裡糊塗，一直沒有搞清楚，為什麼轉眼間霽月小姐被大帥娶進了門，而清風司長反而被擱到了一邊！

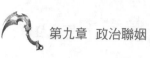

京城，洛陽。

皇城裡和翼州李氏都是一片忙亂，傾城馬上就要自洛陽出發，下嫁給定州大帥李清。

皇室公主下嫁，排場自然少不了，李清不在京城，一應該完成的禮節都是由李府來操辦。

傾城公主是天啟皇帝最為寵愛的妹妹，自然這出嫁的嫁妝也是分外驚人，除了按規定公主應得的那份之外，天啟皇帝額外的賞賜更是讓天下矚目，不說別的，單是那陪嫁的一千五百名宮衛軍便足以震驚世人，這一千五百人可都是有家有室，光是將他們的家屬移居到定州，便是一筆巨大的花銷。

公主還有一段時間才會出門，但已經有大批的人開始提前出發了。

宮中，傾城終於脫下軍裝，換上了紅妝，皇后娘娘那裡特別派了老宮人來言傳身教一些待嫁女子應該知道的事，禮部的官員也每日來給公主講出嫁的相關禮儀，總之，即將出嫁的傾城每日無比的煩惱，這些東西比舞刀弄槍難多了。

「好了好了，我知道了，你們現在都給我出去！」

不勝其煩的傾城終於發飆了，將幾個禮部專門派來的老學究一股腦地趕了出去，明晃晃的鋼刀讓幾個喋喋不休的老人臉露驚慌，跌跌撞撞地逃將出來，正好碰上下朝的天啟皇帝，一看他們的模樣，天啟便知道幾乎隔幾日便要上演的戲碼再一次出場了。

「傾傾！」走進門，天啟有些惱怒地看著正將長裙提起挽在腰上，手裡提著刀，氣呼呼的傾城。

「皇帝哥哥，不就是嫁人嘛，哪有這麼多又麻煩又囉嗦的禮節！」傾城很是不滿地道。

「不要胡說！」天啟不滿地坐下，「這些禮節關係皇家威儀，豈能馬虎！傾城，從明天起，你必須認真地聽這些官員給你細細講授，你也要一條一條地銘記在心。」

看到天啟真的生氣，傾城軟聲道：「皇帝哥哥，你又罵我了，傾城就要遠赴定州了，也不知什麼時候才能再看到你，我走了，你便是想罵也罵不著我了！」

聽到傾城的話，天啟不由心軟，皇家子女，像自己和傾城這樣自小感情便極佳的兄妹，可以說是少之又少，一想到傾城即將遠嫁，只怕以後見一面都難，心裡也不由傷感起來。

「傾城，你知道嗎？李清快要大獲全勝了，他三路大軍齊出，已經將巴雅爾包圍起來了！」天啟決定說些高興的事情，為禍大楚數百年的蠻族終於要在自己手中被終結了。

傾城譏諷道：「是啊，聽說李清高興的要死，為了慶祝勝利，還納了一個如夫人進門呢！」

天啟張口結舌地看著傾城：「傾傾，這是哪個多嘴的跟你說的？」

傾城笑瞇瞇地道：「皇帝哥哥，你可別忘了，傾城可不是大門不邁，二門不出，養在深宮的那種公主哦！這些事情豈能瞞得過我！李清在大婚前搶著納妾，已是傳遍天下的風流軼聞了，大楚哪個不知，誰人不曉！真是可惡，這不是存心讓我難堪嘛！對了，皇帝哥哥，李清是納了那個叫清風的入門麼？」

天啟哼了聲，「你不是什麼都清楚麼？還問我做什麼?!」

「皇帝哥哥，外面也只說李清納了一個妾，可沒有說這妾叫什麼名字，我看肯定不是清風，否則，以那清風的名聲，傳聞中哪會不提及，哼，原來還不只一個！」

天啟看著一隻腳踩在凳子上，一手提著刀的妹妹，心裡一片悲哀，傾傾又暴露出她長年廝混軍營的真性情了，看來想在短時間裡將她打造成稍具淑女形象的計畫是完全破產了！幸好李清與傾城打交道不多，否則見到傾城這個形象，只怕早將他嚇跑了。

嗖嗖嗖三道殘影自空中掠過，篤篤連聲之中，百步之外的標靶的正中心便多了三支利箭，收起長弓，兩腿一夾馬腹，戰馬驟然加速，急奔百米，在速度達到高峰之後突然轉向，繞了一個小小的弧線，手中長槍猶如毒蛇吐信，一連聲的脆響中，排成一行的木頭人胸腹要害之上炸開一個個小洞，巨大的衝擊力讓這些木人遠遠飛出去，轟然落地。

一圈奔過，數十個木人已全數倒地，戰馬減速，隨著吁的一聲，戰馬在校場的正中央停了下來，傾城滿意地看著自己的戰果。

啪啪的掌聲和喝彩聲在校場上響起，一群身著宮衛軍制服的軍官湧上前來。

「公主殿下，您的武力是愈發精進了。」一名軍官替傾城挽住馬轠，笑著道。

頂盔帶甲的傾城笑瞇瞇地一躍下馬，摘下頭盔，隨意一扔，身旁早有軍官伸手從空中接住頭盔。

「當然，這一年來，我起早貪黑的苦練，要是還不長進，豈不是沒有天理！哼，早晚總會讓我逮著機會痛揍他一頓，以報當日之仇！」傾城臉上帶笑，嘴裡說出的話卻是惡狠狠的。

一群軍官都會意地微笑起來，公主這話雖然說得不明不白，但他們可都明白這話裡的意思，定州大帥當初入京之時，被公主誆進校場，本想給未來的夫君一個下馬威，不成想偷雞不著蝕把米，倒被未來的駙馬爺教訓了一頓，據說當初的場景還挺香豔的。

「那是當然，公主日夜苦練，進步神速，而李帥日理萬機，事務繁多，提刀上陣的機會太少，根本沒多少時間練習，再次交手，公主必然大勝。」一名年輕軍官附和道。

此話一出，場裡頓時安靜下來，眾人看著那軍官，臉上都露出幸災樂禍的神色。

而傾城臉上則是白一陣紅一陣，又羞又惱地指著校場道：「你，給我繞著校場跑一百圈去。」

傾城公主與李清的那點恩怨，眾人都是心知肚明，但怎樣也不能說出來啊，說到底，公主馬上就會成為李帥的夫人，這夫人找丈夫打架，私下裡那叫閨房之樂，要是說開了，可就是夫綱不振，牝雞司晨，對李清與公主的名聲都極為不好。

倒楣的年輕軍官一臉衰相地去跑步，傾城短暫的羞惱過後，很快便恢復了冷靜。

出現在這裡的宮衛軍官都是她的親信，也是將要隨著她移居定州的一批人，在幾名軍官的幫助下，傾城脫下沉重的盔甲，看著幾名軍官問道：「秦明，你們的家人都安排好了麼？」

秦明大約四十來歲，在宮衛軍中已待了近二十年，聲望極高，也是傾城統率宮衛軍的得力助手，聽到公主問話，秦明道：「回公主，都安排好了，第一批家屬已於日前起程，皇帝陛下和翼州李氏調撥了近千輛馬車轉運，估計一個月後他們便可以到達。」

傾城微不可聞地嘆了口氣，走到校場邊的椅子上坐上，早有宮女泡好了茶水，傾城喝了口水，道：「你們在京城住慣了，突然到那苦寒的邊州，只怕不大適應，倒是要讓你們受苦了。」

秦明笑道：「京城有京城的繁華，邊州也有邊州的風光，能跟隨公主是我們的福分，再說，我們宮衛軍被稱為軍中戰力第一，卻從沒有真刀實槍地上過戰場，倒是有些名不符實，這次能赴定州，說不定還能趕上對蠻族的最後一戰，兄弟們可都憋著一口氣呢！能上陣殺敵，大家都興奮得很。」

傾城微微一笑，雖然她在眾人的印象中一向大大咧咧，其實心思細膩得緊，否則一個女兒家哪能將宮衛軍這幫驕兵悍將整治得服服貼貼?!

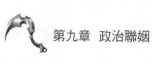

大楚嫁公主多了，可從來也沒有陪嫁宮衛軍的先例，皇帝哥哥的心思，傾城豈會不明白，他是希望自己到定州後能對李清有所約束，這批心腹軍隊便是自己的底氣，否則自己孤家寡人一個，到了定州，除了一個名義上的丈夫之外，又能有什麼憑仗？

到了定州，李清說不定真希望他們上戰場，但自己是絕不會同意的，這批宮衛軍絕不能消耗在平蠻的戰場上。此時看到秦明等人熱切的目光，她只是含笑不語，倒也不便說破。

一想到還沒有進門，便與未來的夫婿玩起了心思，傾城心中不由有些苦澀，李清年少有才，放眼大楚，在這個年紀上有這種成就的，不敢說後無來者，但絕對前無古人，自己能嫁給他，也算是對得起心高氣傲的自己了，但一想起到定州後要面臨的複雜局勢，饒是她才智過人，也是心裡陣陣發麻，自己真能應付得來嗎？李清的才智自不必說，便是他手下一幫人，又有哪一個是省油的燈！

腦中突地閃過一個人名，傾城不禁微微搖頭，清風，你到底在想些什麼呢？從職方司那裡，傾城對定州的核心層已有了一個大致的瞭解。

黃公公屁顛屁顛地跑了過來，作為與定州打交道最多的太監，他也是這次陪嫁團中的一員，滿頭大汗的他看到校場上的傾城，不由大大地鬆了口氣。

「公主殿下，老奴可算是找著您了。」

「黃公公，什麼事這麼慌慌張張的啊？」傾城放下茶杯。

「哎呀，公主殿下，現在應該是您聽禮部講解禮儀的時間啊，幾位老爺子已等得不耐煩了，您就賞他們一個面子吧！」黃公公好言勸道。

「不去！」傾城斷然拒絕。

黃公公為難地道：「公主殿下，不去不行啊，皇后娘娘聽說您這幾天一直沒有去，很不高興，今天要親自去監督呢，老奴算著時間，這個時候只怕皇后娘娘已快到了，您還是趕快過去吧，您要不去，老奴的屁股又要開花了。」

黃公公心有餘悸地摸著屁股，顯然之前已經吃過苦頭了。

傾城倒是一下子被逗笑了，黃公公被皇帝哥哥撥給自己，以後就是自己身邊的大太監了，這點面子還是要給，不然真讓皇后打爛了屁股，下面的那些人不免又要說自己不體恤人了。

也罷！便站起來道：「真是煩人，聽那些老學究講課，不用半個時辰，本公主就會睡過去了，哎，權當是一番磨練，走吧！」

她跟著黃公公走了幾步，又回過頭來，道：「秦明，你去武庫裡，將士兵們的盔甲全都換成新的，這事抓緊辦，遞補進來的宮衛軍這幾天便要領裝備了，你要去得太晚，可就撈不著了。」

秦明應聲答應。

安國公府裡，這段時間也是熱鬧非凡，除了老大李思之沒有回來，本已回到翼州的李牧之，為了李清的婚事也趕回洛陽，再加上李退之，李氏的重要人物再一次在洛陽彙集一堂。

安國公李懷遠的精神明顯要比以前好得多，這次李清大婚，李氏負總責的是老二李退之，忙得腳不沾地的李退之剛剛向老爺子彙報了這段時間的大小事項，正等著老爺子的指示。

「我向皇上請辭的事，皇帝駁回來了。」李懷遠淡淡地道。

李退之兄弟二人俱是一驚，「父親大人，不可能改了麼？」

李懷遠搖搖頭，「消息是從宮裡來的，絕對可靠，只怕明天就會有聖旨下來，皇帝陛下不願放我離京啊。」

李牧之咬牙道：「父親大人，實在不行，到時候，您也只能悄悄離開了。」

李懷遠搖頭，「我是安國公，不知有多少雙眼睛正盯著我呢，更何況，現在正是我李家風生水起的時候，更是讓人矚目，皇上不讓我走，也正是存了這個意思，罷了，我便待在京城，那些人又能奈我何？」

「父親大人，這太冒險了！」李退之也勸道，「我們暗影，再加上定州的統計調查司，到時應當可以將您安全地送出京城。」

李懷遠搖搖頭：「那是不可能的，真到了那時候，我是他們第一個要控制的人，不過也無妨，公主殿下離京後，牧之帶著家人馬上返回翼州，退之要代表李氏去定州，只要我不動，你們將家人帶出京城也就不會引起太多的懷疑，我一個孤老頭子留在京城怕什麼？暗影在京城明面上的人都要撤走，暗地裡的人全部潛伏下來，什麼事也不要做，統計調查司的人也不要去驚擾他們，清風將這批人埋在京城一直沒有動用，也是有她深層的考慮，更不能為了我讓他們曝光，這批人以後有大用的。」

說起清風，書房裡靜默了一小會兒，李牧之突然問道：

「父親大人，這次清兒突然納妾，納的還是清風的妹妹，這讓我實在有些不解，傳聞李清與清風為了其妹起了極大的爭執，清風更是與妹妹兩人恩斷義絕，不知此事會不會影響到統計調查司的運作？」

李牧之話裡的意思，其實是有些擔心統計調查司對李清的忠心問題，畢竟現在統計調查司在大楚行內也算是赫赫有名了。

李懷遠閉目半晌，低低地說了句：「這個女子不簡單呢！我一直以為很了解她，誰知還是小看了她，放心吧，她不會對清兒有二心的。」

太和殿，御書房。

當值太監都被攆了出去，偌大的書房中只留下天啟皇帝、傾城與帝師——當今首輔陳西言。

「傾傾，京師與定州兩邊都已準備妥當，良辰吉時也已擇定，兩天之後，你便要啟程了！」天啟看著坐在自己下首的妹妹，溫言道。

「是，皇帝哥哥！」傾城微微欠了下身子，「哥哥是有什麼話對我說嗎？」

天啟微微一滯，眼光轉向陳西言，當今首輔會意地點點頭，有些話，天啟來說不大合適，不論是做為皇帝，還是做為傾城的兄長，所以這就是皇帝把他留在這裡的用意。

「公主殿下！」陳西言抱拳行了一禮。

「不敢當首輔大人禮！」傾城還禮道。

「公主殿下，您自小便在軍營中長大，多年來一直統率宮衛軍，身分與其他金枝玉葉大有不同，老臣有些話雖然不當講，但為了大楚社稷，還是要直言不諱。」

「陳大人儘管明言。」傾城看了眼天啟，心中微微一酸，國事艱難，看似風光的哥哥只是幾年時光，髮絲之間已可見根根白髮了。

「國事艱難，雖然皇帝陛下勵精圖治，但沉痾已深，冰凍三尺非一日之寒，世家豪門把持朝政，架空皇室，皇上詔命出京城數百里便成為一紙空文，大楚已是岌岌可危。」陳西言正色道。

傾城臉色微變，雖然知道國事艱難，但她沒有想到朝政已糜爛到這種地步，她早知自己下嫁李清是一樁赤裸裸的政治聯姻，聽陳西言如是說，只怕自己此去定州，身上的擔子會更重。此時她忽然明白，為什麼自己會帶上一半宮衛軍了。

「李清雖是世家子弟，但究其根本，他的發跡一大半倒是他自己爭取而來，此子雄才大略，短短數年間便崛起於邊關苦寒之地，現在更是將巴雅爾逼得窮途末路，平定蠻族已是旦夕之間的事，挾平蠻之威，此子在大楚的聲望將一時無兩！」陳西言道。

「傾傾，朕本已對國事灰心到了極點，但**李清的橫空出世，倒讓我看到希望，這便是我將你嫁給他的本心**，雖說事前沒有與你商量，但以李清的家世與才華，你嫁給他，倒也不會辱沒了你。」天啟忽然插嘴道，似乎在向傾城說明什麼。

傾城沒有做聲。

陳西言接著道：「李清此人，**或為治世能臣，或為亂世梟雄，二者之間，不過一線耳！**」

傾城悚然而驚。

「以公主之才能，到了定州之後，自會有一番大作為，如能輔佐李清成就為治世之能臣，公主殿下於大楚之功將無人能比！」陳西言娓娓道。

傾城低頭不語，陳西言話中之意很明白，想要讓李清成為治世之能臣，首先便不能讓他成為亂世之梟雄。

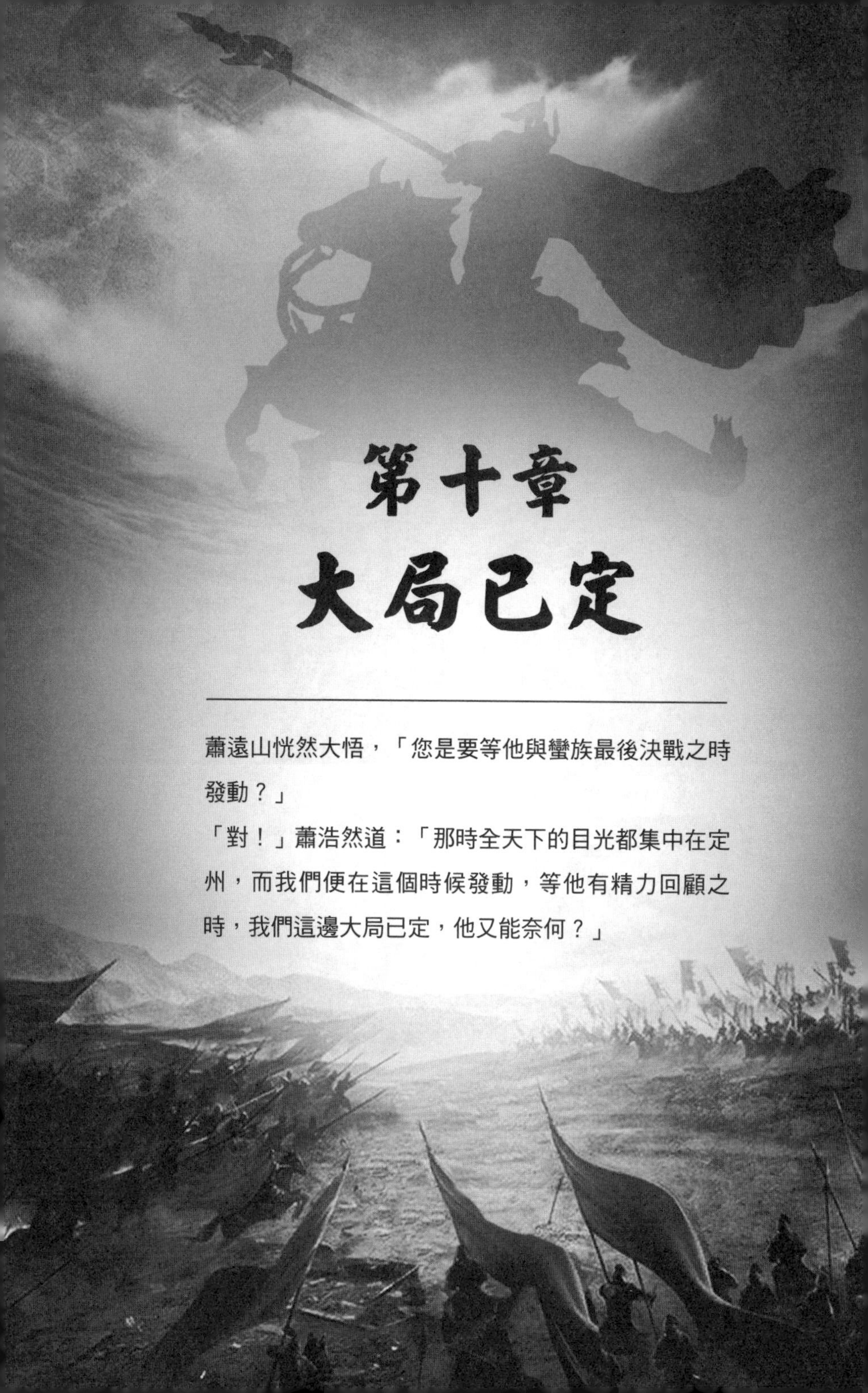

第十章 大局已定

蕭遠山恍然大悟，「您是要等他與蠻族最後決戰之時發動？」

「對！」蕭浩然道：「那時全天下的目光都集中在定州，而我們便在這個時候發動，等他有精力回顧之時，我們這邊大局已定，他又能奈何？」

「與其他世家豪門相比，李清治下有一樁於公主極有利的事情，那就是他的部將重臣幾乎沒有什麼世家豪門的影子，大都出身苦寒之輩，起於草莽之間。像軍方重將王啟年、姜奎、過山風等都是貧寒出身，便是如呂大臨輩亦如是也；其他文官系統，首席軍師尚海波、文臣之首路一鳴，均是原先不得志之人，此輩對於世家豪門毫無好感，便是李清，從之前的表現來看，對世家門弟也殊無好感。」陳西言分析李清麾下重臣道：「李家雖然在李清發跡之後竭力拉攏，但目前看來，李家對於定州的滲透效果並不大，所以公主去定州之後大有可為。」

「首輔大人是要我拉攏李清麾下重臣？」傾城歪著頭問。

陳西言微微一笑，「天家威儀對於那些豪門世家來說已沒有什麼吸引力，但對於這些出身貧寒的文臣武將而言，還是非常有用的。」

陳西言此話說得已近乎赤裸裸了，天啟心裡雖然不大舒服，卻也不得不承認此言為真，也只有陳西言這種對自己忠心耿耿的人，才會毫無顧忌地說出這些話來。

「公主下嫁之後，便是定州主母，而且公主以前就不是那種養在深閨的金枝玉葉，這一點李清也很清楚，那公主自然可以名正言順地接觸這些文臣武將，試探、分化、拉攏他們，讓這些人能夠忠於朝廷，忠於公主！」

傾城吸了口氣，搖頭道：「陳大人，據我所知，這些人都是李清生死之交，或是與李清有活命之恩，或是李清簡拔於微寒之末，想要讓他們背叛李清，只怕是不可能的。」

陳西言笑道：「何來背叛一說？公主，你可是定州主母啊！只要他們能像效忠李清一般效忠公主，那就可以了，如果一年半載後，公主能為定州誕下麟兒則更佳了！」

傾城雖說豪爽，但驟聞此言，仍是面紅耳赤，眼中微帶怒意，但一看天啟皇帝的臉色，只好將一口氣硬生生地憋了回去。

「到得那時，皇帝陛下坐鎮中樞，如有所需，一聲召喚之下，定州悍勇入關響應，定可震懾宵小，為陛下贏得時間來慢慢振興朝綱！」

傾城心情有些沉重，**陳西言此計，說白了就是要讓自己以公主的身分去分化拉攏李清部將，將李清架空，但這事有這麼簡單嗎？**

「定州數年之間有如此成就，除了李清本人，只怕他的手下多有聰慧遠見之輩，豈會給我這種機會？」傾城質疑地道。

陳西言嘆道：「這是自然的，但謀事在人，成事在天，以公主的能力，加上您貴不可言的身分，成功的可能性還是很大的。您去了定州，要特別注意兩個人，其一是尚海波，此人志不在小，從職方司對他的調查來看，此人很難對付；其二便是統計查司司長清風，雖是女子，但行事高深莫測，比之尚海波更讓人難以捉摸，想必近來發生的一些事，您都很清楚？」

傾城點點頭。

「有一個利於你的消息便是，清風與尚海波二人水火不容，矛盾甚深，此中大有文章可做，以公主之才，當可把握機會和火候。」

傾城感興趣的是統率兵馬，直來直去，一聽到陳西言這彎來繞去的勾當，頭皮便陣陣發麻，但她不得不仔細地去聽，去想，乃至去做。

「公主此次下嫁，陛下將復州做為陪嫁，公主可以宮衛軍為骨幹，組建復州軍，在定州這種軍鎮中，您手中只要有一支絕對忠心的軍隊，再加上您的雙重身分，便可立於不敗之地。」

「我明白了！」傾城點頭道。

天啟站了起來，「傾傾，我知這事於你很是為難，雖說在家從父，出嫁從夫，但你是皇室公主，身分不同，我元氏一脈，自立朝數百年來，從未有像今日這般形勢險惡，為江山社稷，為元氏歷代先祖，要辛苦你了。」

傾城也站了起來，「皇帝哥哥，你放心吧，我一定會想辦法讓定復兩州成為

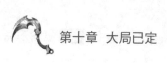

哥哥的得力外援。」

陳西言與天啟皇帝臉上皆是露出了欣慰的神色。

洛陽，蕭府。

齊國公蕭浩然，靖安侯方家洛，御林軍大統領蕭遠山正聚在書房中密議。

一天前天啟皇帝與陳西言、傾城公主的密談內容，赫然出現在齊國公手邊的一份卷宗上，看到這些內容，齊國公呵呵笑道：「陳西言心裡打的一手好算盤，皇帝陛下倒也捨得，讓他最鍾愛的妹妹去行這等事，當真是病急亂投醫啊！」

靖安侯方家洛冷笑道：「所謂捨不得孩子套不到狼，我們的皇帝陛下這一次可是下了大本錢，我倒想看看這位名聲顯赫的傾城公主能不能將定州掌握在手中。」

蕭遠山搖頭道：「不可能，如果說傾城公主帶兵統將還有一套的話，這種勾心鬥角絕非所長，尚海波、清風等無一不是心機深沉之輩，只怕這位公主去了定州，幾番折騰下來，便會被打磨得沒了脾氣。」

「以這位公主的個性，如果暗地裡無功，說不定便會來個真刀實槍來明奪，如果能搞亂定復兩州，那於我們就太好了。」靖安侯方家洛對李清可謂是恨之入骨，希望傾城去了定州之後能引起定州內亂。

「我們不應將希望放在這個上面，遠山，你牢牢地將京城控制好，做好一切準備，家洛賢弟，你馬上去一趟並州和蘭州，我要在京城發動之後，這兩州能立刻全州動員，防備李清揮師入關。」

「族長，如果真是那樣，李清會揮兵叩關麼？」蕭遠山問。

「這只是防患於未然！」齊國公笑道：「我們要選一個最佳的時機，那時候，讓李清便是有此心也無此力，等他回過神來，我們這邊大局已定，他又能怎樣？」

蕭遠山恍然大悟，「您是要等他與蠻族最後決戰之時發動？」

「對！」蕭浩然道：「那時全天下的目光都集中在定州，而我們便在這個時候發動，等他有精力回顧之時，我們這邊大局已定，他又能奈何？」

十月初六，是傾城公主出嫁的良辰吉時，從淩晨起，洛陽古都便萬人空巷，簇擁在傾城出城必經的街道兩邊等候著公主的車隊，早有御林軍沿著街道站成兩排，淨空街道，將百姓攔在路邊。

傾城出嫁的規格空前盛大，天啟皇帝親自將她送出宮門，老當益壯的韓王擔任送親使，李氏這邊則是老二李退之，李清的父母雙親卻是不能去的，斷無老子給兒子送親的道理，也只能在宮門前代表李清叩謝天恩，安國公笑瞇瞇地目送著傾城與天啟皇帝灑淚道別，登上巨大的鳳輦。

金鼓齊鳴聲中，龐大的隊伍開始緩緩啟動，洛陽的百姓算是好好飽了一次眼福，打頭的前隊出了洛陽城，斷後的隊伍尚在皇宮前那巨大的廣場上整裝待發。

文武百官奉詔送親至洛陽古都的城門口，站在高高的城牆上，目送著車隊出城而去，齊國公蕭浩然滿臉堆笑，衝著安國公李懷遠笑道：「李公，李氏聖眷正濃，得傾城公主下嫁，實是可喜可賀，今日可要叨擾一杯喜酒了。」

李懷遠哈哈大笑，「那是自然，府裡早已備下酒席，今兒個老夫要不醉不休，能與齊國公同醉，實乃不勝之喜，請，請，請！」

威遠侯府中，酒宴早已備好，送完親的文武百官們說不得還是要備上一份禮物，去湊個熱鬧，待車隊消失在眾人的眼簾時，早已過了飯點，饑腸轆轆的官員們便三五成群地向威遠侯府而去。

溫氏淚眼婆娑地看著車隊消失，兒子大婚之喜，自己卻不能坐在主位上，讓兒子媳婦敬上一碗茶，心中不免甚是難過。

看到溫氏的臉色，李牧之自明其意，溫言開解道：「定州戰事正在關鍵時刻，等這陣過去，清兒總會回家的，那時自然要補上這一課，走吧，趕緊回家，今日府中不僅有到賀的文武百官，更有不少的家眷，你還要招待他們呢，哭得兩眼紅腫，如何見人？」

自洛陽命案之後，裘氏雖然沒有被休，卻是被變相軟禁在府中，如今的威遠侯府後宅裡作主的是李清的母親溫氏。

洛陽這邊熱熱鬧鬧地送公主出了門，定州這邊卻平靜許多，李清的目光現在正注視著荊嶺大營。

進入十月之後，兩方的戰事強度已開始慢慢升級，知道形勢危急的納奔眼見著對面的荊嶺大營兵馬彙集越來越多，糧草物資更是堆積如山，而自己這邊的後勤輜重卻是日漸枯竭，草原內的支援已越來越少。如此拖下去，一旦入冬，只怕便要支撐不住了。

必須要打了！最好的結果當然是能擊敗對面的王啟年，就算無法獲勝，也要想法子將部隊撤走，在這裡對峙的時間越長，對己方就越不利。

王啟年也想試探著進攻一下，幾個月的對峙下來，士兵們都有些懈怠了，必須要讓士氣一直保持在最旺盛的狀態，而保持士氣最好的辦法，當然是與對方幹上幾仗，不過規模要加以限制，慢慢地消磨對手的實力。

兩方主將抱著相同的心思，荊嶺大營與納奔的紅石谷大營之間的幾十里草原，便成了雙方角力的競技場。納奔放棄了讓那些小部族的士兵先衝上去的想

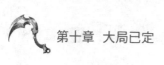

法，直接派出了手下最精銳的龍嘯軍。

草原軍隊的士氣再也經不起任何的打擊，也只有龍嘯方能在對方的攻擊下不落下風，甚至還能占到一些便宜，這個時候如果再存著讓這些小部落當炮灰的心思的話，只怕這些小部落便要一轟而散了。

龍嘯軍的戰力的確要比啟年師的戰鬥力強，戰鬥初始，龍嘯軍大佔便宜，在小股部隊的剿殺中，總是能成功地擊敗啟年師，一直到交戰雙方的人數上升到千人左右，啟年師開始動用步卒為騎兵壓陣的時候，雙方才開始呈膠著之勢。

雖然小勝不斷，但納奔卻是一日勝過一日的苦惱，盤踞在一側的定州旋風營一直在吐著毒蛇信子，讓他在面對荊嶺大營時還得分出一隻眼睛來盯著對手。

旋風營的騎兵才是納奔最忌憚的部隊，這支軍隊戰力極強，所有騎兵都是配備著一匹馱馬，一匹戰馬，長途作戰能力比起龍嘯不遑多讓，納奔想要脫身，即便擊敗了王啟年部，如何擺脫旋風營，也是一個大問題。

啟年師大都是步卒，如果自己找準時機，脫離戰場不是難事，但在這之前，必須要解決掉旋風營。

納奔胸中蘊釀了一個瘋狂的計畫。

定州，李清和尚海波被路一鳴強拉著出來，去視察已接近完工的新的鎮西侯府，敕封李清為駙馬都尉，鎮西侯的聖旨已提前到達了定州，新的鎮西侯府便是依託原來的大帥府而建的。

由於公主長居洛陽古都這樣的大都市，所以鎮西侯府的格局不免要照顧公主的習慣，專門從洛陽趕來的大匠們帶來圖紙，李清只瞄了一眼，便清楚定州從此以後又要多一座江南園林風格的龐大建築了。

數百戶居民遷居，除了這座鎮西侯府，還新建了一條緊挨著鎮西侯府的街道，用來安置隨公主來到定州的一千五百名宮衛軍的家屬，這條街道被稱為「公主坊」，全部工程完工之後，估計要用去白銀近五十萬兩，這讓李清著實肉疼。花這麼多錢建這個，還不如多打造一些兵器呢！但是他沒有辦法，皇家總是要體面的，便是李氏，也是要體面的。這些錢，李清也只能咬著牙拿出來。

跟著路一鳴走馬觀花，李清的心思卻完全不在這上面，對身邊的尚海波道：「尚先生，你注意到荊嶺大營這一段時間的動向了嗎？」

尚海波笑道：「當然，納奔急了，想跑了！」

「他想跑，必然要打旋風營的主意，否則他跑不了多遠便會被旋風營纏住，然後王啟年部跟上去，便又面臨和目前一般無二的境況。」

「不錯，旋風營是他想跑的最大障礙，大帥，有必要提醒一下王啟年和姜奎，納奔已經要狗急跳牆了。」

「不必！」李清笑道：「上次我去荊嶺大營視察，王啟年已想到了這個問題，並提出了一個構想。」

「王啟年想將計就計，一戰解決納奔？」尚海波猜道。

李清點點頭，「幾年過去了，鬍子從一介小兵終於慢慢地成長起來了，現在的他已真正具備了一名統兵大將的能力，我告訴他，將在外，君命有所不受，我要的是結果，而怎麼做是他們的問題。」

「不錯，大帥，與蠻族的戰爭已到了最後時刻，大局已定的情況下，不妨讓這些將領們磨練一番，這對以後將大有幫助，以後他們碰到的情況將會比今天要複雜得多。」尚海波的眼光看向東方。

李清微微一笑，沒有做聲。從統計調查司在京的探子發回的情報，只怕劇變便在旦夕之間了，「亂吧，亂起來，亂起來才有機會！」李清在心裡道。

荊嶺大營。

納奔發起的大規模進攻已持續了三天，攻勢一天比一天更猛，荊嶺大營的兩個衛營都已先後被放棄，兵馬全都撤回到主營。在兩軍之間的戰場上，橫屍遍地，雙方都是傷亡極大。

「差不多是時候了！」王啟年站在荊嶺大營的最高處，看著遠處正在整頓隊伍的納奔部，身後，魏鑫，關興龍等一眾部將聚在他身側。

「魏鑫將軍，我們走後，你能守住大營嗎？」王啟年的目光轉向正撫摸著自己那一把山羊鬍子的魏鑫。

「王大人放心，只要給我五千人馬，以荊嶺大營的堅固程度和充足的儲備，納奔那龜兒子休想從我這兒占到一點便宜！」魏鑫一臉傲然地道。

眾人都笑了起來，魏鑫被稱為烏龜流大師，防守正是他最擅長的，在場的還真沒有一個人能在防守上與他比肩。

「那好，我給你一萬人！」王啟年笑道：「納奔想要壯士斷腕，我們不但要他的腕，連他的人也要留下來。」

「又來了！」關興龍指著不遠處，蠻軍再一次呼嘯衝來。

又是兩天過去，荊嶺大營的戰爭已是到了白熱化的階段，雙方殊死爭奪著每一塊陣地，已是夜色降臨，但納奔仍然沒有退兵的意思，成千上萬支火把將天地間照得一片透亮。

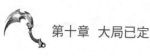

魏鑫站在大營的指揮臺上，笑顧左右道：「小狗今天便要動手了，告訴弟兄們，頂住這一波，蠻子便要完了！」

其時，荊嶺大營已只剩下萬餘人，其餘的軍隊在幾天裡被王啟年陸陸續續地偷偷地調出了大營。

魏鑫麾下大將李生智遺憾地將帶血的鐵槍在地上重重一頓，「可惜啊，我們被釘在這裡，眼睜睜地看著其他人去吃肉，我們只能喝一點湯湯水水了！」

魏鑫哈哈大笑，「你小子不要不知足，這戰過後，首功鐵定是我們。」

說話之間，蠻軍再一次地攻了上來。

「上！」魏鑫怒喝道。

李生智狂吼一聲，率領著士兵猛衝上去。

中宵，蠻軍的攻擊烈度已愈來愈無力，終於在一次衝鋒之後偃旗息鼓。

「狗娘養的，還做得真像啊！」魏鑫冷笑道：「每一次進攻之後便偷偷地抽走一支部隊，要不是事先便料到，還真是看不出來，李生智，我們對面這時候就只剩下一個空殼子了！」

李生智眼睛一亮，「魏將軍，我們出去幹他一票！」

魏鑫眼睛一瞪，「幹什麼幹！你出去一幹，這事便曝光了，納奔又不是豬，王將軍煞費苦心地等了納奔幾天，讓你小子壞了好事，不剝了你的皮才怪！」

李生智嘿嘿一笑。「看著嘴邊的肉不吃，總是難受嘛。」

「忍忍吧，用不了多久，等那邊幹起來，我們這邊才能動手，不過對面就剩下一些老弱殘兵，著實意思不大！」

距離荊嶺大營數十里，駐紮著姜奎的旋風營，這一段時間以來，納奔瘋狂地攻擊荊嶺大營，姜奎的旋風營也派出騎兵作出進襲納奔側翼的態勢，迫使納奔不得不分出部分兵力，以防備姜奎變佯攻為真攻。

今日黃昏時分，龍嘯軍似乎難以忍受旋風營的挑釁，主動挑起戰鬥，兩軍結結實實地打了一仗，雙方各有損傷，直到入夜時分方才罷兵休戰。

中夜時分，納奔幽靈般地出現在胡沙安軍營中。

「胡沙安！白天你主動進擊，沒有引起對方的懷疑吧？」納奔問。

「二王子放心，白天我可是真刀實槍地與他們打了一仗，死傷了百多騎兵，對方應當不會懷疑我們的用心。」胡沙安回道。

納奔看著不遠處，姜奎軍營中星星點點的營火，咬著牙道：「我在荊嶺大營拋下了數千老弱病殘，將精銳一步步地調到姜奎的兩翼，今天便要給他致命一擊。」

胡沙安佩服地道：「二王子高明，想必這個時候，姜奎們還在呼呼大睡罷，白天才與我們打了一仗，他萬萬想不到我們本應當在荊嶺大營前的主力已到了他的面前。這一仗穩勝無疑。」

納奔深吸了口氣：「即便打贏了他，也沒什麼好欣喜的，只不過是讓我們安然退軍，胡沙安，**這一仗搶的就是一個時間**，荊嶺大營離這裡不到五十里，一旦發動，王啟年那邊馬上便知道上了當，雖然王啟大都是步卒，但從荊嶺趕到這裡，最多也不過一個時辰而已，所以，我們只有一個時辰的時間來擊潰姜奎。」

「二王子放心，旋風營總共六千騎卒，可這一次我們集中了近四萬騎兵，雷霆一擊之下，必能得手！」胡沙安道。

納奔嘆了口氣，「雖說有近四萬騎兵，但主力還只能是我們的龍嘯，這幾天我們的軍隊一直在打仗，沒有得到什麼時間休整，戰力又要打一個折扣。所以不要大意，哪怕對手沒有防備，也要以獅子搏兔之勢，迅雷不及掩耳地打倒對手，否則讓對方緩過勁來，我們就有麻煩了。」

「二王子放心吧，龍嘯正面突擊，其餘兩萬騎卒左右側擊，三方夾攻，兵力又數倍於對手，焉能不勝！」

「準備進攻吧！」納奔拔出了彎刀，「我們能不能順利撤回王庭，便在今夜了！」

數支鳴鏑帶著尖利的嘯聲射向姜奎的大營，隨著鳴鏑的飛起，草原開始震顫起來，如雷的馬蹄聲從三個方向奔向大營。喊殺聲瞬間在寂靜的夜裡震天響起。

無數的鐵骨朵，鐵錐飛出，擊打在單薄的柵欄上，營破，成千上萬的騎兵湧入了大營。大營內寂靜無聲，星星點點的營火被挑起，落在帳篷上，霎時便點燃帳篷，成了一堆熊熊燃燒的篝火。

過程太順利了，順利得讓正面突擊的胡沙安大驚失色，順利得讓正帶著後軍準備作第二撥攻擊的納奔臉上瞬間失去了血色。

營內被挖出了無數的陷坑，坑不深，但卻夠寬，偷襲者想破腦袋也不會明白為什麼旋風營要在營內挖出這麼多的陷坑，一聲聲的慘叫聲很快變成一片片的慘叫，一排排跌進陷坑的蠻族騎兵註定再也不可能爬起來，馬和人在短短的時間內便將這些陷阱填滿，攻破了第一道大營的他們，看到的卻是一排排整整齊齊，好整以暇地等待著他們的百發弩、床弩、八牛弩，尖利的嘯聲響起，箭如飛蝗，支支奪命。

而在這些弓弩的背後，是一支支全副武裝，排成一個個攻擊隊形的騎兵方陣，對方早有準備。

胡沙安抹去臉上被濺到的血水，狂呼道：「殺過去，他們只有幾千人，我們的軍隊是他們的數倍，殺光他們！」

納奔的臉上血色已褪得一乾二淨，姜奎早有防備，那王啟年會不知道嗎？荊嶺大營那邊呢？

他回過頭去，似乎在回應他的想法，咚咚戰鼓聲傳來，在他的身後，一支支火把開始亮起，啟年師數萬步卒和騎兵正呈一道弧線，在十數里之外緩緩逼了過來。

姜奎大笑，一伸手拔起插在面前的長槍，「納奔小兒，你想要我的大營，便送給你吧！」

隨著姜奎的一聲令下，早已蓄勢良久的旋風營發一聲喊，從營內反衝而出，踏著一地的血肉衝進了蠻族的軍陣。身後，發射完所有弓矢的士兵丟掉這些弓弩，翻身上馬，尾隨著姜奎衝向營外。

六千人的旋風營分成三個錐矢陣形，一頭扎進了蠻兵當中。姜奎一馬當先，衝進了正面的龍嘯軍之中，鐵槍左挑右刺，殺出了一條血胡同，直奔納奔：

「納奔小兒，今兒個就留下來給爺爺我祭旗吧！哈哈哈！」

左右兩翼的蠻族雜兵們，早在旋風營發起衝鋒之際便已士氣全失，籌謀良久的脫身之計居然是一個大大的陷阱，眼看著旋風營席捲而來，發一聲喊，在自己的族長帶領下，一個轉身便四散逃向黑暗之中。

納奔木然地舉起戰刀，「殺！」從他的嗓子發出一聲嘶啞的吼聲。

王啟年率領著數萬步卒穩穩地推進，對於那些見縫插針，四處亂竄的雜兵，啟年師的士兵根本不予理會，只要你不瞎著眼睛衝到軍陣前，王啟年的目標便是全殲納奔尚餘的近兩萬龍嘯，斬滅了他們，巴雅爾便將會遭受重創。

胡沙安滿身是血的衝到納奔身邊：「二王子，我們上當了，我來斷後，您快快殺出去！」

似乎被胡沙安的渾身血跡驚醒，納奔身子一震，回過神來苦笑道：「走不了了，你沒有看到嗎？對方根本沒有追殺那些小部落的士兵，他們瞄準了我們。」

胡沙安抬頭看去，不遠處，姜奎正哇呀呀地怪叫著，直直地向著這個方向殺過來。

「二王子，我去阻擋姜奎，您快突圍吧，王啟年部多是步卒，您殺出去的希望還是很大的。」胡沙安急急說完，一拍馬，便迎向已近在咫尺的姜奎。

納奔揚起戰刀，驀地一聲暴喝，一頭殺進了如潮水般湧來的定州兵之中。

「荊嶺大捷！」一名背後插著紅旗的傳令兵飛馬而來，人還隔著定州城門老遠，聲音已是清晰地傳了過來。

「荊嶺大捷！」

城樓上，城門口駐守的士兵，過往的行人，看到飛馬而來的報捷信使，人人歡喜若狂。

「荊嶺王將軍打贏了！」這一消息瞬間便長上了翅膀，隨著信使的戰馬在城內奔馳，而傳遍定州城。

大帥府前，信使翻身下馬，一陣風似地奔進大帥府。

「報！荊嶺大捷！」信使一路高呼，一路向內直奔。

議事廳，李清、路一鳴、尚海波、清風……等一眾正在議事的人聽到信使的呼喚，轟的一聲全都站了起來。

「稟大帥！」信使跑進大廳，乾脆俐落地行了個軍禮：「王啟年將軍報，昨夜擊潰龍嘯，陣斬納奔，荊嶺大營前，再無一名蠻軍！」

尚海波回過身來，對著大堂上的李清深深一揖：「賀喜大帥，恭喜大帥，蠻子三股大軍，今去其一，破蠻大業指日可待！」

「為大帥賀！」廳內眾人齊聲道賀。

李清心中欣喜，擺手道：「同喜同喜，虎子，帶這名士兵下去休息，好酒好肉地招待，重賞！」

那傳令兵高高興興地隨著唐虎下去，李清卻回過頭來，凝視著身後牆上那幅巨大的草原地圖。

尚海波上前一步，大聲道：「大帥，可讓王啟年姜奎部稍事整頓，立即經草甸進逼虎赫狼奔右翼，如果能將狼奔也擊垮擊殘，大事定矣！」

李清猛的轉過身，道：「王姜二位將軍立了大功，立刻傳令給他們，休整三天後立即出兵，王琰！」

王琰大踏步向前，「大帥，王琰在此！」

「你馬上率常勝營六千騎兵先行出發，匯合撫遠楊一刀的選鋒營支援呂大臨，同時傳令呂大臨，不要擔心損失，給我死死地拖住虎赫。」

荊嶺一戰，兩萬龍嘯軍自納奔以下，全軍皆沒，其餘各部，僥倖得脫者大都作鳥獸散，一部分去投靠富森，另一部分則狂奔數百里，逃到了虎赫的狼奔軍中。

虎赫重重地跌座在虎皮交椅上，暫態間如同老了十數歲，座下眾將無不如喪考妣，納奔全軍的覆滅，不僅讓草原又失去了一股重要的作戰力量，更要命的，是讓狼奔的側翼也完全地暴露在定州軍的兵鋒之下。

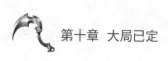

「虎帥！」諾其阿一臉悲憤地走到虎赫面前，「請節哀吧，只怕我們馬上便會受到攻擊了，我們狼奔再也不能重蹈納奔王子的覆轍，如何帶領狼奔安然返回王庭，還要請虎帥早做籌謀啊！」

虎赫默默地注視著鋪在大案上的地圖，慘笑道：「狼奔只怕也難逃厄運了！呂大臨想必馬上便會黏上來纏住我們，而王啟年部肯定也正在日夜兼程，逼近我軍。」

「虎帥，虎帥！」一名斥候將領一路小跑著進來，「稟報虎帥，呂大臨部突然逼近到我軍十里外下營。」

「果然來了！」虎赫霍地站了起來。

「對方的將旗多了兩面，一面是常勝營營旗，一面是選鋒營營旗！」這名斥候將領又說了一個對虎赫來說極不好的消息。

「很好，定州軍大將全雲集在我虎赫的面前了，呂大臨、楊一刀、王琰、王啟年、姜奎，嘿嘿嘿，還真是看得起我，好吧，我們便來好好地較量一番，看你們能不能留下我虎赫！」

虎赫抽刀，重重地砍在面前的大案上。

四萬狼奔軍在烏顏巴托停了下來，在他們周圍數十里範圍之內，雲集著定州軍幾乎所有的精銳，光是呂大臨的呂師便有近四萬人，啟年師三萬人，旋風營、常勝營、選鋒營近兩萬人，差不多十萬大軍惡狠狠地盯上了狼奔這塊美味的肥肉，吃掉狼奔，則意味著草原蠻族這座大廈將轟然倒塌。

虎赫被稱為草原第一將，自然不是浪得虛名，選擇烏顏巴托作為最後的抵抗地，是他深思熟慮之後的結果，其一，是這裡有早先蠻族設立的一個兵站，物資儲備較為豐富；其二，烏顏馬托的地理位置非常玄妙，以這裡為起點，在地圖上畫出兩條線的話，會發現這裡距撫遠、威遠等地可以構成一個等腰三角形，虎赫擺出這個架式，正是一個進可攻退可守的局面。

虎赫不想死守，死守沒有任何出路，烏顏巴托的地形較為複雜，看似一展無際的平原上，其實暗藏著無數陷阱，濕地、沼澤遍佈其中，一不小心便會陷入其中，如果不熟悉這裡的地理，進攻必然要吃大虧。

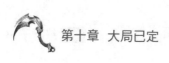

巴雅爾也知道烏顏巴托之戰關乎到誕生不久的元武帝國的國祚，雖然被室韋人牽制了大量的兵力，仍是咬牙從正黃旗抽出兩萬精銳馳援虎赫，使虎赫手中的兵力達到六萬，有了與定州兵一較高下的本錢。

四處燒殺搶掠的室韋軍隊在巴雅爾與伯顏的圍剿之中，已漸漸失去了入關之後的優勢，兵力一點點被蠶食，被迫開始收縮兵力，向著過山風的移山師緩緩靠攏，一直被逼得喘不過氣來的巴雅爾終於緩過了一口氣。

他不怕室韋人與過山風彙集，就怕室韋人飄忽不定，毫無章法地亂打一氣，現在好了，室韋人終於安定下來，正面作戰的話，巴雅爾則絲毫不懼於對方。他開始統籌計畫，準備給逼近王庭的過山風到室韋聯軍重重一擊。

定州近十萬大軍彙集烏顏巴托，呂大臨從李清那裡獲得了統籌指揮全軍的大權。與蠻族作戰了近二十年的老將呂大臨，第一次手握如此強壯的兵馬，而且還是在整個戰局大佔優勢的情況下，不禁有些躊躊滿志，多年心願終將得償。

此時的定州軍分成了三個攻擊集團，分別以呂大臨、王啟年、楊一刀為主，呂大臨有節制另外兩部的權力。

在呂大臨看來，對面的虎赫已成了一頭死老虎，蠻族騎兵勝在靈活機動，現在被逼得隅居一地，採取守勢，又如何能是定州兵的對手？這種打法正是定州兵的強項啊！

三個攻擊集團就位之後，呂大臨毫不猶豫地下達了進攻的命令。

理想是美好的，現實卻是殘酷的，**處在個人生涯最高鋒的呂大臨在他最得意的時候，遭遇到了虎赫的重重一擊！**

在濕地沼澤遍佈的烏顏巴托，定州軍的第一次進攻便遭遇到重大挫折，率先發動攻擊的兩翼，在發起進攻之後不久，大批的士兵便因為不熟悉地形，不清楚看似平坦的草原上，那些枯黃的牧草之下暗藏的陷阱，被陷在地面無法脫身，無論是步卒還是騎兵，都成了對面狼奔軍的活靶子，大批的被射殺在沼澤濕地中。

此時，定州軍那一身精良的鎧甲反而成了累贅，身負數十斤重的鎧甲讓這些士兵更是舉步艱難，在大盾兵們舉起鐵盾，艱難地一步一步向前推進的時候，狼奔的投石機、八牛弩、蠍子炮給他們造成了重大損失。

強攻不到半天，損失上千士卒的呂大臨被迫停下了進攻的腳步。

虎赫沒有放棄屯集在大營裡的這些重型器械，終於發揮了巨大的作用，定州兵被牢牢地釘在烏顏巴托。第一天的攻擊，定州兵甚至沒有接觸到狼奔的兵陣，便狼狽地退了回來。

接下來的十數天裡，虎赫不斷地派出部隊，穿過沼澤濕地，一次次發動對定州軍的反擊，收穫頗豐，一旦遭到定州軍的反擊，這些突擊部隊便利用對地形的熟悉揚長而去，在定州軍吃了無數次虧之後，呂大臨終於下令，不許作這種無謂的追擊。

在烏顏巴托於是出現了一種奇怪的對峙局面，擁有巨大兵力優勢的定州軍龜縮在營寨之中，先前被攆得雞飛狗跳的狼奔反而風生水起，不停地襲擾對面的敵軍。

進攻無力，呂大臨的嘴上起了一圈水泡，急火攻心啊！大帥如此信任自己，將十萬大軍的統帥權交給了自己，而不是他的嫡系心腹王啟年，這不僅是對自己多年對蠻族作戰經驗的借重，更是對自己非常信任的表示，要知道，前些年在蕭遠山治下，便是定州軍最為鼎盛時期，全軍也沒有現在這麼多人馬，現在自己卻是出師不利，這讓他很是焦急，感到有負大帥所託。

「一定要在大帥大婚前拿下烏顏巴托！」呂大臨重重地一拳擊在大案上，對著在他大帳中商討對策的王啟、楊一刀、王琰等大將道：「我要用虎赫的人頭作為大帥的大婚賀禮！」

楊一刀看著呂大臨焦躁的面容，出言勸道：「呂大人，烏顏巴托地形複雜，倉促進攻反而會給我軍造成重大損失，而且對面的虎赫素有智將之稱，我們要小心應對，千萬不要莽撞衝動。」

王啟年重重地吐了口氣，「媽的，誰也想不到這個破地方居然是這樣的複雜，十多天了，我還只向前探了不到十里路，派出去的斥候只要稍微離大營遠一點，那些狼奔軍便鬼魂般地冒出來，射殺探路的士兵，十幾天，老子損失了近百個斥候，這仗打得真是令人窩火。」

王琰也搖頭，無奈地道：「這些濕地沼澤太複雜了，我們緊追上去時，明明看見對面的敵人安然無事地穿過去，輪到我們就噗哧一聲陷下去，轉眼間勝負逆轉。呂大人，如果不能摸清對面的地形，便是發動進攻也是枉然啊！」

魏鑫站了起來，「呂大人，我們沒有別的辦法，只能多派斥候，慢慢探路，只要將面前的地形搞清楚了，我們便可直逼虎赫大營；如果實在不能搞清楚的話，那我們便只能等了。」

呂大臨不滿地看著這個以防守著稱的老將，質問道：「你說要等到什麼時候？難不成我們便在這裡龜縮不進，然後讓將要新婚的大帥親自來指揮這場戰鬥嗎？如果真是如此，豈不是讓人笑話我定州無人？」

魏鑫抽抽鼻子，摸了摸山羊鬍子，似乎沒有聽出呂大臨話裡的譏諷之意，不急不緩地道：「等不了多久，呂大人，**天氣是我們最好的幫手**，您看這天，可是一天比一天更冷了！」

呂大臨一時沒有反應過來，楊一刀卻突然想起去年跟著大帥去視察雞鳴澤一事，眼中不由一亮，「魏將軍，你是說天氣一冷，溫度急劇下降之後，這些沼澤濕地都會被凍實，那時，他們就不會再是我軍的障礙了?!」

魏鑫笑道：「正是，呂大人，看今年這天氣，用不了一個月，我們的面前就將是一片坦途。」

「一個月啊？」呂大臨沉吟不語。

其實呂大臨的心裡，實是想讓眾將不惜代價地派出斥候摸清對面的地形的，第一次統帥全軍，他當然想給李清交出一份滿意的成績單，讓李清能更深地看到自己的能力，同時，擊敗虎赫也是一個巨大的誘惑，但他心裡也很清楚，眼下手底下這些重將們都不太贊同自己的這個想法，而是想穩紮穩打，步步蠶食。

處在不同的位置，當然每個人會有不同的想法。呂大臨雖是全軍主帥，卻知道自己不可能勉強這些人去做什麼，尤其像王啟年、楊一刀這些人，地位並不在自己之下。

「既然大家意見一致，那就這樣吧，先等，但是我們不能乾等，斥候仍然要大量地派出去勘測地形，虎赫不是經常埋伏誘殺我們的斥候麼？那麼大家不妨想想辦法，反其道而行之，也長長我軍的士氣！」呂大臨做出結論道。

狼奔軍大營。

難得的有一日安寧，對面的定州軍吃了十幾天的苦頭之後，終於老實下來，再也沒有出兵攻打，但虎赫的臉色卻更加難看了。

「虎帥！」諾其阿與豪格靜靜地走到虎赫的身邊。

「發現什麼了嗎？」虎赫道。

「天越來越冷，要結冰了！」諾其阿臉色很不好，「呂大臨肯定也想到了這一點，這才停止無謂的進攻，他們在等。」

「本來以為定州人會被勝利沖昏頭腦，不顧一切地來進攻我的大營，現在看來，這個算盤卻是打錯了，十幾天來，呂大臨用數千人的傷亡終於讓自己冷靜下來了，一旦封凍，我們的苦日子才真正開始。」

二人都是默然。

「你們回到自己的大營後，各自加強防守吧，學學定州人的防禦，我們不但要會進攻，更要學會防禦。」虎赫說完，負著雙手向回走去。

背後的諾其阿與豪格看著這一年多來明顯蒼老太多的虎赫，心中都是泛起一陣悲涼，虎帥對這場戰事一點也不樂觀啊！

唐虎躡手躡腳地將一杯濃茶放在李清身前的大案上，又操起一把小剪刀，將燭蕊剪去一小截，讓燭火顯得更明亮些。

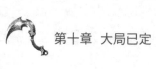

李清正在閱讀每日從前線彙聚而來的軍報，現在東西兩個方向上的定州軍不約而同地遇到了麻煩，進攻的勢頭都停滯了下來。

呂大臨集團為地形所困，而過山風與鐵尼格聯軍則遭遇到巴雅爾優勢兵力的圍追堵截，也已從進攻轉為防守，他們在等待呂部率先取得突破，然後才能打開僵局。

面對如今的局面，李清卻一點也不著急，在他看來，**這是一場勢在必得的勝利，只不過是遲早的問題**，草原集團的反撲只不過垂死病人的迴光返照，雖然能給自己造成一定的困擾，但卻無關大局，就像天亮前那段時間總是一夜之中最黑暗的時光一般。

更何況，李清並不想這場戰事結束的太早，如果能拖上一拖的話，他也並不介意，現在的他，目光已轉向大楚腹地。**過早地結束草原戰役，勢必會讓他不情願地提前介入到中原亂局中去**，哪怕自己再不願意。

虎赫是個不錯的對手，讓呂大臨、王啟年他們與他多過過招，想必會學到很多的東西，目前的情況下，只要呂大臨等人不犯大錯，虎赫根本沒有翻盤的機會，即便在局部取得一些小勝，也無法改變整個大戰役的走向。

至少在今年，與蠻族的戰事不能結束。

房門響起了輕輕的叩擊聲，李清抬起頭，坐在角落裡的唐虎也站了起來。

門口站著的是清風，李清目光微微收縮，他忘了從什麼時候起，清風在進這間書房前會先敲門了，以前的清風會逕自走進來，這是她一向以來的特權，清風的**這個舉動是在特意顯示與自己疏離了麼？**李清眉頭微皺，**自己與她之間的裂痕有這麼大了？**

李清就這麼瞧著清風，默不作聲，場面一時顯得有些尷尬，唐虎獨眼嘀溜溜地轉動了一下，腦子難得地靈活了一次，迎到門邊，道：「司長請進，我去給您泡茶！」

清風微微向他點頭示意，舉步走了進來，懷裡抱著一大疊文案。

李清嘆了口氣，垂下目光道：「坐吧！」

「這是傾城公主自出京後一路的情形！」一隻潔白如皓玉的手，將一疊卷宗推到李清的面前。

「這是關於商貿司在大楚內地的經營狀況。」

「這是關於統計調查司對大楚各大勢力的近期滲透所獲得的一些機密。」

李清看著清風分成三摞擺放在自己面前的卷宗，以前的清風總會詳細地一一為自己講解，忽地開口道：「清風。」

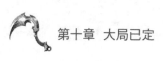

「嗯！」清風驀地抬起頭來，看到李清盯著自己，心裡不由一陣慌亂，身體不安地扭動了一下。

「你這是在怨恨我麼？」李清問。

「沒有！」清風聲音低如蚊蚋。

「雲容是你親妹妹，你為什麼要這麼逼她，而且一再阻撓她與我在一起呢？」李清咄咄逼人地問道。

清風忽地一笑。

看到清風忽然發笑，李清陡地覺得有些發寒。

「將軍，您覺得她跟您在一起，會幸福麼？」

李清惱怒道：「你這是什麼意思，難道我不能給她幸福麼？」

「當初我也是這麼想的，我也認為跟著將軍就是幸福，可是後來不是這樣的，我**身不由己地陷進了一場我從來沒有想到過的傾軋當中**，如同漩渦中的一片枯葉，雖然竭力掙扎，卻越陷越深。雲容現在在您的身邊，便如同當初的我一般，幸福甜蜜，但**用不了多長時間，她就會遇到和我一樣的苦惱，慢慢地陷進這張大網中，無法自拔！**所以，我反對她跟您在一起，但現在說這些還有什麼用呢？」

清風的聲音慢慢地恢復了冷靜。

「你和雲容是不同的！」李清喘著粗氣，對於清風，他始終有是愧意的，是自己一手讓她陷入這張網中而不能自拔，「你手中握著的權力足以讓尚海波等人感到威脅，而他們都是些很傳統的人，雲容則不然，雲容與世無爭，淡泊寧靜，尚海波等人絕對不會與她為難。」

房門口傳來一聲輕輕地咳嗽，唐虎端著杯子出現在門口，兩人打住了話頭，唐虎將泡好的茶放在清風面前，又輕手輕腳地退了出去。

「將軍，傾城公主馬上就要進門了。」清風道：「隨著您地位的不斷提高，雲容的麻煩也要來了，這不是您能阻擋得了的。」

李清重重地道：「沒有誰能為難霽月，傾城也不行。」

清風一笑：「將軍，但願如此，或許到時候有些人並不這麼想。」

李清心裡泛起一陣怒火，不想再談這個話題，手點了點卷宗，「算了，不說這些了，你給我說說這些情況吧！」

「將軍想先聽關於那方面的？」

「說說你對大楚腹地的滲透吧！」

清風點點頭，侃侃說道：「軍情調查司從我這裡分出去之後，我將注意力幾乎全部轉移到了內地的網路鋪設、滲透上面，這幾個月來，進展非常好，從這些回饋回來的情況看，大楚各大勢力這段時間以來，行為非常反常，似乎都在等著某件事情的發生，這當然也包括了將軍的本家，據此，我判斷大楚劇變將起，內亂在今年年內必將發生。」

「誰將打破目前的平衡？」李清問。

「最大的可能便是目前掌控了京城的蕭家，其次是盤踞在南方的寧王。」

「你怎麼看？」

「我比較傾向於蕭家。」清風打開一份卷宗，道：「御林軍自屈勇傑去職之後，便落入蕭家之手，傾城公主出嫁又帶走一半宮衛軍，這讓蕭家更深入地掌控了皇宮的內衛，再者，我們發現方家家主方家洛秘密出現在並州和蘭州。」

李清臉色微變，「並州和蘭州。」

「對，這兩個州與我們相鄰，方家洛來此，應當是聯絡他們，恐怕是擔心他們一旦在京城發動，定州軍揮兵入關勤王吧！」

李清向後靠到椅背上，「入關勤王？哼哼！」

清風道：「對方此舉，也不過是未雨綢繆而已，我估摸將軍的意思，我們那時候應當正與蠻族激戰，當然不會有此舉動。」

「你怎麼會有這麼一個想法？」

「我們擊敗蠻族之後，需要一段時間來休養生息，這段時間有多長，恐怕將軍心中也沒有底吧？中原不是蠻族，與大楚腹地比起來，我們以前對蠻族在資源上的優勢便會成為劣勢，沒有完全的準備，將軍是不會去趕著蹚這趟渾水的。但公主進門，將軍貴為駙馬，如果蕭家真想謀反，將軍不出兵也是說不過去的，怎麼辦呢？當然只能將眼前這場戰事儘量拉得長一些，一來為了到時作難，另一則也算是練練兵吧！」

「你怎麼想到這些的？」李清有些奇怪。

「將軍忘了，當虎赫駐兵在烏顏巴托之時，紀思塵從富森那裡帶回了烏顏巴托的地形圖，我也交給了將軍，但將軍並沒有交給呂大臨啊！眼下烏顏巴托沒有什麼進展，兩相對照，我豈有不明白的道理？」

李清微微一笑，自己的心思連尚海波都不曾知曉，終究還是瞞不過清風，「是啊，到了那時候，我總要給傾城，給天下一個理由。」

「有多少勢力歸附了蕭家？」李清又問。

「大致不清楚，不過大楚有州五十六，據我估算，只怕有不下十數個州已或明或暗地依附了蕭家，而且這十數個州大都在京畿附近，都是富庶之地，人丁眾多。」

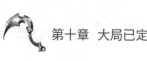

「這麼多？」李清驚訝地道：「看來蕭家這些年還真是下了不少功夫啊！」

忽地笑道：「我們家老爺子也不是凡人，他能拉到多少人馬？」

「李氏坐擁翼州，雖然富庶，卻是四戰之地，沒有什麼戰略縱深和迴旋餘地，在我們定復兩州崛起之前，看好李氏的並沒有多少人，所以依附李氏的勢力極少，不過這兩年來，倒是有不少的人開始投懷送抱，加之李懷遠老爺子在大楚軍中的巨大影響力，實力也不容低估啊！」

「嗯，那寧王呢？」

清風微微皺起眉頭，「大楚各大勢力之中，最令人難以摸透的便是寧王了，他顯露在水面上的實力已夠強大，但只怕我們看到的只是冰山一角，對於寧王那邊的滲透，我們始終進展不大，鍾子期是一個很厲害的對手，很可惜，當初我們沒有取了他的性命，我怕日後我們在他手中還會吃虧的。」

「大丈夫行事，有所為，有所不為，做過的事不必後悔，更何況，在這場角逐中，個人的實力影響有限，我倒不認為鍾子期能給我們帶來多大的麻煩，只要我們自己不做錯，他再厲害也是枉然。」

清風點點頭，「將軍雄才大略，胸中自有山河，接下來，**將軍準備怎麼對付中原亂象呢？」**

李清笑道：「**任風起雲湧，高臥一旁，笑看大楚風雲變幻。**」

「**待時機成熟，揮兵入關，卻看大楚豪強，誰人能擋定州英豪！**」清風笑著接道，兩人相視而笑，這一瞬間，兩人又彷彿找回了當初那種心有靈犀的感覺。

清風喝了口茶，搖搖頭，「這個唐虎，仍是將茶弄得無法入口，將軍，我先回去了。」

李清看著清風轉身欲走，溫言道：「清風，你瘦多了，注意身體。」

清風身子微微一顫，低聲道：「知道了！」

房門輕輕地關上，李清嘆了口氣。外面傳來唐虎的聲音：「清風小姐，這就走了啊？」

「虎子，以後給我泡茶，記得不要放那麼多茶葉！」清風笑道。

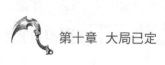

身在烏顏巴托的呂大臨自然不知李清真實的心思，而李清的這番心事也著實不足為外人道，便連尚海波也不清楚李清到底是如何想的，更不知道李清手裡其實已有烏顏巴托的詳細地圖，反而為呂大臨的受阻而急得抓耳撓腮。

尚海波雖然急，卻也沒有蠢到想對呂大臨的指揮去指手畫腳的地步，他自己清楚，自己的長項在於戰略，而非具體的戰術指揮，在定州諸將之中，在戰術造詣、臨場指揮上，恐怕除了大帥，還無人能與呂大臨相較。

呂大臨在等著大地封凍，虎赫在等著巴雅爾那頭擊敗過山風與室韋聯軍。當然，兩人都是久負盛名的大將，絕無可能隔著這幾十里地瞪眼相望，雖然呂大臨被地形所困，大部隊打不過去，虎赫也不會白癡地率軍來硬撼對手，但小規模的剿殺戰卻每天都在這方圓幾十公里內上演，其慘烈程度比起大規模交戰有過之而無不及。

原因無他，大規模的交戰，逃生的希望反而更大，而這種小部隊的交接，一旦碰上，幾乎都是以一方的全滅而告終。

「雖然這種犧牲看起來很無謂，卻是必須要做的。」呂大臨對著手下一千大將道：「**兩軍對壘，最怕的便是無所事事，極易讓士兵滋生惰性**，我們要讓士兵明白，**我們每一天都遊走在生死邊緣**，每一個人必須提起十二分的小心，我們是來打仗的，不是來烏顏巴托看風景的。**想讓士兵保持高昂的士氣，只有一樣東西，那就是血，敵人的，或者是我們自己的。**」

以王啟年為首的一千大將無不凜然受命。

「每天每部輪流出戰，出戰士兵從百人到千人不等。」呂大臨下令。

與此同時，虎赫在他的大帳中也在說著同樣的話，在兩方統帥的刻意為之之下，小規模的戰事每天都在不定時地發生。

李生智率領著一支百人隊埋伏在枯黃的牧草間，他們從昨天後半夜便悄悄地出城，沿著這條斥候已探出來的道路潛了過來。

夜晚溫度很低，出發前，李生智偷偷地跑到醫營那裡偷了一大壺烈酒，定州糧食不足，每年需要從外地大量買進，所以酒在定州是禁止私釀的，這些烈酒也是醫營中才有，用來為傷兵作消毒之用。

當李生智得意洋洋地在士兵們面前亮出這一大壺酒時，眾人都是又驚又喜。

「每人一小口，一個時辰才能喝一口。」李生智警告道，「這可是我們挺過這小半夜的依仗，哪個龜兒子敢貪多，當心我收拾他！」

當天空露出一絲魚肚白時，李生智的這壺烈酒已經滴酒不剩，雖然這一壺酒足足有十斤，但分到每個士兵頭上，也只不過一個人一兩口而已，但便是靠著這點酒，他們居然硬生生地挺過了夜晚。

「奶奶的，這鬼天氣還真冷，但這些沼澤怎麼還不封凍呢？」李生智搓著手罵道。只要沼澤封凍，這片土地將不再是定州軍的威脅，到時十萬大軍轟隆隆便輾過去，哪會像現在這樣，像隻小老鼠般偷偷地藏在這裡打埋伏。

「李校尉，要想封凍的話，最起碼還要大半個月呢！」一位本地士兵道，一邊學著李生智的模樣，拼命地揉搓著手腳。雖然每個士兵都配發了手套，還是凍得手發麻發僵。

「李校尉，來了，來了！」一名士兵手腳著地，從草叢中爬了過來，興奮地道。

李生智興奮地問：「有多少人？」

「小二百人呢！校尉，都騎著馬，我們幹不幹？」士兵問。

「咱出來幹啥的？不就是收拾這些蠻子嗎，蜷在這兒小半宿，你居然問我幹不幹！」李生智罵道：「這些天，其他營可都是派出騎兵跟他們硬幹，這些龜孫子們哪裡想得到咱們藏在這兒！等他們過來了，一陣弩箭先拾掇一大半去。然後一齊衝上去砍他娘的，嘿，咱來時是兩條腿走過來的，回去時都騎著馬，再一人拎兩個腦袋，走進大營時，那有多風光啊！」

李生智一番話說得士兵們個個熱血澎湃，「李校尉說得對！拼了！」

「拼了！」

這隊蠻族騎兵也是活該倒楣，一連幾天，雙方的小規模交戰都是狼奔軍占了便宜，今天他們出來巡邏，居然沒有看到平時早該出現的定州兵影子，還以為一連幾天的失敗讓定州兵寒了膽子，不敢來了，先前警惕的心情一下子放鬆下來，本來保持得很整齊的隊形也鬆垮起來，萬萬想不到在他們的周圍，一群虎狼一般的步卒正張開弩機，悄悄地向他們瞄準。

襲擊突然間便開始，無數的弩箭從草叢中射出，如此近距離的掃射，很輕易地便貫透了蠻兵的盔甲，慘叫聲連連，一個接著一個地栽下馬來。

弩箭的射擊如同狂風暴雨，猝不及防的蠻兵在定州兵的突襲下亂成一團，旁邊的人連人帶馬倒下，又阻礙了中間的人撤離，數百人被擠在不大的一塊地方，拼命地揮舞著兵器，企圖阻擋弩箭。

「殺！」李生智一聲怒喝，從草叢中一躍而出，一抖手將投矛扔將出去，立時將一名蠻兵扎了個透心涼，緊跟著他的士兵從草叢中一一躍出來，挺著長矛衝了上去。

請續看《馬踏天下》7 暗潮激蕩

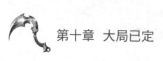

馬踏天下 卷6 紅粉干戈

作者：槍手一號
發行人：陳曉林
出版所：風雲時代出版股份有限公司
地址：10576台北市民生東路五段178號7樓之3
電話：(02) 2756-0949
傳真：(02) 2765-3799
執行主編：朱墨菲
美術設計：吳宗潔
行銷企劃：林安莉
業務總監：張瑋鳳

初版日期：2020年12月
版權授權：閱文集團
ISBN：978-986-352-888-3

風雲書網：http://www.eastbooks.com.tw
官方部落格：http://eastbooks.pixnet.net/blog
Facebook：http://www.facebook.com/h7560949
E-mail：h7560949@ms15.hinet.net
劃撥帳號：12043291
戶名：風雲時代出版股份有限公司

風雲發行所：33373桃園市龜山區公西村2鄰復興街304巷96號
電話：(03) 318-1378
傳真：(03) 318-1378
法律顧問：永然法律事務所 李永然律師
北辰著作權事務所 蕭雄淋律師

行政院新聞局局版台業字第3595號 營利事業統一編號22759935

定價：270元

國家圖書館出版品預行編目資料

馬踏天下 / 槍手一號著. -- 初版. -- 臺北市：
風雲時代, 2020.07-2020.08 冊； 公分
ISBN 978-986-352-888-3（第6冊：平裝）--

857.7 109007434